書寫青春

第十三屆台積電青年學生文學獎得獎作品合集

聯經編輯部——編

13th WRITTEN YOUTH 書寫青春

序

台積電文教基金會董事長——曾繁城

日前偶讀聯合報副刊主編宇文正小姐發表於社群媒體的文章，文中細說各項文學獎的興衰及轉變，讀來甚有感觸。隨著電子文本進入日常生活，文字創作場域亦有移陣虛擬平台之勢，台積電青年學生文學獎舉辦迄今，映照出世代閱讀的多元及寫作風格的變遷，以我淺見，仍是鼓勵青年朋友文字創作的重要平台之一。

台積電文教基金會與聯合報副刊攜手舉辦青年學生文學獎轉眼邁入第十三年，共同經歷了大環境的起伏，未忘初衷；本屆更新增散文文類，為青年朋友另闢一塊書寫青春的園地。同時也透過交流座談、校園文學講座與網路徵文等系列活動，持續進行文學紮根。引領經歷身體變化與學業壓力的高中學子，藉文學拓展人生經驗，以文字找到心靈出口。

本屆主題「寫在青春最前線」，暗示年輕生命將面對的種種挑戰，從親族跌宕、自我覺察、身體的探索，到幽微的人情世故、病痛毀壞，我們從作品裡窺見青年心靈內外世界的面對與理解。散文首獎〈瞞〉編織了謊言的情感迴旋，二獎〈新年快樂〉冷眼觀察二阿姨的憂鬱症，亦照映自我對未來的焦慮；小說首獎〈漫長的告別〉描繪做為模特兒的女體被「觀看」，藝術與身心間的拉扯也反映出活得有如靜物、既生且死的現實狀態；新詩二獎〈台灣三獵記〉則展現對動物與自然的關懷。初次面對人生陰影，卻能展現敏銳柔軟、誠懇以對，青年創作者的潛力令人期待。

十年多來，台積電文教基金會致力推廣文學持續不輟，我們堅信閱讀及創作的價值，也期盼未來此份真實，在歷經時代的淘鍊之後，益顯閃耀。在此特別感謝聯合報副刊，以及所有陪伴台積電青年學生文學獎、共同致力於那份文學理想的評審先進們。祝福所有得獎者，期盼這份肯定能伴隨各位前行，當你們「寫在青春最前線」，我們將會是最忠實的後盾。

目次

短篇小說獎決審紀要

散文獎

散文獎決審紀要

新詩獎

徵文辦法

高中文學社團照過來

文學專刊

第十三屆台積電青年學生文學獎

短篇小說組金榜

首獎

江樂筠〈漫長的告別〉
獎學金三十萬元，晶圓獎座一座

二獎

黃冠婷〈半隱半光〉
獎學金十五萬元，獎牌一座

三獎

劉友安（筆名：格物）**〈彼夢的堤岸〉**
獎學金六萬元，獎牌一座

優勝獎

龔羿芳（筆名：牧葵）**〈破相〉**
獎學金一萬元，獎牌一座

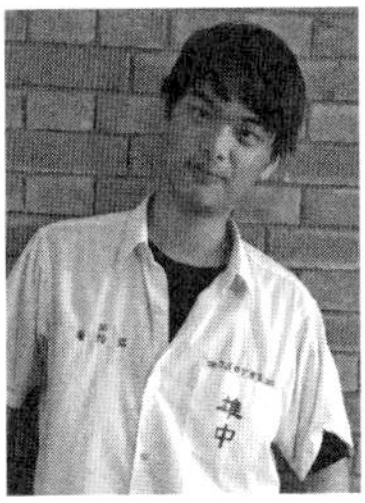

優勝獎

林宜賢〈Explosions〉

獎學金一萬元，獎牌一座

優勝獎

蕭信維〈年獸〉

獎學金一萬元，獎牌一座

優勝獎

李思萱（筆名：亮陸）〈0號線男孩〉

獎學金一萬元，獎牌一座

優勝獎

蔡均佑〈食〉

獎學金一萬元，獎牌一座

第十三屆台積電青年學生文學獎

散文組金榜

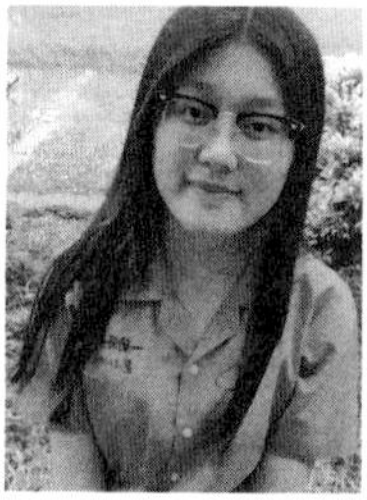

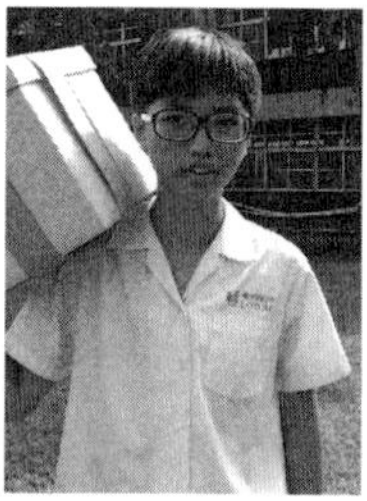

首獎

徐慧能（筆名：林或然）**〈瞞〉**

獎學金十五萬元，晶圓獎座一座

二獎

王薏慈〈新年快樂〉

獎學金十萬元，獎牌一座

三獎

陳佳鈺（筆名：然而）**〈門禁〉**

獎學金五萬元，獎牌一座

優勝獎

秦佐（筆名：韶日）**〈最寂寞的一年〉**

獎學金八千元，獎牌一座

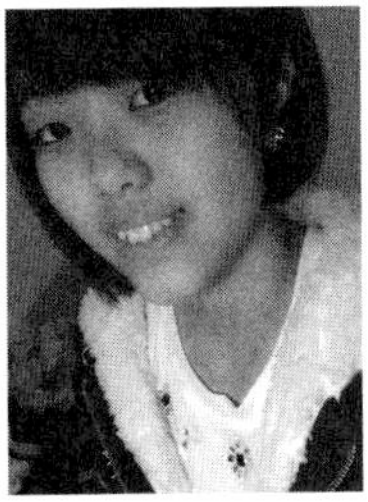

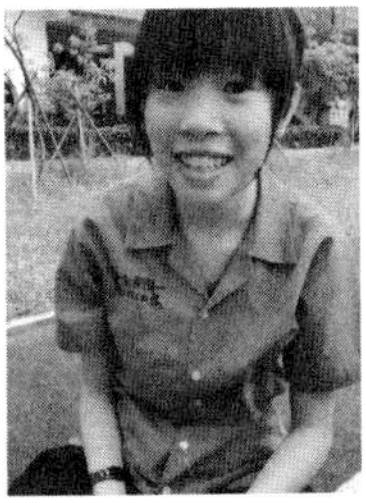

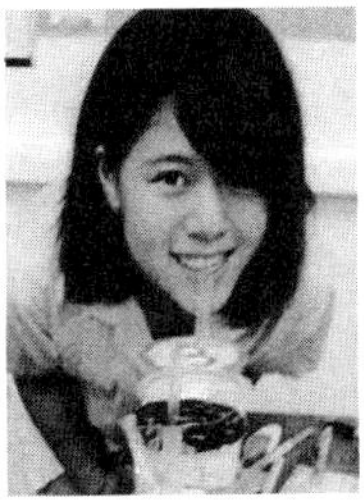

優勝獎

王海咪〈獲救〉

獎學金八千元，獎牌一座

優勝獎

孫素昕〈養蟲日記〉

獎學金八千元，獎牌一座

優勝獎

鄭翊茜〈高跟〉

獎學金八千元，獎牌一座

優勝獎

陳鈺潔（筆名：蕭瀟）〈紅雨〉

獎學金八千元，獎牌一座

第十三屆台積電青年學生文學獎

新詩組金榜

首獎

賴生死（筆名：張霽）**〈時光奏鳴曲〉**

獎學金十萬元，晶圓獎座一座

二獎

紀敦譯〈台灣三獵記〉

獎學金五萬元，獎牌一座

三獎

張品蓁〈一百零八小時——無語良師〉

獎學金三萬元，獎牌一座

優勝獎

林秀婷（筆名：神蕪）**〈星夜獨白〉**

獎學金六千元，獎牌一座

優勝獎

高于鈜〈橋下避語〉

獎學金六千元，獎牌一座

優勝獎

黃冠婷〈破洞〉

獎學金六千元，獎牌一座

優勝獎

蕭信維〈光合作用〉

獎學金六千元，獎牌一座

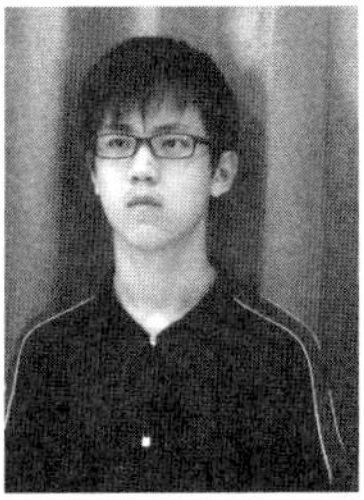

優勝獎

陳柏融〈苦〉

獎學金六千元，獎牌一座

江樂筠

短篇小說獎——首獎｜漫 長 的 告 別

1997 年生於苗栗，今年六月自新竹女中畢業。
喜歡甜食和溫馨可愛的故事。喜歡說話，因而開始寫作。

得獎感言

感謝成就了如今的我的每個歷程：小學三年級到國中畢業共七年的美術班生活，以及在竹女奮鬥讀書之餘瘋狂玩鬧的三年。無法知曉未來會如何，但這些回憶將永遠保留著最初的光彩。感謝所有曾與我並肩同行的夥伴，你們是最亮的星。

她伸手解開長版格紋襯衫上第一顆釦子，感覺自己的意識壁壘隨著敞開的衣襟逐漸剝離坍塌。胸下內衣的勒痕早已消失，她的猥褻明攤在整個空間卻無半分羞赧。她將自世間緩慢地抽離，以一種仿若死去的狀態，接受他人驗屍似的審視，他們會以精準的眼光描摹她展開的身體，意圖透過皮膚下骨骼與肌紋的脈絡尋找能完美構建她的原則，興許這亦是同建物一般，先蓋好地基，加上撐起結構的支柱，再敷上磚或木，便成就了她，無生命的她。

室裡架上了畫板的畫架以她光裸的身子為中心圍出半圓，她向離得最近的男孩借了一枝筆，沿著臀部邊緣在椅面上框出位置，再者大腿交疊處、手掌在膝蓋上的置放點，她將脊骨拉直後貼緊椅背，放緩呼吸，目光緊盯窗框上一處交叉來固定頸項偏轉的微妙角度。十幾枝鉛筆的筆尖俄頃間開始在畫紙上遊走，不帶半分輕浮的目光時不時自畫板後方探出，她試著祛除思考，維持坐姿的她——得注意，不是「坐在這裡」的她，這兩者的差別之於她微妙卻不可忽略——將會成為數種不同的黑白平面。

從三年前開始算起這樣的她已有上千份，而在那之前她也曾是創作他人的成員之一，彼時她第一次知曉對回歸赤身之人的探索能何等肅穆，扇葉將夏午室內溫悶的氣流攪動成母胎中羊水的沉浮，輕緩得令人心安。她的視線近乎貪婪地描摹過軀體烙在虹膜上的每處細節，量測比例，探討脊骨如何撐起肢體、肩胛將軀幹與雙臂連接起的角度、肌肉或乳房的豐厚與皮膚的彈性，眼前的一切僅止那副難以用筆尖與顏料豢養的皮囊表徵：白皮膚較好調出相仿的色調、而男人易抹成過深的麥色……

她理應要早些明白，自己也僅是線條與凹陷的陰影構成的存在，以張弛的肌肉和平滑的肌膚包裹，溫熱的血液在其下流淌，其上加綴一些區別族群的性徵，萬物的獨特性斷絕維特魯威人的血脈，體現個體的價值。

她的存在正有著精確的價碼，以小時計算，足以維生，形成迴圈。

第一次她憑著自身的意志在他人面前解開衣蔽的那天，她提前了許久來到系館。素描教室圍起一處角落掛上遮簾供模特解衣，離上課時間還有一段距離，為了事先消除衣物的痕跡她必須先行更換上柔軟而寬鬆的連身衣裙，她在厚重的簾子後頭握住上衣下襬，緊捏布料揉成顛簸的褶曲，她的模樣在瓷磚上糊得光怪陸離，像條曳著長尾的多彩金魚，擺著尾巴拚命游動，昭示她即將迎來的自由。

褪下的褲頭在腹背烙下一圈淺淺的凹陷，此時的她與淫猥一體，遊走在脫胎的門口，她解開背後胸罩的鉤——為了成為被慾望的客體而擁有的束縛——她這麼想著，鋼圈將她與肉慾捆綁在一塊。肩帶滑下，她以全身感知空間的吐息，視線向下檢視自己毫無掩飾的身體，置在房間中心的日光燈難以周全這個角落，令她沐浴一層薄光，這使她想起美術館中終日浸泡在白熾燈光中的石膏像，總要失去什麼才能成為藝術，雙臂或者眼珠，信念或者靈魂。為了成為純然的藝術，她希冀自己亦能失去這雙眉眼，用以忘卻曾在夜中灼灼盯著她的、與她相仿的眼軌，那些促成她午夜詭譎夢迴的輪廓，及她目眩地佇立於此的原因。

沁著涼意的地板撓著她的腳底，教室地板經常灑滿橡皮擦屑和素描鉛筆筆皮，只有這處能常年維持乾淨，她動了動腳趾，體溫將這處摀得溫熱，攏住她綽綽的影子。掛鉤上的連身裙在一旁打下黑魚鱗似的波紋，她穿上它，穿過頭部、袖子，裙襬掃過胸腹抵達膝間，灰布的浪輕拍她的雙腿，一個無關痛癢的威脅。她感到些微的離地，凝滯的空氣阻礙她完全的失重，衣襬起伏將她拍在岸上，意圖阻卻脫逃後拖往深深的海底，她與那些蟄伏最後的爪牙周旋，拉開掩蔽的簾子，擾動室內長年不散的腥氣。鉛筆味。求學時期有人如此形容素描教室裡終年不散的詭異氣味，她的吐息正與此交換，她亟欲從內到外皆成為藝術的一部分，為此她橫越過房間，不惜光裸的腳板黏上碎屑及碳粉，強迫失了焦的石像以正面對著她，等待他們開口邀請自己加入畫面的序列。整個空間浸泡在漫漫沉寂中，她欲伸手撫平他捲曲的髮，被回敬以扎人的髮梢。

「沒禮貌。」她嘟囔。指尖滑過對方的平滑的頰線。前幾天她為了趕上截止日熬夜趕製作品，隔天鼻側便毫不猶豫地發痘，疙瘩一樣。興許這是一份暗示。她與他之間橫亙一座包攬所有極致矛盾的山巔。

教室門的滑軌剖開寧靜時，她正坐在專屬於她的木椅上，臆測自己將至的模樣。環抱著繪圖工具的女孩微微睜大雙眼——大抵是為她的造訪感到陌生——又很快了然，逕自走向自己偏愛的位子，慢條斯理地整備工具。

她沒有錯過，對方將她與一件單純的臨摹物連接在一起時那釋然的眼神令她心中激烈的情緒迅速膨脹，她既活又死，只有她自知自己淌著生命的溫熱身軀，烙在他人虹膜上的影像則將她的心性及靈魂抽離肉體，以此達到新的平衡。

她不自禁窺探女孩揀選鉛筆的動作，筆芯露出的程度取決於其本身的軟硬及個人習慣，她想來是屬於較於勤奮的那群，一整盒坑疤的筆頭留有一定長度上下的筆芯，她拿起偏短的一枝，握著鉛筆以一手控制美工刀削去多餘的筆皮，木色的殘屑片片飄落，被她用腳隨隨便便撥成一小堆。

她有些享受這份細瑣的喧譁，軟軟地坐在椅子上拉伸腳背浸入鑄成窗櫺形狀的一池亮光中，輪廓在地上拓成影，她自娛的欣賞引起對方的注意，使她開口：「緊張嗎？教授說妳是第一次接這工作。」

她笑了笑，畢竟說謊不是什麼好事，乾脆任其解讀。

「放心，上學期天天畫上八小時的人體，班裡的男生早就已經習慣了，說是連看片都在想這個膚色怎麼調。」

女孩咯咯笑著，她明知自己的動作被以完全不同的方向誤解卻仍僅是彎著嘴角和藹地微笑，她認定自己渴求的超脫和昇華毋須對旁人訴說，是她對於生命真誠的供詞，在病與痛中掙扎時一些自私的生存手段。

但她的眼睛真亮。她想。對外界一切抱持熱忱的靈魂以她的眼瞳向外窺看宇宙，她必定會以這樣純粹的眼神溫藹地將自己的全身納入，使她的一切平穩地在其中航行。

同那女孩一樣的人們陸陸續續進入教室，將整個空間泡在對她溫潤的友善中，她想將之比擬為朝陽，或夕日，新生與遲暮的循環，她享受這樣的單純。

當宣告獲釋的鐘聲敲響，她所夢縈的時刻來到，她的情緒平穩如一潭死水，或石膏像的皮膚。她勾住領口緩慢地上拉，布料上香皂味掃過鼻尖，裙襬下展露出光裸的腿、腹、胸，令她懷疑自己抽去的不僅是遮蔽，亦是她的業障及虛妄的清醒，所有不安皆退潮般離去，餘下一片柔沙的灘，讓她的雙腳淺淺地陷了進去。她坦然接受視線掃描，她知道自己是全然的安全，她幻化為可供雕塑的黏土，在台上遵從指示擺好姿勢，遏止任何關節的移動或肌肉的顫抖，她能感覺自己成了任何東西，諸如蘋果花瓶書本絨毛玩具或其他，總歸是同一類的，被拆解研究輪廓光影與色調，在最終才精巧地合而為一，伏貼在紙面。她回想自己執著畫筆以近乎虔誠的筆觸描繪他人的曲線，溼潤靈巧的筆尖細細舔吻出膚色，她知道如今自己亦將成為被予以此等殊榮的存在，並為此感到泫然欲泣的狂喜。

她能讀懂所有人眼中凝滯的專注，企圖參透她展現出的每一個渺小的奧祕，她是唯一。她看見成為線稿後空蕩的自己，即將填滿她的膚色髮色各占據調色盤一角，在洗筆筒裡打著旋散開，她是各種顏色的調和，並且在最後成為各種技法的拼裝，流暢的線條與依循道理的光暗，獲許擺上任何殿堂而不顯低俗，和世間所有媚俗區隔開來。

她的獻身是，以一種聖潔的態度，輕吻著溼答答的虹膜。前任屋主留下的窗簾薄而色淺，晨光隨著時間推移緩慢地浮起，浸潤整片地板。她顫顫地撐起身子翻下床，下體的嘔血與潺溼使得夜時淺眠的她驚醒數次，同時深怕自己將再一次看見一雙炬炬燃著慾火的眸，或感知到粗糙的指與舌正在肌膚表面遊走的觸感。（就算她已經穿著孝服麻木地參加完了那具軀殼的告別式。）

草草堆放在床旁的一山資料書因她一時的不慎而崩坍，她有些懊惱，但也僅止於此，下腹抽痛的肌群將她除生存以外的諸多行動扼殺。她跨越狼藉的臥室來到發散腥臊味的廁間，褪下內褲，皺著眉撕下瀕臨氾濫的衛生棉。縱然被暗紅黏腥的泥沼箝住四肢乃至於全身的感覺令人乏力且恐懼，她卻別無選擇。曾想嘗試過棉條，但卻作嘔地發現任何侵入皆令她覺得自己成為承載慾望的容器，難堪得讓她想要哭泣，她不得不屈就於自己的奮力抵抗。洗手台鏡面上半處在她搬進來的第一天便以封箱膠帶貼實，僅留下能同自己對話的雙唇，縱使她全然享受沉默，亦希求一處出口。

「我好累。」她面對鏡子蠕動嘴唇，總因黏稠的血而繃緊著神經導致她的委靡和頹喪，她必須乞討安慰，向自己，只有她是她永遠的盟友，旁人總會產生令人沮喪的分歧。她看著鏡面上唇片一掀一闔：「還有三天，撐過去就好了。」

她帶著滿口薄荷味回到房間，暫且將傾倒的書堆置之不理，兀自離開房間。這個處所位於頂樓，起先她只是需要一個能安穩畫圖的場所，卻在不知不覺中把生活的痕跡滲透進這小小的（而且不確定是否合法的）空間中，她退掉了逐漸閒置而退居無用的房，私自接管了整層樓的整治，將堆放在角落的破敗家具接手、轉賣或回收，四周種上不易枯萎的花草，使它的環境不那般凜冽而拒人，即便（以旁人的眼光來看）悲哀的是，沒有人會來的。

她走到外面收起曬在外頭的畫具，筆卷仍殘有稍許的霉味，她深知這是莫可奈何，認分地將畫筆擺好後捲起，走回屋內。子宮神經質的收縮明顯得令她亟欲流淚，她囫圇吞下幾片吐司卻不確定是否有飽足感，但惱人的不耐凌駕於所有感官，她便假定自己已經足夠，旋即推開了畫間的門。

松香水的味道俄傾間滲透她的肺泡，畫間正中擺著她昨晚剛開工的畫作，睡前蓋上的薄薄一層顏料已經乾得透徹，平塗的深色底將炭筆勾出的框範圍覆蓋不同的底色，她在調色板上擠上顏料後以微濕的筆尖一一沾起調和，側著筆貼上畫布，太乾了，她再摻了點油，以更加濃厚的顏色覆蓋底層。

她將筆腹浸入方才換過的洗筆液中，暗紅色在其中暈開，絲絲縷縷徐緩地擴散，她假想那是誰的血管，融化在其中，像那日，她鮮少日曬的肌膚在洗筆筒中緩慢侵蝕透明的水，令她將自己設作最終消失在海中的人魚，失去人形，留下折著多彩虹光卻極其易破的泡泡。

絕美的總是折壽、禍水。她何其有幸。

她又一次感覺到來自下體的流動感，當她張開雙腿，黏膩的腥臭味在空氣中放肆地徜徉，混雜血的鐵鏽和生命的殞落，她認定自己是個罪人，定期服刑，被殷紅的奔流日夜沖刷直到迎來它的耗盡，她暫且必須泅泳在那，肉體及其意識淺層，她追求的自由果斷地拋下她，她別無選擇，僅能等待著自己被蝕盡後頑強地重生。

她丟下筆，掃開侵占了房內唯一一方陽光的所有雜物，清出一塊界線分明的空地，光與暗，涼與溫，現實與虛妄，世俗與超然。她將自己全身浸泡在這份微溫的光池裡，光帶著城市的喧囂滲入闔緊的眼簾，和她的血脈。她感覺時間輕推著這份暖意緩步離去，她知道自己只能短暫擁有這份和煦，四周繁雜的拖累蠶食她的存在，拉曳著她往陰影的汙穢沉淪，她因不斷交替的潔與不潔而受傷，卻總在因反覆的吞吐而徹底絕望的前一刻得到救贖。

她的所有感官往眼眶聚集，作為告別的餽贈，沉入陰影。

名家推薦

這篇沒有故事，卻很細緻地思考有與無、身體與呈現的問題。作者對於心理與哲學層次的探觸，令人欣賞。——林俊頴

此文對於模特兒與繪畫一事有深沉複雜的辯證，作者思考什麼是藝術、什麼是存在等議題，強度與美感俱足。——黃錦樹

黃冠婷

短篇小說獎——二獎｜半　隱　半　光

1998 年生，中山女中二年級。

得獎感言

稿件寄出去隔幾天我突然就覺得題目叫「另一半」或許比較符合文章內容，我當時懵然還開始想像得獎的話，感言說到題目的光景，不過畢竟還是不知道最後會怎麼樣。硬幣半隱入黯淡暮光，另一伴，也就是另一半的自己。為了妥善的融入現實環境，不得不目送消失的必要犧牲，或許也是在光影分界注視另外那一半隱沒的悼念。不過也不一定是壞事。這個題目似乎清晰一點了，不知道評審老師們是怎麼想的呢？

從樹走到樓梯這邊估計要走十步，從樓梯這邊走到下面要二十秒，還要靈巧穿過半向外推的玻璃窗，再苟延殘喘的前進一些，才能落入泳池飄浮。這是我所想到唯一的途徑。但轉念一想，這世界永遠不缺乏可能性。每一種位移和變動，都有千萬種路徑可循。

我赤腳踏著瓷磚，繞著游泳池走了一圈。

「你要走了嗎？」他們放好掃具，其中一個女生問我。

我回頭看了一眼壁上的時鐘。平滑的水面那片樹葉悠悠飄浮著。

「你們先走吧，我想慢慢來。」

我一邊沖腳，一邊感受這股空曠和安靜，其實本來有機會應該在池邊把樹葉撈起來的，結果就這麼看著它移動到泳池的另一端，明明只是多了一段距離，忽然就覺得這片葉子，和上面那排那些樹木都沒有關聯了。

結果我走上樓梯，發現張冕靠在欄杆上。我猶疑了一下，但游泳池已經沒人了，所以他應該是在等我。他看著我走過去，撐起身子。

「大家都上來了。」

「你有事找我？」

「嗯，報告檔案我做了一點修改。」

我伸出手，黑色的隨身碟落至掌心。餘光瞥見操場對面一叢一叢樹葉搖動，再過不久風也吹過來，拂過我們身旁，我的意識在一瞬之間飄忽了，忘了計算時間。

「你那個朋友為什麼都要翻牆進來？」半晌他問。

「誰？」我問，疑惑了一下，才想到。「他不是這裡的人啊。」

「其實六點半之後就能直接走大門了，不必翻牆。」

我頓了一下，「他有時間限制。」我微微一笑。

向晚陽光照著整片操場，草尖都是碎金般的浮光。一隻大鳥停棲在腳踝高度的草原，被我不疾不徐的腳步追趕，緊張兮兮的急促向前，最後終於在操場邊緣振翅而去，在紅色的跑道上留下一絲長長的淡白色痕跡。

教室人去樓空。有幾片窗簾未收起而輕輕飄動。我的桌面被窗外的護欄和陽光切成光影方格，一枚硬幣安然棲息在方格之中，反射著黃銅色的溫暖光輝，只是日照又西移了，這會陰影已經吃到硬幣的邊緣，但是我知道他一定還沒走。這枚硬幣像是某種暗號，和時間的秘密流逝，我因而知道他來，停留多久。

我掀開窗簾一角，他屈膝坐在外頭的窗台和欄杆之間看夕陽。「下來，」我笑著說：「這樣很危險。」

「真的嗎？」他轉頭看我，「你來試試看。」他伸出手。

我雖然搖頭，還是握住了他的手，爬過窗框。地方不大，但完全是陽光的領域，他的衣服、頭髮、臉上的表情全都浸在這片溫暖的色調中，我彷彿跨入了另一個奇妙的空間，從來沒有過這種感受，下面是道路，上面是天空，而垂下的窗簾隔絕了一切，彷彿突然將這個世界約分到只剩下一個窗台，乘浮於其上的我們，和天邊懸著的圓形金球。他很享受的笑著，有時閉上眼。我任由風的吹拂，想著如果往後的人生可以這麼簡單……我想不透人生為何不能這麼簡單？還需要任何的其他的事物？我想閉上眼什麼都不想，躺入風的懷抱。

隔天，大概是因為我認真選籤選了很久，還是抽到了靠近窗戶的籤。但考量陽光的角度，我還是用了一點辦法換到最正確的位置。張冕挑起眉，彷彿對這種「小女生想坐窗邊」的心態不以為然。我忽視他隱然的笑意，一點也不在乎。他所想的和我所想的南轅北轍，我只在乎日光行駛的軌跡，以及放硬幣的位置。

每次換位置你都可以觀察到不同鄰居不同的個性。張冕上課會趴下來睡覺，不是略帶拘束的那種姿態，他睡得非常放鬆，而且睡得挺熟的。老實說我挺羨慕的。他跨節睡到鐘響，在下一節課中間醒來，神采奕奕。他交換考卷時流暢而迅速，看了看自己的成績，滿意的勾起嘴角。

「你是不是不知道單字後面要加什麼介係詞？」他問。

他以前成績好像不過是中間程度而已，但如果他想，似乎可以就這麼拉起成績追過其他中上程度的人。他在我錯的空格旁用鉛筆拉出一個箭頭，寫了簡單的註解。果然是他的風格，我想起羽球課的時候他經過後面，順道走過來指點了一下發球的時候手臂怎麼彎曲；大概就是這種在班上隨時幫別人一點小忙，聊一下天的緣故，他的人緣很好。也許也是因為，這樣剛好符合了大部分人的需求吧？我開始訂正我的考卷。沒什麼。只是昨天晚上沒細讀而已，因為昨天很睏，我就去睡覺了。

也許是我的幻覺。我覺得張冕在窺探我，倒不是他真的會偷偷斜眼看我還是什麼的，他有一大群活潑的朋友，下課幾乎都不在座位上。但我總覺得他有時看著我的表情揣測我的想法，好像得出什麼結論。天知道他幫我加上了什麼註解？從小到大很多人喜歡幫我說出我心裡的想法，偏偏都是錯的。放學鐘聲一響群聲雜亂，我悠悠閒閒的收書包，動作慢的像烏龜，四周椅子的拖拉聲，置物櫃「碰」的闔上，大家三兩結黨，互相道別，講台前一群人揹著書包還在聊天。亂哄哄的，還要一陣子才會平息。張冕揹起書包站在他的椅子後面，可能正看著教室前面的時鐘，或發呆，或在想什麼事情。我繼續拿書，整理鉛筆盒，總覺得張冕似乎有一部分的意識正試圖看穿我的想法，剖析我的心態。是不是故意放慢速度，想等大家都走光，是不是不想像其他人邊聊邊走出教室，是不是有點孤僻啊。結論。我停下動作。我腦海不知怎地浮現小時候拿了寶特瓶裝滿水和泥沙的畫面，我只想趴在桌上等它沉澱，就這樣。有時我又覺得這是我想太多，因為我還是在乎別人的想法。可是張冕若有似無的隱晦表情每次都讓我存疑，好像床墊下有豆子，衣服背後有細毛，不知道哪裡癢。我過了一陣子才確認這個現象：我不喜歡這種感覺，可是張冕，他樂在其中呢。

六點五分，教官巡視教室趕人，從長長走廊的另一端消失，在這之前我會到圖書館晃一晃，回來教室像魚缸換過水一樣，一整天累積的氣息都被淨空了。我在斜斜的暗金色方格中謹慎的放下硬幣。不知怎麼的，我今天在圖書館待太久了。將近六點半。陽光的色澤都變暗了。

就算沒有意識，在每個相同的時刻站在這裡已像是日日來到相同的夢境，自然而然，不需要思考。

「我原本要走了。」

門口缺乏光線，他的神情難以辨認。他站的方式每次都讓我覺得有一種既視感，好像過去有無數時刻他都這樣站著和我對話。他和張冕、和所有的人都不同。我沒試過，但覺得就算在一大群人之中，我也認得出他。我們坐下但無語，我們之前也就是這樣，見面聚在一起好像沒什麼意義，但反正這些意義也從來都不重要。他遞給我書，我從他夾著書籤的地方開始看。四周濃稠安靜，他撐著頭，用那種平靜如水銀的聲音問我，覺得自己以後會不會變成一個正常、平凡的人。

「工作，結婚，生小孩之類的。」

我想起來小時候我發誓我不會結婚，因為我絕不會在婚禮上「親親」。

「可是，很有可能。」

「為什麼？」

我想了一下。「我小時候原本想像我以後會過那種自給自足的的生活。」

「就是，我那時不太能理解一個人為什麼不能只靠自己生活下去，不管其他人怎樣，都不受影響做自己喜歡的事，自己創造自己的快樂。」

他點頭，不管我說什麼，他好像本來就理解了，總給我一種錯覺。他才是名副其實的自給自足。「可是現在沒辦法自給自足？」

「很難吧？」

「會嗎？我們一直都這樣。」

「可是……有時那很耗力氣。想像不同的情境，製造和各種人相處的效果，自己改造心境，可是有時這些動作讓別人來做輕鬆多了。」

他似乎沒想過這種問題。「是沒錯。如果你用想像和我對話，要花雙倍的力氣思考我的回應。」

「我是真的這麼想過：想像這麼容易的話，照理說一幅畫不必考慮顏色和結構，我們可以自己想像出千萬種圖像，像萬花筒一樣。可是這麼一來畫作根本就沒有美醜的分別了。而且太荒謬了，只靠想像力，根本就不可能辦到。」

「重點是，大部分人只能看到眼前看到的為止。」

「所以說我後來才發現想像力有限，而且力量很弱。所以還是不能只靠自己，要靠很多人互動幫忙。比較利益果然有道理的。」

「這是你的第幾個理論了？」他笑著說。

「我知道我每次都建立一個荒謬的論點，不久就會發現明顯行不通，然後把它推翻。」

「但我覺得很有意思。」他知道我在看他，努力收起漣漪般綻開來的笑意。最後他又補上一句。「只是，我還是覺得你不需要靠別人塑造你的生活。」

他說的沒錯。可是，這世上的事哪是那麼簡單的呢？

「我也想看看你那個朋友是什麼樣子。」英文老師宣佈這是討論時間，張冕轉過頭來第一句話就這麼說。

「你不是看過他？」

「沒，我是聽你說的。」

真是奇怪，全班一聽到這是聊天時間，似乎都醒過來了。

「你們是青梅竹馬嗎？」他問。

這個名詞從來沒在我生活或思考中真的出現過，有點古怪，有點好笑。「不是，」我低頭思考了一下，自己也覺得疑惑了，「差得遠了……」

但我們的確認識很久了，說不定比得上青梅竹馬的標準，只是不適用青梅竹馬的定義。我繼續想下去，卻覺得我們之間無論套上哪一種現實周遭人際關係的名詞，我都會覺得不適合，不夠貼切。

「段考完之後你要跟我們出去玩嗎？」

我問了多少人會去，結果得知去的人我都不太熟，就覺得興致缺缺。我和體育課跟我同組的女生提起出遊的事，那個女生說她會去。她和我一樣，和那些人其實也不是很要好，但是還是決定去了，她說她也不太清楚到底有多少人，所以才還沒邀我，顯得抱歉的樣子。我好奇的想，她似乎很開心，雖然她也扁著嘴說好多人平常都沒怎麼聊天過——她理所當然覺得我也想要一起去。其實我沒有什麼特殊的感覺，沒有不想去，但也沒有很想。

可是最近我開始注意其他人之間的互動，他們在說什麼，如何談笑，如何回應，態度和心情如何在對話之後微妙的改變。談話內容可以無足輕重，效果卻出乎意料，我不免再次想到，一個人不可能靠自己達到這些。我能擔任的角色有限，就算只活在自己的世界，一個人卻不可能同時擔任農夫、工匠、紡織，我低頭笑，對，這多荒謬啊這麼簡單我竟然現在才看出來。

英文閱讀測驗裡有篇文章說有一個人十幾歲就要求自己住在孤島，一直到老才有人再發現他，他還是不願意離開。我覺得我不是那種願意一生住在荒島上的人。同時我幾乎可以聽見朦朧難辨的笑聲低低傳來，看到空曠的教室亂飄亂飛的窗簾，底下的桿子敲在窗框上。叩，叩。

可是我來遲了。衰褪的陽光已經沿著硬幣的紋路蜿蜒撤退，表面半影半光。我想跑出教室，就會看到他轉過街角，也許還沒走遠。時間毫無聲息，我竟然沒有察覺光影的變換，我擔心，一旦知覺變得遲鈍了，也許不知不覺就失去什麼，到最後卻想不起來。我輕輕把硬幣推到光下，彷彿溫柔調整時鐘。

夢裡我拿著那種底部圓圓的像撲粉的柔軟毛刷，蹲在一列腳印邊把巨大腳印裡的灰塵一一撢掉。我一直回頭看，好多好多腳印，一直綿延到遠方消失。

然後我睜開眼，窗戶大開，月白色的窗簾像隆起的山丘，他坐在我的書桌前，椅子慢慢旋轉，就好像以前我們約好半夜下樓交換秘密紙條，黑夜才是我們世界的白天。

「我的硬幣還在那裡。」

我凝視著他模糊的輪廓，他拿起桌上另一枚硬幣低眉端詳，聲音輕而淡，猶如山谷裡迷失的回音。「你覺得孤單嗎？」

他並非問我。這一天的來臨，如很久之前的某一天我們預測的一樣，我們終將走進不同的岔路。

我睏了。我閉上眼睛，讓一切消失，再次睜眼時陽光普照，是個好天氣。這一週都是。段考之後我還是和同學們一起出去了，大家打打鬧鬧，一路上不斷爆出笑聲。張冕向我解釋剉冰的價錢怎麼計算。

「這家冰店阿忠他家開的，阿忠私下會給我們折扣。在他媽媽面前說他上課都沒有睡覺二十元，說他的課本抄滿筆記不是白色紙飛機十元，說他是物理老師最鍾愛的實驗小助手（物理老師每次都叫他窗戶打開去做自由落體）免費。」

我笑了。

我想把自己輕輕推到有光的地方。

他的眼睛彎著，「以後我們可以來吃免費的冰。」

如果沒事，放學我就會和張冕結伴去搭車，後來他自然也會站在座位旁等我一下再走。相較之下，我們之間的定義簡單得多。公車來了，停在我們面前，又走了。

「怎麼了？」

我想起什麼，我們跑回教室，我說：「硬幣不見了。」

「什麼？」

「它都會在桌上。」

「可能你不應該放在那裡，」他說，我逕自蹲下來尋找，但是都沒有。

我留下我的硬幣，放在白天殘留的最後一抹光暈之中。

也許他消失了。像硬幣被夜色隱沒一般隱沒在人群裡，自給自足的生活。

直到某一天我下了車要過馬路，看見一群小孩蹦蹦跳跳躍過斑馬線。五十幾秒的紅燈時間路面迅速漲潮，來來往往的人群交錯而過，突然之間我就認出來了。他的眼光在人影之間停留，在我的視覺留下後像。明天見，我們無聲約定。

可是隔天我到的時候，天色已經暗了。他已經走了。從此殊途，光線的遺跡黯淡，一枚硬幣停泊，整個教室都籠罩在深藍色的光暈中。我不懂怎麼回事。更改、移動，一切到底是以什麼樣的規則變換的呢？張冕站在草原上等我，深紫色的天空暈染如墨，我模糊注意到，草不知道什麼時候都被剪短了。

「走吧。」我們牽手走過操場。千萬種路徑。感覺到平行的岔路上，另一個我也看著前方，光陰尾隨身後，始終不疾不徐，我們懵然來到夏季的邊緣，我才想起夏至早就過了，白天一直愈來愈短。

我竟然現在才猛然發現。

名家推薦

作者透過纖細敏銳的觀察，操縱人格分裂的敘事，其中的場景調動、光影變化、移形換位皆有可觀。——駱以軍

此篇氛圍迷人，把世界聚焦在硬幣的光影裡。整篇像一場微縮攝影，展開之後飽含詩意，詩意中又有情節的流動、光影的纏繞，是篇以氛圍取勝的作品。——鍾文音

格物

短篇小說獎——三獎｜彼　夢　的　堤　岸

本名劉友安。如果想認識我的話，就來找我吧！如果成功成爲好朋友，那我會慢慢的視彼此的底線變遷告訴你的。（如果所有的自己，都被歸結於簡化的歷史概念之中，我將會私心的可憐起自己。）

得獎感言

原本的參賽動機是想要背著父母來趟冒險，得花上不少錢，姑且上網找個徵文比賽。偶然的想望，讓我越寫越臉紅，數度停筆，總算克服了自己完成了作品。完稿後才發現這件作品瑕疵很多，覺得很糟，但因為自己短篇剛被校刊退稿，便抱著想被人看看就好的心情去投。現在看來大家不反對我從心所欲，大概是開心的。

一

我用力撐著發著燙的眼窩，不讓一滴淚漏出來。用力抓著粗糙的藤蔓的手也燒灼著疼痛的感覺，可是我必須，看見海才行。我忍著一切的知感，聚精會神地用鼻子去尋找，空氣裡瀰漫著的極其微弱的鹹味。

穿過這片紅樹林，就是大海了。我感覺到自己身子發著紅，就像老師在地圖上畫的小小紅點，一點接著一點，從蘆竹溝漁港，開著膠筏橫越北門潟湖，爬過盤根錯節的紅樹林，然後就是直直擊打在新北港汕上波濤陣陣的大海了。

終於，鹹味逐漸變得濃烈，交錯的樹枝終於有逐漸變得稀疏的傾向，我撥開擋住視線前方的最後一叢樹枝。海、海，那裡就是海。

應該是而必須是的，我停頓了步伐，完全接受了早已明瞭的事實，在紅樹林後出現的不是無邊無際的大海，而是，大海的聲音、大海的氣味，無瑕的月光，照亮的是一道巨大的圍堤，橫亙在我視野能及的整片泥灘上，完完全全的沒有一點來自海水的光亮從它身後漏到陸地上。

圍堤非常高，大概比月亮還高，我只見得天上的月光，連月亮也見不著。

圍堤由一層疊著一層緊密堆疊的消波塊堆成，可以由堤上的紋路得知。我沒有放棄，正因這個紋路有略為凹陷，我以此為立足點，手抓著邊緣，想著攀岩的三點不動一點動往上爬。大概要爬很久，可是在知覺上一瞬間，我的手便摸到了頂端。

但是，當我爬上去時，我沒看到海，我大概只爬上了牆上的一個洞。

我回過頭走入其中，月光照亮著一塊極其閃亮的東西，我一靠近，便驚覺自己的心跳聲隨著步伐越來越清晰，而且急遽得似乎就要如過度轉動的嚙合齒輪發出尖鳴，那是，那形狀，明顯的如同正常的船上該有的方向舵。

我握著方向舵，發覺著自己無法控制自己的激動了，在模糊與漆黑之中，眼窩裡的淚水攪著洞裡的黑暗打轉——老師的淚水，我不想看到，我要怎麼安慰她——同樣翻攪著，我的手用力的迅速轉動方向舵，越來越快，越來越快，我感覺抵抗我的機械力慢慢減弱——

接著，方向舵鬆開，跟著失去施力中心的我跌落到地上。突然，我注意到有股強而有勁的聲音，一開始我以為是我的心跳聲，接著聲音變大，使我聽得相當清晰。並不只是我的心跳聲，我爬起身子，往洞外看。

大堤防底下露出了一個一個如同沙洲被潮水咬齧後，大小不一，半圓形的潮池般的洞，從底下瀉出的是，映著清晰不已的月光，潔白的如乳汁一般的白色狂潮，漫淹過那從上頭看才驚覺滿是一片朽黃色的紅樹林。接著接著，我感覺著江海似乎還要源源不止的往更遠的地方去，那裡，熒黃的燈光綿延成一個惡魔微笑的形狀，彷彿正毫無羞恥嘲笑著老師的哭泣。

我覺得鼻子癢癢的，大抵是澎湃著極為強烈的海的鹹水味之故，然而，當我用手去碰碰鼻子，手上沾到了臉頰上極為冰冷的東西，我定神一看，是我的淚水，原來是我的淚水啊！合理的，我接著分辨出了鹹味中不可分割的膽小鬼的乳臭。然後，笑了，原來，站在那麼高的地方只聽得見聲音，是聞不到味道的。不過也無妨，這堤防的洞引進的海水，就要淹沒這座城市了，就像老師的淚水，突然淹沒我一樣。

而一切都是我所造成的。

二

遇見老師之前，我是漂浮在潺潺溪水上的蟲兒。輕飄飄的浮在上頭，意志的重量似乎總是微不足道。每次伸出腳游動，只能維持兩秒背離流向的移動，接著又被水流推著不停打轉。是的，我一句話只能說兩秒，兩秒那裡，似乎有道巨大的堤防，說話的力道撞到了堤防上，只能碎成混沌的浪沫。

原先，或許我只是語言發展較為遲緩，然而一次，父母的激烈爭吵中，兩秒變成了不可打破的界線。

「爸爸，媽媽——」

「閉嘴，如果沒生你，或許我們就不必維持這勉強式的關係了。」

呼喊他們的名字花的時間，稍微長大一點，與世界對時後，便以兩秒這清楚的知的型態，巍峨的擋在每句話的前頭了。

三

看著老師上課，是一件很幸福的事。

這個概念不是突然而來，一開始，小跑步到選修課的上課教室時，除了裝老師發的資料的L夾，我還夾帶著一本雜書想要趁無聊的時候讀，然而，第一次想要把手移到書本上時，老師就突然叫了我的名字，手便如同碰到滾燙的東西般急遽地收回來，聲音迅速瀰散在伴隨的沉默中，讓我誤以為只是空氣裡的雜響——畢竟，我名字的語調從未如此溫柔過。

接著她再呼叫了我一次。這次才明白，方才我的手並不是碰到滾燙的東西，而是手本身燃燒起來——不，整個身體都發著紅光，冒著蒸汽。

「你能發表一下，對雲嘉南濱海沙洲流失的看法嗎？」

「政府放消波塊，想要固砂，但我認為那是不對的……正確的方式是，積極復育原有的紅樹林。」緊張的我，硬是在兩秒的時限內講完話，然後馬上低下頭，找一個能令目光降溫的地方。

「呵呵」，老師笑了，接著同學也跟著哄堂大笑。當我尷尬地不知如何是好的時候，老師說了，「這句話剛好和我在問問題前提出的看法是一樣的，我們很有緣喔！」

當時，老師讓我坐下後，奇妙的，我不再替四肢突然上升的熱度感到難過，那股熱度盛裝在溫暖厚實的肌體裡，有血有肉的撲通撲通跳動著，是的，她的話語塑造了我的心，我的心跳聲——和以往的老師不同，她能支撐起我的渴望。這次，我感覺得到，自己說完話時，自己並沒有繼續陷入打轉的水流裡，而是穩穩的沉澱下來。

四

我在想，如果我是老師的話，我肯定會認為自己那時一定沒專心上課，然而也可能是彼此純粹真的抱著同樣的想法——於是為了讓老師相信後者，我必須積極否定前者，向她證明我很認真。我開始把原先預復習功課的時間，用來上網查詢資料。接著，就拿父親丟在桌上釘成整本的廢棄公文，利用背面抄寫資料，並規劃如何復育紅樹林的構想。

在計劃表的最後，我把幾張紙黏在一起，把外婆家的蘆竹溝漁港外的新北港汕描了出來，在靠近潟湖的灘線用上HB鉛筆的淺灰色勾勒了枝幹，接著用淺綠色色鉛筆，仔細的點出橢圓狀樹葉。想起那句「積極復育原有的紅樹林」重疊著老師的聲音，我便覺得原有的綠色稍嫌亮度不足，而加上了綠色螢光筆鑲邊。

最後，我心底突然湧起海茄苳的呼吸根竄出鹹水面的畫面，直愣愣，相對枝幹光滑飽滿的表面似乎還能瞥見要從其表皮賁張起來的血管，它明白的脹起令我頭腦發熱的強烈渴望，談到呼吸，如同伸進情人嘴裡的舌頭那樣，極力的想要嘗到被喉頭裡的陽光薰得暖呼呼的溼黏空氣，強化生命本體的空氣。

談到愛意，那堅昂的自信，令我慚愧的，攤開手把連褲襠都撞不破的類似玩意兒，僅具莫名的生命力，而毫無自信的理由的玩意兒，強勁的壓進下腹部裡，冒著咕嚕咕嚕潛下水裡嘴裡吐著的氣泡聲。

五

老師看完了計畫。深深的吸了口氣。

「你願意把這項計畫做成科展嗎？我當你的指導老師，好嗎？」

然後她，又使勁的拉長音，用熨斗般的溫柔呼喊我的名字。

我向老師敬禮，頭和身子都變得服服貼貼起來。

六

每次到蘆竹溝收集資料，都是老師開車載我。

老師的車很小，她習慣性地開後座的車門之後進入駕駛座，因此，我常常就和她在車上隔著一個椅背對話，當然我的回答一樣不能超過兩秒。

「到了之後，你一個人留在那裏可以嗎？學校不給老師公假，畢竟是領薪水的。」

「嗯。」

「我放學後再來接你，一定，不要擔心。」

「謝謝。」

「呵呵，」老師笑了，「老師發現你說話很簡短，不會是省話一哥？」

「什麼？」我原本以為老師要罵我，而著急起來，我想著要怎麼在兩秒內說明我只能說話兩秒。

「沒事，只是說你是個可愛的好學生。」

這句話，一直縈繞在我耳畔，直到發動機轟隆隆的巨響掩蓋過它，老師在岸邊向我招手時，我熟練的複習著以前外婆教我的動作，雙手持槳插入船一側的水面，把膠筏調正到對往新北港汕。等到我要揮手回去時，我才發現老師已經不在岸邊看的到的地方。

海風鹹鹹的，浮棚的蚵架掛在湖中，潟湖裡沒有浪，藍藍的非常平靜。如果再慢一點，還有其他人在膠筏上頭，如果不是我一個人，老師也蹲坐在我的旁邊，就算只有二秒，我也會盡力給這裡每一道浪，每一掛蚵棚一句我的定義，只有我們的時候世界的樣子，讓她呵呵地笑。

她一定很想知道這裡潟湖的蔚藍，而且很想保護著。

突然，膠筏撞上沙洲，陷入泥裡，我聽見紅樹林後頭的海的呼喚，便下船走了過去，撥開海茄苳充滿細毛的葉子，還有磨蹭在大腿上的呼吸根，我逐步前去。順著老師在前一天晚上，自將軍溪口，畫向沙洲的紅色虛線調查。

對了，老師也應該要看海。

七

「侵蝕沙洲的海。」同時是校內科展評審的導師說。

「你覺得你的數據真的有說服力說明抵抗它的該是生命，而不是現有的，效果卓越的沙腸袋工法？」

「那些埋在土裡的黑色塑膠袋，和消波塊沒兩樣。」我說。

「那是你說的——重點是你並沒有證明，之前撤掉堆城牆一樣的消波塊，有段時間改用植生工法，但是失敗的原因。」

「那是之前的事。」

「你推翻不了過去，你對現在的觀察還有對未來的期望，都會變得一點意義也沒有。」

「別那麼兇，他還只是孩子，好嗎？」老師對我們導師這麼說。

「這點和你一樣，只一廂情願的，都是孩子。」或許是我第一次注意到，導師的語調很嚇人，但是被說老師和我是同一類，或許我該高興起來。

但我沒有。我看著老師用手扶著頭，倚在科展看板上，眼淚，亮亮的，閃著灼熱光芒的東西，掉了下來。

那瞬間，我並不明白自己在做什麼，也不知道哪來有那麼大的力氣，我用力的，相當用力的把拳頭撞在導師的肚子裡，然而，就如同我的那玩意兒沒辦法衝破褲襠，我的話語沒辦法超過兩秒，我和老師之間隔著椅背，我的拳頭也被活生生的擋在他汗津津的衣物上。

接著，我記得老師的哭聲，溼溼的閃亮的東西從她動人的大腿處流動過來，空氣裡漫著沉重的鹹味，還有血腥味。老師，像極了飄在潟湖上的沙洲。我微笑，闔上眼昏了過去，最後記得的是我被導師報復性的後空翻。

八

之後，我做了很長的夢。

夢，是如何維繫的呢？朦朧的迷霧，潺潺的流水聲，咕嚕咕嚕的氣泡，血液沉沉地撞擊在瓣膜上的聲音。我沉沉的步伐被拖往一旁的書店，隨手從書堆頂端取了本書，是《聖經》。

上帝是全知全能的嗎？

不，知的部分必然成為絕對的「事實」而無從改變——不可能同時達到全知與全能。萬物如水，之所以擁有位置，是因為被知的壁圍住，但從而也失去流動的屬性。那什麼是上帝與人的區別呢？

區別似乎在於，是否擁有抽掉器壁的自由。

或許這還不夠精確，人只不過是不能持續的擁有這種自由，夢，現實的潰堤，破除了絕對的堤，我們將能獲得機會重塑知與能、動與靜。

或許是多了空間，水流變得緩慢，我逐漸感受到意識的重量拉我下沉，漫漶到陸地上的海水正在減速，等到海陸的分界被重塑，或許我將作為新沙洲的基底而存在著。

九

抱著自己整理好的調查報告，我自信滿滿的走進自然科辦公室。

沒找到老師，尿意上來，便往樓梯間的廁所走。

「多虧那孩子，我好不容易有機會能和你講講話，你能不要避開我的眼神，跟我在一起好嗎？」

「你不要一廂情願了。還有，科展評審我會公事公辦，我和你之間的關係也是，這樣夠明白了？」

那是，老師怎麼和我的導師……，導師快速的踏下樓梯離開。

「果然你還是少話的時候比較帥氣。」老師轉過身來，我猝不及防的接下她被淺淺闔上的眼皮罩著的陰日目光。

老師，僅僅是對著我微笑。

十

「跟我走，」我牽住老師的手，走下樓梯，「你該看看海。」

「明天就要科展了。」

「我不比了。」

走出校門，走過水田、魚塭，我們來到蘆竹溝的北門漁港，我已經一腳踩在膠筏上，老師仍不願意下來，無論我的手如何用力，卻拉不近我們彼此的距離。她背著初升的朝日，晶瑩的東西從她臉龐的邊緣不斷滑落，滴到手臂上，然後緩緩流下來，從她的指尖滲入我的指尖。是手汗，還是淚水？

我——我放開她的手，站上前去，直直抱住她，然而她的身體輕飄飄的似乎就要被不斷湧出的淚水沖刷殆盡，失去施力點的我，拉不回偏移的重心，和她一起掉入了水裡，一切知感瞬間被絕對的冰冷滲透。為什麼呢，為什麼呢？是浮力作用嗎？我的手慢慢鬆弛開來，再也無法避免她往潟湖的深處沉去，而我還浮在上頭，深處傳來一陣一陣，以羊水為名被我認知的腥味。

「我要把你的淚水永遠留在這裡。」

潟湖，也是海的一部份，沒有波浪，但是美的成分無異。

十一

我醒來的時候，父親在病床邊打報告，母親在看韓劇。

「學校說，你在做科展的時候，在媽那裡跌傷了。」

「嗯，老師怎麼說？」

他把手機給了我，我按了老師的電話，臉貼到觸控螢幕上時，我的臉脹紅起來，眼窩也是，我終於感受到這暖暖的有點燙人灼熱。

是第一次，驚得我縮回手的灼熱。

這時我幻想著，接電話的人站在溪口，漫漫河道上，空白的，我欠缺意志的過去，忽然有了意義，展開成無邊無際的大海。在這片蔚藍之前，其所搬運而來的砂泥，堆積成了獨立於海上的巨大沙洲。生長著的茂密紅樹林，摟過陣陣海風，海風裡夾帶著太陽從溼潤的泥沙裡蒸出的熱氣。

而我正處於其上。

「我們很有緣喔。」我喜愛的她，隔著遠遠的淹沒整座城市的潟湖，把話傳來。

以老師的身分。

而我還有兩秒回話。

名家推薦

故事中，主角是為了符合心儀老師的期望而去作田野調查，作者雖沒有直接寫生態，但對於雲嘉的沙洲、蚵棚、魚塭的描寫十分道地。結尾「而我還有兩秒回話」，引人深思。——鍾文音

牧葵

短篇小說獎——優勝獎｜破　相

文字是死的，但故事不是。作者是難看的，但故事不是。
本名龔羿芳。連載過短篇《朝暮》，中長篇《良盡》、《夕生花》、《棲夜而行》、《刺蝟與薔薇》、《賣火柴》。
我的巴哈：牧葵
我的晉江：還是牧葵

得獎感言

地價太貴吃不起土，改吃東北季風了厂厂
愛 BL、愛正太、愛大叔，愛世界和平。相信堅持不懈的書寫、與不要臉的宣傳是擺脫吃東北季風唯一的路（歐諸君，我愛 BL 愛得如此深沉啊，嚼著口感冷冰冰的東北季風也要投稿……還不來愛我！用力地愛我！就算擺脫不了字數限制打不了網址，你們還是會來愛我的對不對！！！
……QAQ

一

隔著翩飛的雨絲，窗子上大大地映著「夜朵」的招牌。「夜」字的上半部因燈管損壞而沉浸於夜色，剩餘的鮮豔、一筆一劃組合成廉價的色彩，從黃接著是紅、再來是深紫與白。

房中充斥著一股霉味，窗裡的剪影正以夜色蔽體。這間破舊的賓館連個能遮擋視線的窗簾也沒有。其實，一開始不是這樣的，阿閩記得兩年前，他還能扯著髒布似的簾子低喘。

此刻他正從發出「嘎吱」聲的床板上起身，由床頭矮櫃上的紙盒抽出衛生紙、體貼地遞給身側的男人。那全裸的男人撐起臃腫的身體，鼻腔裡還殘留方才混濁的喘息。呼、呼……接過衛生紙，卻先掏出了皮夾，用沾滿精液與汗臭味的手點了七張百元鈔，遞給阿閩時、不忘獎勵寵物似地點點頭。

這比一個小時前說好的還多了一百元。阿閩沒有道謝，只是在覆蓋房間的陰影中擠出一個無聲的笑容。他把鈔票胡亂地咬在齒間，離開床鋪、撿起自己扔在地上的衣物。又是「嘎」的一聲，他無比確信，自己會在未來的某天，呻吟著壓壞這張破床。可他也無法指望那個吝嗇的老闆願意更新房裡的東西……反正充其量也不過是在這裡賣身的，阿閩沒怎麼好挑剔。

慢慢地套上牛仔長褲，他注意到床上的男人仍看著他。竟像是意猶未盡。看吶，那充氣似的巨大身形、還有空氣裡明顯是攝取過多蛋白質造成的精液惡臭，阿閩想笑，可五臟六腑內即將潰堤的滑稽感，最後只是讓他慢慢地抬起手，如同某種做作的撒嬌。指尖劃過蒼白的下唇，他掩嘴笑了聲。

「今天不行了。」

那是十歲、還是十一歲？上次他還與同桌的男孩指著街上的胖子、用最刻薄的語言大笑。如今這裡最可笑的擺設是誰，卻還未能肯定呢……他的客人沒說話，倒是阿閩聽了出來，他用雙唇吐出的聲音，帶著某種被菸與歲月過度燻染的沙啞。

這又是五年、還六年以前呢？居然想不起確切的時間。阿閩曾一度被街角那個彈著破吉他的長髮男人說服，兩人準備組成樂隊報名比賽。當時啊，他還做著當主唱的夢，在喝醉時高聲地哼著不成曲的調子、說只等他們紅遍大江南北……結果呢？細節也記不清了，好像他跟長髮男人上了床。然後男人走了，留下一把破吉他，而他又回到這老本行。

那把吉他收到哪裡去了呢？阿閩站在床頭便忽地開始思考，腳底下不自覺地跟著窗外的雨聲打起了拍子。答答、答、答答，他第一次寫的歌好像是這麼唱法……「可虛擲的就隨便虛擲吧」。哦，他差點忘了他這破鑼似的嗓子，已經唱不了任何曲調。

身後的男人聽見他的哼唱，低低地笑出聲，挪動身體、肥大的手一把攬住了他的腰，看來是決意要和男妓證明自己寶刀未老。嗤，阿閩並未掙動，任由自己被一把扯入黑暗、粗魯地拉下剛穿好的長褲。

帶著氣味的雙手胡亂地撫過身體，阿閩閉上眼睛。答答、答、答答。

二

男人是黑色的，這是阿闖對他的第一印象。破相之後，他便沒一個像樣的客人，這晚他本來以為能稍作休息，卻在把自己喝得爛醉、踏出暗巷內的酒吧時，迎面撞上了對方。

黑色的。黑的西裝與筆挺的襯衫，阿闖第一次在櫥窗外看到當真會反光的皮鞋。他匆匆地道了聲「不好意思」，特意裝出那種斯文的口氣。退後半步，視線對了焦，正好面對著對方領帶的三角結。抬起頭，只看見線條冷硬的下巴。

男人一動也不動，說來阿闖本身有一米七五，那人卻更高。「沒關係」，上方落下的聲音，很像他還有副好皮相時會遇上的那種客人。他看得出來，男人也是個尋歡客。但阿闖還算有點自知之明，就算分辨不出西裝的牌子，他仍知道抹古龍水的不會是他能接的客。

他打算走。用洗到褪色的夾克裹緊了身子，繞過男人，旋即被叫住。

「大學畢業了沒？」

阿闖硬是被他問得愣了一愣，連醉意都褪去了大半。他有些好笑，回頭，這次開口、便忘記使用上一句裝模作樣的語調。

「這年頭，被操還要問學歷？」

呵。不知男人為何揚起了嘴角，阿闖是真的納悶，但他這次看清了男人的五官。在遠處街燈的光線下，白皙的面孔如同他半夜做夢時常見的人影。幽靈似的，可他好美好美。

幾隻飛蟲在兩人之間盤旋，阿閩伸手揮開，不經意地看見男人左手無名指上、一枚閃閃發亮的戒指。

可他仍在放下手後，跟著笑了。

三

男人說，他喜歡他說話的樣子，於是阿閩在雲雨時一反常態得聒噪。男人提起他的腰，他說起自己前一次那個身形臃腫的客人。男人插入，他便叨叨絮絮地講起他從盜版色情片裡學來取悅尋歡客的話術。抽動時，一面呻吟著一面講起臉上那塊傷疤的由來。哦，我曾跟一個人一起做音樂，我們本來要組成樂團，比賽，我是主唱呢。

可是他啊，最後只留給我這塊疤。

「所以，你說的疤是？」

那個，嗯、啊啊，就是我們分手的時候，嗯，嗯嗯……唉，那個什麼，哎你慢點啊！那個，他給我潑了東西……你瞧瞧，我的臉。

男人沒應他的話，只是抽插、低吼般地喘。阿閩有許久沒給客人帶回家過了。他看著雙人床的另一側，男人臥房裡擺著個和「夜朵」類似的床頭櫃。看上頭的相框，一個女人安靜地佇立於相片中，隨著體內的高潮，啊——！阿閩放蕩地喊出聲。視野裡，女人單薄的臉龐搖晃起來，男人手上的戒指，隨著媾合的律動一次次嵌進阿閩的背。

「妻子？」

男人點了點頭，抱著汗水淋漓的肉身、把他推向最後的收尾。她不在了……他的口吻彷彿細語的情話。聽得阿閩猛地愣了下，身上的人卻有如他說的話一般，雲淡風輕，在男妓體內草草地結尾。

失去活力的陰莖退出體外，阿閩想到了來生。曾想過也有一日擁有子宮、看著自己的肚子膨脹起來。可他捧起男人的臉啜吻，此刻卻只覺得自己的腸道也有了不應有的功能，除了嬰孩以外，原來這副軀殼能孕育別的東西。

他用前所未有的方式溫柔地吻過男人臉頰的每一吋。憐愛超載、從肛門一點點地溢出，形成的水痕，在潔白無瑕的白色床單上緩緩擴散。

四

那夜，耳邊迴盪著久違的情話。阿閩聽男人說，他是從美國留學回來的博士……今晚這位大博士，本想找個能與自己平等交談的人作伴，卻遇上了阿閩。阿閩國中未畢業便輟了學、字都識得零零落落。

真傻。他貼在男人背後，這樣說道。男人沒說話，不置可否的態度讓阿閩產生了無以名狀的優越。這個人、眾生，也不過如此。阿閩說，讀了再高的書還是要跌落凡塵，說起故事，還未必有他這男妓的一半精采。語罷，男人依舊不作聲，背對著他的身影卻傳來細微鼾響，想是睡沉了。

阿閩翻過身，把被子翻開了些，他兩腿打開一個晚上、都未必賺得到這床羽絨被的價錢。可阿閩嫌熱，這被子捂得他相當難受。他打算起身走走，不久前男人領他回住處，他也只來得及往那擺設豪華的客廳匆匆一瞥，便被拉進房間。

猜想男人是寂寞過了頭，才至於對他這樣毫無防備。阿閩也不是沒扒過客人的皮夾，對方這下可是給了他大好機會。可他回頭看了男人一眼，還沒來得及生出點歹念，心底一軟，就只覺得腹部，有些脹。

站起沒幾秒、便又坐了回去。「咚」的一聲悶響，手背不慎撞上床頭矮櫃的稜角。阿閩瞬間痛得呲牙咧嘴，抽回手，身後的男人卻絲毫沒留意男妓的動靜，僅是打了個無意識的噴嚏。啊啾！安靜下來後，夢鄉如魚在寂靜的空氣中泅泳，吐著泡泡、往更深處探鑽。

痛楚稍減，阿閩揉著自己的手背。忽然意識到，那個雪白而漂亮的男人就睡在咫尺之遠。這麼一想，好像疼痛也別有含意。賓館「夜朵」同樣有個床頭櫃，可被時間磨平了稜角，怎麼也無法磕傷他。

阿閩低下腦袋，將鼻尖貼近櫃子。嗅到了一股木頭的氣味，模糊的視線甚至隱約能畫出木紋的質感。那嶄新的味道他反覆地嗅了嗅，好像忘記自己剛被磕痛……他伸手撫摸矮櫃，忽略凸起的細刺可能扎入他的指頭。

話說，他安身的地方、那個狹窄的閣樓鐵皮屋從沒有擺過這樣的櫃子。阿閩試著想像，或許他有過夢想，要在住處床頭安一個那樣的櫃子，會是什麼感覺呢？他大概會在上頭擺滿機械貓公仔，而下方的抽屜便空著，以保留那股淡淡的木頭香。

很快被虛構的童年夢想說服，阿閩心滿意足地躺回原處。肚子依然很脹，卻不那麼難以忍受。畢竟，他躺在一個木質的床頭矮櫃旁，它既新、且好聞，從這天開始，阿閩便只想待在這樣的櫃子旁。做什麼呢？他也說不上來，或許就用不同的體位交歡吧。

五

顫抖的唇齒要說些什麼，還沒能說，便被另一對溼潤的唇封住。男人嘴裡的氣味像發酵的牛奶，阿閩想起他也曾在深夜的便利商店，為了一個染金髮的夜班小伙子，每晚沉默地並肩、把一籃籃牛乳放至冰櫃的陳列架上。混亂的情史啊，也理不出個時間軸，現在依稀記起的面容，好像每個都差不多……他們上床了嗎？肯定的。那是阿閩獨特的魅力，他能察覺誰有那方面的可能，並把所有看上眼的雄性動物圈進懷裡、共度良宵。

同樣可以肯定，那是他破相前的事了。第二日阿閩站在男人家的浴室，用手指輕觸碰洗手台上方的鏡子。他的五指，在鏡面上留下了一個個橢圓形的指紋。潔淨的平面鏡上，映出阿閩光滑白細的臉蛋……他被透氣窗裡照射的陽光刺痛眼睛，笑了一下，細微的腳步聲傳入耳中。男人踏進空間內、由後方抱住他，他用乾淨的臉龐廝磨著男人的鬢髮。而後衣衫落地，褪色的長袖疊在男人的襯衫上，如兩具身軀，在墊起的腳尖下發皺、定型。

床頭矮櫃。阿閩說起了那個櫃子，用他捏造的夢想取代了破相的話題。你被潑了什麼？男人打斷他，可他只顧著呻吟，啊啊、嗯嗯，嗯。

沒什麼。什麼也沒有。

六

我妻子後天回來。

後來某天，男人這麼說。可你不是……阿閩剛開口便頓住，硬生生地愣了好一會兒。他看著男人無精打采的臉，輕聲說「好」、大概同時也點了點頭。接著便到後陽台收下自己半乾的衣服。和男人借了一個袋子，把自己數日來帶到這裡的東西一一裝起。

離開前，男人又和他求歡一次，阿閩邊收東西邊說了聲「不」。卻只聽到男人在背後喃喃地咒罵：呸，不過是個瘋了的男妓。

不過是個平凡無奇的櫃子。阿閩走了，臨走時特意折返、摸了摸那個床頭櫃，發現他已經找不到最開始的那股氣息。木頭嶄新的味道被人間的空氣稀釋，淡薄到最後、他的鼻子亦無法捕捉。

稜角不知不覺地磨平，變得和「夜朵」裡的矮櫃毫無分別。男人在他身後大聲咆哮，瘋了似，嚷嚷著要他立刻滾出去……可阿閩只是著魔地撫摸床頭櫃，這東西舊了，再也沒有辦法磕痛他。

一如他的人生、他理不清的情史。

他被男人半推半拉地摔出門，扭傷了腳，滿腦子卻只想著木櫃。走下別墅前的矮階梯，腳底踩上滾燙的柏油路，他忽然便對床頭櫃失去了興趣。

身無分文，便一跛一跛地往回家的路走。兩旁的稻田隨風劃開波紋，偶有來車與他呼嘯著擦身。好像是初春、又好像是槁枯的秋，對阿閩來講毫無分別，他一步步地往前。

他記起了他的初戀，破吉他原來早被遺棄在某個深巷的垃圾堆裡。你要當我的主唱。阿閩記起來，長髮披肩的男人在床上這麼和他說著，那個人常提起他喜歡的機械貓。

是機械貓嗎？那是一把吉他、還是別的樂器？阿閩轉眼便又忘掉了，搖搖晃晃地邁出步伐。頭頂上，豔陽高照。

七

他這輩子，就是個賣身的。

住處沒有矮櫃。阿閩在發黃的馬桶上拉肚子，昏暗的廁所擠壓可呼吸的空間，馬桶蓋裂開、咬著他的股肉。腫脹多日的腹部終於慢慢地瀉下去，他看著磁磚間黑色的汙垢，答答、答、答答，在四面薄牆築構成的陰影裡，用腳趾敲起了無意義的節拍。

坐在馬桶上摸著自己臉上的傷疤，阿閩閉上眼睛，他已想不起今早那個男人的模樣。他打算先睡一覺，今晚再去熟悉的酒吧拉客。他會找個把床板壓得「嘎吱」作響的客人、最好那人的身形臃腫得引他發笑。醜陋的臉、惡臭的精液，他貼心地給他們多抽兩張衛生紙，或許就能拿到超出約定的一兩張百元鈔。

沒辦法，他挑不了客。阿閩停住腳下的節拍，這麼想著。

誰教他破了相呢？

對面破碎的鏡子，蜘蛛網般的裂紋映出他的臉蛋。他起身，半彎著腰頓住身體，隨著稀糞、還拉出了半截脫出肛門的直腸，阿閩慢慢地把手指伸到身下，費了番功夫，將那脫肛的肉色塊狀物托回體內。

視線直盯鏡面……瘋了、他真瘋了。沾著糞水的手猛然握成拳頭，阿閩踉蹌地衝上前，撞上那面靠牆擺放的鏡子。

「啊啊，啊啊啊啊啊啊啊啊啊啊啊啊——！」

拳頭砸上鏡面，一遍遍，直到碎片扎入他的手。血與糞水，沿著枯瘦的手腕滑落，砰，砰，砰！阿閩瘋狂地把鏡裡臉龐打碎、打碎。任由碎片噴濺在磁磚地上，倒映的出他的面容。

潔白、光滑，無瑕而姣好。

林宜賢

短篇小說獎——優勝獎｜Explosions

台中大里人，1998 年生，目前就讀於台中一中社會組
喜歡音樂和文字，特別是小說和搖滾樂，偶而打籃球或旅行，或和朋友去吃飯。

得獎感言

謝謝這個獎，評審老師還有編輯，還有所有參與者重新開始的那個晚上，舊公寓的騎樓外下著悶熱的雨。我以一種**將就**的心情等著。打量起新的住處，住宅區深處，暗色系的那種陳舊，甚至有些霉味。不過，這裡讓我感到安穩，全新而混亂的自己有了能夠停留的所在。

鋁門開了，老男人探頭而出，背景是走廊內溫和的黃色光線。

「你好。」我說

「快點進來吧，很晚了。」

「我提起旅行背袋，跟著他走進了黃褐色調的客廳，微微的光與木製家具，十分舒適。老男人端了一杯可可給我，在我對面慎重的做了下來，像是在對某個工作上，麻煩的客戶那樣，緩緩的說：「你**之前那邊**的事情大致上解決了，生活上的費用每個月都會固定匯來，你只要負責**好好的**在社區學校上學就好，不必去特別擔心什麼，懂嗎？」他頓了一會，我點頭表示明白。

「而我的角色……你就算把我當作**房東**好了，也沒有關係。至於房租，會從那筆費用扣除，剩下的就交給你當作生活費。嗯……沒有什麼問題吧？」沉默了快要十秒，外頭的雨可以聽見下的更大了，他靜靜的注視著我，有種對我感到既麻煩，又不得不關心的感覺。已經十點過半了吧，我想。

「沒有問題。」

「很好，你的房間在三樓。」他滿意的點了點頭。

老男人把鑰匙交給我，沉甸甸的，我獨自一人走了上去。

我儀式性的敲了敲房門，心中對內部閃過無數想像，大多都是灰暗的。進去之後很仔細的檢查了屋頂與牆面的交接處，是否留有水痕。熱水器的位置、馬桶和電線的狀況等等。

我躺上那張不太軟的單人床，忽然覺得，就算**不滿意**，也沒有其他的選擇了吧。幸好**這裡**目前為止都讓人感到滿意，比原來想像好了很多的單人房。

床靠著落地窗，外面有個非常狹小的陽台，散落幾盆死了植物的盆栽，夜色很黑，對面公寓微弱的燈光能夠看見。環顧房內，木衣櫃、木地板還有咖啡色單人沙發。有個只能淋浴，乾淨而簡單的浴室。很好，沒有什麼**多出來**的東西。

從背包拿出型號老舊的 NOKIA，我撥了輔導老師的號碼，她交代我不管多晚都要打的，**安頓**下來之後。

「一切都還好嗎，住的地方怎麼樣？」她問。

「一切都很不錯。」她冷靜、專業的模樣在我腦海成像，溫潤、使人感到舒適的語氣，非常美的女性。

「你只要清楚的記得，早上和你說的那些話就好囉，不需要特別去擔心什麼。至於發生的那件事，你要非常謹慎小心的去**想**，了解了就沒有什麼了，可以嗎？」

「嗯。」

「你能夠把我說的，有條理的說一遍嗎？」

「人。總有那麼一天會爆炸的，我們並不知道什麼時候會發生……」我緩慢的，像是背課文一般念出。

「它還是？」她提示性的說。

「一種過程。」我回答。

「嗯，這樣我就能夠稍微放心了。希望你能夠盡快適應新的生活喔。」

「如果遇到某些問題，能夠打給妳嗎？」我小心的問。

「當然可以，隨時喔。我能理解你現在有許多不安，你可以把**那些**都和我說喔。」

「謝謝妳。」

「早點休息吧，要好好照顧自己喔。那麼晚安囉。」

「晚安。」

我沖了澡，冰冷水流在溫熱的背上流下。回想起早上，在清晨走向新學校的路上。很安靜，那位中年女性就在我面前爆炸了，如死去的恆星般無可挽回的炸開了。但是沒有人停下來，我就在一片混亂中走到新學校報到。

我先被帶到輔導室，輔導老師和我講的許多話，現在回想起來很模糊，不過能讓我感到安穩。這樣紛亂、難以承受的一天，我幾乎沒有力氣去融入新的環境，發呆的時間也許大過清醒的時間吧，心好像被磨平似的。

睡前，在旅行背背袋裡找到 SONY 耳罩式耳機，和 Transcend 的 MP3，裡面只放了一張專輯，Radiohead 在一九九三的 Pablo Honey。我對欣賞音樂並不在行，也沒有音樂上的基礎。不過，我能清楚的意識到，這音樂真誠、珍貴的部分。與電台上被強烈播送的流行樂，有著明顯的差別。

清脆、快意的吉他在腦海化為無數火花，非常明亮。

早晨非常安靜，我在六點左右醒來，在附近超商買了早餐。在樓下遇到了老男人，他給我一種過分世故、某位讓人感到尷尬的長輩那樣，也許是我的偏見吧。在從他手中接過生活費的時候，有種非常不平衡的情緒，上對下的那種，寄人籬下的那種。

到學校的路上下了雨，整個陌生的城市都變成灰色了，有種難以言喻的壓迫感。我想，這樣十七歲，對未來感到一片茫然的少年到處都是吧。還不到遊手好閒的成度，還在盡可能地去抓住些牢固的事物，而且還沒有絕望。不過現實，總是不斷的和料想中的自己錯開，有時還會突然發現自己變得面目全非，而且難以去回復些什麼。

背包是防水的黑色帆布材質，裡面的東西沒有問題，但短袖運動服溼得讓人很不舒服，也只能將就了。我讓自己盡量保持客觀而孤立的態度，好像站在高處那樣，去觀察學校和班上的人事物。並不是帶有高傲、刻意去隔離什麼的心態，這只是為了**保護自己**啊。在極度吵鬧和混亂的課間，用 SONY 的耳機聽 Radiohead 的音樂，這種感覺好像在某部激烈的電影中，播放步調完全不同的配樂那樣。

有次課間去廁所時，我遇見了猴子，站在便斗前小便的我。正在想像有關爆炸的畫面。而猴子就站在我左邊，相隔一個便斗的位置，此時廁所只有我們兩人。

「欸你知道 K 女優引退了嗎？」猴子突然發問。

黏膩沉悶的陰鬱午後，廁所的氣味很糟糕。

我愣了一兩秒，以一種哀怨的語調：「靠，別提傷心事好嗎。」

不過說實在的，我對 K 女優並沒有太大的偏好，或許我只是在表示友善吧。而猴子說話的方式有種權威性，或者說是魅力的成分。反正話題順利的打開了，我們也成了朋友。

有個聊天的對象也好呀，我想。而且我也因為猴子，聽見了搖滾樂。在接下來的日子裡，也從他身上學到了不少哲學性的事物，那些我從來不會去想的。比如說對於死亡，或是成為二七俱樂部的一員。

對於學校，借用猴子的形容好了，就是 **Factory**。那樣日復一日，瑣碎無聊的日常。我們仿若 **Labor**，重複做著一樣的事情、勞役著心智，而且逐漸對自己感到麻痺，也對未來感到模糊。

同儕，一同待在 Factory 的這群人，我感受到一種強烈的冷漠、偏見和過份的無聊。這裡有小圈圈，有冷暴力。好像必須找到一群人，一群看似感情熱烈，卻把自己情緒盡可能縮小，好讓眾人情緒無限放大的人，才能免於群體與群體之外的冷冽氣流。

而且最近一直在下雨，陰天簡直快把我殺死了，在教室的時光都在看小說，或者戴上耳機聽著猴子給我的搖滾樂，音樂外面的他們也許在打架，在談幾乎沒有意義的戀愛，無聊至極。而我和猴子聊著搖滾，爬到骯髒頂樓，用沒調音的電吉他，彈著簡單和弦，好似這樣就能脫離現實一般。

志豪和我同班，因為猴子的關係認識的。他很安靜，比起喋喋不休的猴子，講起話相當中肯。他的氛圍冷冷的，不過冷的有溫度，而且完全不把學校那些無聊的人放在眼裡。俐落的鬍渣，小麥色堅實的體魄和良好的穿著品味。

如果要找出我們三人之中，像是「老大」那樣的角色，應該就是志豪吧。

我們常去的那家酒吧老闆曾問：「你們老大今天沒來？」

我和猴子互看一眼，好像同時意會到什麼般，點了頭表示同意。

「是啊，他的確能夠稱為我們的**老大**吧。」猴子和我心想。

到暑假之前的生活，大多沒什麼變化，總是下著雨，總是那麼無聊。下午通常會溜出

Factory，窩在猴子家裡車庫鬼混。那是個堆著各種雜物的空間（我們的電吉他和貝斯都是在那找到的），老舊的 Kolin 電視播著棒球，或著用 aiwa 的音響大聲的放著搖滾樂，像是 Radiohead、Nirvana 和 Green Day 等等。有時候喝罐裝的冰啤酒或是美式冰咖啡。

那樣的時光非常美好，好像貧乏的靈魂都得到了慰藉，看似沒有盡頭的青春。

I walk a lonely road
The only one that I have ever known
Don't know where it goes
But it's home to me and I walk alone…

「你不覺得這首歌真的很不錯嗎？如果真的有這樣一條路的話……」猴子說。

「一直走著沒有方向的路，不是很累嗎？」我說。

「無聊。」志豪說。

而且車庫裡有一把手槍，是真的。

猴子總愛將那把克洛克 G－19上膛，以一種無所謂的態度放入口中：「只要**輕輕**一按，無聊的人生就結束囉。」

「**無聊**。」我說。

志豪只是靜靜的喝著冰咖啡。

晚上偶而會去酒吧，那裡有撞球和音樂。不過最主要的，猴子會去那邊搭訕女孩，他的對象總是在換，讓人難以理解。

「不會很累嗎，一直換欸。不說道德那種東西了，難道你自己不會厭煩嗎？」我問。

「**沒有辦法啊**，當某個令你感到陌生的女孩，光溜溜的躺在你懷裡，你卻一點也沒感覺的時候，不是很糟糕嗎。」

「你說性慾？」

「不是喔，那是一種抽象的感覺吧，類似**直覺**嗎……我說不清楚。」

「不會感到愧疚嗎？」

「這也是沒有辦法的啊，只能盡量溫和的說：『對不起，我覺得我們之間好像少了些**什麼**，也許是某種強烈的感覺吧，而我已經沒有辦法和妳在一起了。』」

「我搞不懂你的邏輯。」

至於志豪，是從來不碰女生的。如果他想要和女孩子睡覺，應該非常容易吧，我想。不過後來才知道，志豪之前的女友**爆炸**了，他幾乎無法承受，卻盡量把難過的事壓在心底，勉強活到現在。

梅雨季結束前，一個周日早上，我認識了她。在住處附近的假日市集，舊唱片的攤位上，短捲髮的她帶著耳機，愉快的晃著節拍。我一邊翻著超脫的唱片，一邊偷瞄著她在看的……

The Beach Boys? The Beatles?

我開始去想年代，六開頭？七〇？

靠，我對這年代可以說是一無所知。趁她拿下耳機時，勉強開口：「聽過 The Velvet Underground 嗎？」

她睜大眼睛看著我，我想糟糕。地下絲絨在商業上一點都不成功，她應該不知道吧……

「Sunday morning, praise the dawning

It's just a restless feeling by my side...」她以一種明亮的語氣忽然唱起，我的情緒忽然從灰色系的九〇年代，被帶進了溫暖微光的六〇，好像微醺那樣。

她燦爛的笑了，她說：「你喜歡六〇嗎？」

「一無所知。」我笑著答。

「你是從九〇來的吧。」她指一指我手上，超脫的《Bleach》。

我們坐在附近餐廳午餐，她熱烈的和我聊起六〇的美好，也聊學校的總總。「Factory，好棒的形容啊。」她說。

她也討厭梅雨，和無聊的生活。我們聊到爆炸，因為我們都曾經看過。

「妳也有輔導老師？」我問。

她點點頭，輕輕的說：「我兩三天打給他一次欸……」

「呃……他不覺得煩嗎，我好一陣子沒打給她了欸。」

「可以去海邊嗎？」她把一邊耳機讓給我，裡面傳來海灘男孩的音樂。

「不過海到底在哪裡呢？」我一點都不了解這個城市。

「去了車站不就知道了嗎？」

然後區間車就這樣開到了海邊，那個安靜到根本無法想的小村落，我們在海灘坐了下來。

「有海了，然後呢？」我看向她側臉。

「發呆啊。」她說。

然後我那樣和她發了一個下午的呆，用一種難以平復的感情望著巨大的海。「這簡直就是和城市**那邊**不一樣的世界嘛。」我想。

往後日子裡的周日下午，我都和到海邊約會。那種奇特的感情實在難以名狀。從原本那個苦悶的所在逃脫出來，與我完全不熟悉的女孩約會。我們只是看著海，一看兩三個小時，偶爾喝冰啤酒，聽 The Beach Boys。五點左右在車站分手，搭著不同方向的車子，回到屬於各自的城市。

暑假開始之前，我和猴子他們玩起了樂團。我和志豪負責吉他，猴子彈貝斯和充當主唱。至於鼓，找了班上一個比志豪還冷漠的傢伙，叫作志明，時常被小群體排擠的瘦弱男孩。自從很能打的猴子和志豪，在某次霸凌中，和那將近十人的群體幹了一架，於是志明就加入了我們了，實在是莫名其妙的輕狂啊他們倆。

而我永遠都不會忘記，樂器行老闆輕蔑的眼神。不過真的，我們在樂器上的水準簡直不能看。雖然成團的目標，非常好笑的就是想成為像 Nirvana 那樣的樂團。或許猴子會在二十七歲那年，像柯特・科本那樣飲彈也說不定。

在簡陋的地下室刷著骯髒的破音，敲著鈸。以一種「要無聊就無聊到底」的態度，讓所有不安情緒從 Marshall 的音箱爆出。有時候用我的 NOKIA 錄下來聽，真是一堆垃圾，不過誰都不在意。

猴子有天和我說：「我擔心志豪會瘋掉欸。」

「為什麼？」那是一個炎熱的午後。

後子拿了一本雜誌，上面有張攝影……像是馬丘比丘那樣的古代遺跡。他煞有其事的指著一位女生，穿著民族傳統服飾：「她是志豪的前女友喔，一模一樣。」

攝影的日期就在去年夏天，也就是說她爆炸以後去了馬丘比丘？靠，最好是。

不過志豪真的瘋了，他說我們要變的像超脫一樣有名，然後到南半球巡迴，終點就在在馬丘比丘。他以時速一百六十公里的速度彈著吉他，而且要求我們跟上，然後 Marshall 的音箱就像爆炸那樣一聲巨響，總共壞了兩台，樂器行老闆簡直要殺人了，猴子還建議老闆用他的 G－19了結他們，而最後這筆帳算在猴子他爸身上。

從那天以後我再也沒見過志豪了，可能去南半球了吧，所以我開始注意最新的《國家地理》。最後，最值得一提的還是猴子，他真的自殺了（他才十八歲），用繩子。

有次我在學校頂樓遇見他的靈魂，我問他：「為什麼要上吊呢？」

「其實我也不明白為什麼，但這樣或許比較好吧？是吧？沒有理由不上吊啊。」

「會比較好嗎？」

猴子吐了一口煙，靜靜的看著我，什麼也沒說，不過我想他是快樂的。

在海邊，和女孩靠在一起的時候會想，爆炸到底是什麼呢？我的生活在莫名其妙中，失去了好多人。看看自己，還剩下女朋友和一些搖滾樂，甚至還留有猴子的 G－19。雖然我並不知道，它往後會不會擊發，可以確定的是，我總有那麼一天會爆炸的啊。

蕭信維

短篇小說獎——優勝獎｜年　獸

1997 年生，喜歡安靜與熱鬧，熱愛旅遊又常宅在家。雙重性格。

得獎感言

感謝我的家人，感謝路上的每片風景。

「……然後他們每個人就穿紅衣戴紅帽，竹子燒的霹哩啪啦的，廚房裡不斷剁肉，刀子敲到砧板叩叩叩地響，讓年獸來的時候雙眼昏花耳聽不全，只見村民正在準備……」講得口沫橫飛「年獸來了！年獸來了！」阿公大喊，彷彿真的有年獸似的，其實他老眼昏昏，若真有年獸在他面前搖頭吐氣裝腔作勢，他也未必能發現。

阿公反反覆覆也就這一個過年故事，每講一次我就笑，不是因為故事本身或阿公滑稽的語調，而是阿公千篇一律的說詞，像是某種咒語，急急如律令、臨兵鬥者皆陣列在前之類，可能是想要安頓自己或誰，堂哥之前就說如果阿公遇見了一千零一夜的國王，一天一夜就死了。所有人大笑。阿公也靦腆的笑了。

大家族，人丁興旺，說是龍生九子，阿公就真的生了九個，子女個個成龍成鳳，大伯父吃齋唸佛心地慈善，二伯父沒結婚學歷高念法律的……天生富貴吉人天相，幾年前阿公賣了一部份地，風水師來看說真是好地雲從龍風從虎，起大厝旺子孫喔，於是剩下的地蓋高樓，見者有分。大樓算是祖厝，三十幾戶九個子女一人兩戶，餘下的幾間給建商賣掉，幾間留在阿公手裡，阿公在裡面選了間通風良好，外面有露台的，說可以燒金紙，放神桌，自己住。其他人都不住在這裡，房子都租出去了，一個月也好幾萬。

「最近房價貴了。」「真的貴了。」「你沒看某某手上幾間房一脫手就是賺好幾百萬。」姑姑伯母們看著八點檔，裡面的小兩口要偷偷賣房子買新車，被富婆婆知道，一掌潑辣辣的搧到媳婦臉上，婆婆的手上金光燦爛翡翠珊瑚的，「那個媳婦真夭壽！」「真夭壽！」眾人附和。

阿公也是富貴，方面大耳，今年八十有八，可能有一點糖尿病和高血壓，肺臟有點陰影膽囊有些結石。不過都好，台灣就是健保好，姑姑看著阿公的新藥袋說，咦，爸你有大腸癌喔。

上個月去開刀有打電話過去給你們，我代阿公回答，手機打開當初拍下醫生出手術房手中捧的所謂壞東西，表面看起來一團不乾不淨的血色肉球，誰知道它裡面包覆滿滿惡意，襲奪阿公的腸道那麼久。叔叔伯伯姑姑嬸嬸忙圍過來觀看，說到哀呀好噁心好可怕，大伯父主張可以吃素保健康啦，四伯母說手機畫質還不錯，上個月你我他也換了一支新手機……。

今年小年夜難得大家團聚，和樂融融，前幾天阿公叫我準備金紙鞭炮，水果青菜，五隻雞，兩隻魚，三條五花肉，說是要拜拜而且有客人來。真的來了，倒難得，十幾年前除了年節以外的時間大家是不回來的，像比賽似的，每年最少見到阿公的人，就能獲得當年的桂冠，元宵端午，父親節生日，乃至中元中秋，無人回返，直到這幾年連零星應卯都沒有，每個人肚腹都懷了個十二個月生不來打不掉的鬼胎，日日用滋生敗壞的血脈豢養，也就一日一日魂脹魄大。

說到鬼，阿公是怕鬼的，像我小時候怕年獸一樣，每年中元的時候祭品唯恐不豐，冥紙唯恐不夠，感化頑靈散解冤仇，一支一支的香燃的煙霧繚繞，一封一封的紙金燒的烽火連天。聽阿公說，七月半的時候燒的冥紙像是有人在搶一樣，亂紛亂飛，就算爐子裡沉底的那些黑糊黑化的，也可以飛的半天高，大風起兮也就散了。年節時的就不一樣了，火直直地上燒，豔豔的，風再強也不挪移一點兒，煙漫上去像是有先人仙人在嗅著敬拜香氣，金風玉露的。

小年夜吃的飯不算是年夜飯，頂多是聚餐，除了住的遠的板橋新莊那些孫子不方便回中和吃飯以外，大部分的都到了，阿公命我搬出好久沒用的大圓桌，架上轉盤，放下支架，大大的桌面上不知道何時出現一點一點黑褐色的黴，大姑姑嫌它不乾淨，她晚嫁，兒子五歲，不想讓他碰觸到不乾淨的東西。

「我從進來到現在用掉的一瓶乾洗手。」姑姑說。

「拿酒精消毒一下吧。」這是四伯。

他們環視著他們未來要繼承的房子，神桌上方被日復一日的香煙薰繞，結了一片片黃，白色地板因為是不脫鞋的所以黑灰，整間屋子裡有濃濃的樟腦味老人味。「這到時候要好好清理了，要不然誰要這樣的房子。」大姑姑邊舀起雞湯，一邊用小剪刀把長年菜剪的小塊小塊地給她兒子吃，大姑丈在旁邊說「你不知道人家外面現在在賣的裝潢多美，這好好裝潢也有兩三千萬。」眾人點頭。

對於誰繼承這間房子多年前就失去共識，但姑姑叔叔伯伯們唯一一點取得共同意見的，就是到時候再說，到什麼時候不知道，幸運的話幾年，若不幸的恐怕要拖過十幾年或更久才能結束此事。大伯父的師父告訴他今年有禍福，他直覺時間到了，誰知道是禍是福，這件事也是該了該結了。也是當年阿公在手上留了太多房產，眾兄弟不高興，「啊你留那麼多幹嘛？」「留留也是分給我們晚給不如早給。」他們的憂心也是有理的，誰知道會不會有妖嬌美麗的歐巴桑色誘阿公，或者詐騙集團騙走財產，或著阿公自己沒有理由花光光，或者……。

他們憂心忡忡，錢不在自己的手上是不安全的，儘管各人爾虞我詐，共同目標仍然是一致的，二伯父早幾年就替阿公擬好遺囑，說只要在上面簽名就好，眾人不依，這件事也就散了。

阿公版本的年獸是披了人皮的山鬼，長角，雙眼怒瞪，腳踩雲氣口吐白煙，小時候阿公形容到這裡我都會要他不要再說下去了，會怕，阿公就會繼續用高分貝大喊「年獸咬你屁股囉！」然後在背後假裝追我，像玩老鷹抓小雞一樣。不過阿公早就跑不動，我也不怕年獸了。

然而年獸周而復始的出現，所以才有過年，這是阿公一貫的結尾，在小年夜這天特別要說，但是阿公左看右看找不到人說，孫兒女未必回來，來的都在划手機，兒子女兒正在熱烈討論著財產分配，他也插不上口，他只好跟籠子裡的鸚鵡說，不會說話，小小的兩隻。慢條斯理的告訴牠們年獸是多麼的可怕年獸也可能會吃鸚鵡喔年獸聽到聲響好難受喔……。鸚鵡也沒有回話。

小年夜裡客家人要拜天公，伯父們要我快撤去圓桌要擺大貢桌了。我忙著收拾大圓桌的殘羹剩飯，也不完全殘，雞一隻吃得乾乾淨淨，糖醋鯉魚難得讓他們滿意，魚頭魚尾都沒有剩下，富貴雙方吃的角角齊全，八寶年糕用的步步高升。天增歲月人增壽，春滿乾坤福滿門式的好意象。

觀音媽聯側旁拜祖先的地方畫了幾個南極仙翁形象的老人，含飴弄孫，大書金字「金玉滿堂」「榮華富貴」，貢桌上雞鴨魚肉樣樣肥，餅乾糖果不一而足，各家伯父為了神明祖先多保佑自己一點無不殷勤奉上，一張貢桌難以放足，大圓桌又拿來擺滿了各色食品，雞精養身補給品亞培安素，清血路高蛋白銀杏充斥桌面，一面跟兄弟姊妹解釋自己的病情，「了然喔這樣身體。」四伯說。

香燈點上了，茶酒也備辦妥當，我燃起香分給眾伯父伯母，出嫁的女兒大多不拜，阿公的孫子們也未必想拜，香我多算了幾支阿公叫我一起，大伯父說沒關係不勉強，隨即叫一位堂哥來拿走我手上的香。

香爐底下的灰要等拜完後才能到出來匀個平靜，現在裏頭橫七豎八插滿了線香，香煙一蓬一蓬的向上攀升，緩緩散去。要燒一會兒。等香燒到一定程度才可以開始燒金紙，今年的紙錢頗豐，這點伯父們倒是不小氣，在天界地界怕是要通貨膨脹了，常說錢財生不帶來死不帶去，一疊疊金銀金條近乎大方喜樂的送入天地火口，還是天庭地府一直以來通貨緊縮，錢鈔多印些好執行量化寬鬆。

露台和客廳隔了個玻璃落地推門，門外的金紙還在燒著，裏頭阿公已經在發紅包了，年節時候大概大家是不會回來第二次了，紅包先發人人有分，自大伯父以降，到最小的堂弟，數額多少不知道，也只有我們家有這一習慣，據說是某年阿公停止發結婚後姑姑的紅包大家群起抵制回娘家後的結果，後來連姑丈都有紅包了。

在等金紙燒完的這一陣，大姑姑同意了樓下店面三角窗那間給大伯父，哀傷的像是八國聯軍火燒頤和園後大清皇帝得知還要割地賠款，四伯父的交換條件是大伯父一定要接公媽龕，二伯父怨著這不公，爸都疼大的，說著所有人回頭看著阿公，並且共同為發現他在逗弄客廳裡水盆裡的魚而感到心安理得。

金紙還在燒著。

已經凌晨兩點了，餐桌旁是大人們，小孩在客廳裡看著電視打盹滑手機，阿公玩玩魚也累了靠在沙發扶手上慢慢地睡了。我到外頭等著，金紙燒到最後是很好看的，在金爐裡的那些燒剩的那些像是一朵朵開開落落的蓮花，熱氣浮動不慍不火的隱隱上下擺動，剩餘的火焰點在天公金的邊緣，細細的像是一絲金線，在黑乎乎的剩餘裡五塊十塊的燒著，也不浪費。

新年的新字在燃完金紙後就掉了點漆，巷口的鞭炮爆了一圈一圈，大人笑著小孩鬧著有人說新年快樂，幾年前沒人來的時候我吵著要放鞭炮，阿公說你小孩放什麼鞭炮，鞭炮是年獸來的時候放的，那時候的人哪……阿公又講起了年獸的故事，我也就笑了，也就忘了。但今年阿公特意交代我買了鞭炮，一門大龍炮在外面蹲著，大伯父看到了就呼喊著堂哥堂姊們一起點起來，砰一聲好大一聲阿公都被吵醒了，他張開眼睛扶著扶手試圖起身，嘴裡說著那時候燒著爆竹年獸就被嚇跑了……很快他意識到沒有人聽就收住嘴了。

事實上年獸的故事多好，大人都不懂年獸的故事，一個一個年過，一隻一隻年獸，看這些，我們才有紅衣紅帽多喜氣，有紅包拿多開心。雖然我是沒有紅包的，伯父們說養子不該拿紅包，而且不能說是養子，說是養孫，這樣繼承上比較沒有問題，我喊應該叫養父的人阿公時他們有多開心。伯父伯母姑姑姑丈堂哥堂姊，我算是一個阿公不存在的兒子以及那不存在兒子的兒子，所有以上的都比我大。

也是阿公需要人陪，他們才同意下來的，前提是沒有遺產沒有房產，那時候我還小，還是阿公照顧我的，他們以為這樣的陪伴不需要多久，暫時的，沒想到一暫時就暫時這麼久。

●

大致上所有的房產都分好了，鎖在保線箱的金條人人也檢點出來，確認了自己未來所屬的那條，剛剛清查帳冊多發現的好幾筆存款和不知為什麼多出來的外地房子，不是祖產，比較好辦，男生女生六四分，至於阿公住的這間房子大家還是沒有定論，學法律的二伯父出聲要分了三角窗店面的大伯父出錢重新裝潢粉刷，賣了以後金額不分男女大家均分，平等的好協議，眾人鼓掌附議。

阿公又睡著了，鸚鵡在過多陌生人的環境裡踏著不安的步伐，大家準備走了，凌晨兩點半，天雖墨黑，但他們的心是高興的，這麼多年難解的問題迎刃而解，既不兄弟鬩牆也不姊妹相殘，剛剛聽人說大腸癌是末期了雖解決但肺部那隱隱作動的黑影怕是癌細胞移轉了，這解決了更多問題，只要不要花掉存摺裡的一個零就好，他們的要求很少。

外頭的金紙看似燒完了，我站在外頭確認沒有誤入歧途的火焰，大夥兒走的匆忙，瓶瓶罐罐補給品養身飲料不忘帶走，貢桌上的橘子，阿公面前的蘋果，八方盒裡的乾果，四季罐裡的糖餅，毫不遺漏。我還沒有和伯父伯母姑姑姑丈堂哥堂姊說聲再見，就看見他們從客廳旁的廊道出去了，走的時候門關的過於用力，像是又放了一個大龍炮似的。

門關的時候搧起了一片風，我看這那道若有似無的風雲淡風清的吹過鸚鵡的羽毛吹皺孔雀魚的池水吹過蚊子的翅膀讓牠的飛行歪了一下，吹過了與露台隔著的紗窗，吹開了金爐上層的黑色疙瘩，露出還沒有被燃燒還是一方方金銀鋪地的紙錢，完好的，燒的都是表面的，熄滅的火焰還保有著溫度，馬上又燃起來本來隔絕氧氣未被染指的部分。

我看著火重新燃起，所有裡面金銀化地香氣氤氳，霎時風起，大肆張揚的一口一口吞吃著長錢壽金，還怕喫不夠似的，張牙舞爪火手爬搔，蜷曲折撓，像是有人在搶一樣，亂紛亂飛，肚腹裡都是一方金銀天地，極樂世界。

阿公的手緩緩的動了動，還沒醒。外邊又放起了另一輪鞭炮，伯父伯母姑姑姑丈堂哥堂姊的聲音出現在巷口，遠方的狗吹起了狗螺，阿公張開大概是因為糖尿病引起的白內障而越發白濁的眼睛，他大概沒看到兒孫離去關上門的身影，也還不知道家裡已經空了。

「都走了？」

「都走了。」

我扶上阿公佈滿點點淺褐、黑黃斑點的手，瘦削的手上掛著剛被預訂走的，過於寬鬆的勞力士。他看著我，像是隔了好遠好遠的人一樣。

「阿公，年獸走了。」

「年獸走了。」

亮陸

短篇小說獎——優勝獎｜0 號 線 男 孩

本名李思萱。1999 年出生於台北，參與無數次校刊投稿，僅入選乙篇，榮獲第一名佳績

得獎感言

感謝評審老師的青睞。從國中愛上小說，小說，它讓我焦慮，也讓我安心。也曾經好幾次「壯烈」的投稿自己的作品，但那些作品都是一去不復返。所以把稿子投入紙箱當下的心情更接近一個視文學為興趣的文藝青年。而這次得獎，讓我不再做一個頭被夾在手臂下方的「文藝」青年，而做一個呼吸著書香的文藝青年。

我站在凌晨四點四十五分的地鐵上，車廂擁堵。茫茫人海中，我覺得自己是一支被串起的草莓，旁邊的人是糖漿，我們膩成一根糖葫蘆，難以分割。然而甜膩的糖香，卻是薰人的汗臭。

我搭的地鐵叫0號線，只在凌晨一點到五點運行，這是一班沒有起點和終點的地鐵，也沒有任何中間站點。所有人一起上車，乘著地鐵在這座城市的地底繞著首尾相銜的環線，然後到點一起下車。0號線沒有任何消音的設施，開起來隆隆響，囂張得像一輛虎虎生威的拖拉機。但我們都不覺得吵，相反，這是在午夜消除睏頓的最好環境，是的，我們都非常睏，但還是得強撐著不讓上下眼皮貼在一起。

我生活在一座叫「不寐」的城市，市民都罹患一種絕症，叫做「睡眠時相延遲綜合症」，主要症狀就是睏死也不睡，一個個決絕得如同革命烈士。你看，那邊那個大叔，眼球已經滿布血絲，好像地鐵每煞一次車，就會有幾個紅色的閃電撞進他的眼球裡。

在這樣一個不需要睡眠的世界裡，那些沒有被消耗的「夢」就這樣保留了下來。夢無疑是珍貴的，它是我們這個世界衡量貧富劃分階層的標準。產夢較少的貧農階級，只能靠刷夢境卡搭乘0號線來消磨這漫漫長夜，就像我。至於產夢大戶呢，他們是重度抑鬱的藝術家，喜歡迎風流淚，不吃白米飯，內心有傷。上層階級夢境卡儲蓄富足，並且大多會購買一種可讓他們免受睏意折磨的高科技產品——手機。夜裡，他們可以無意義的刷著「臉書」，若天色尚早，那就再看看韓劇。雖然每月消耗的流量跟黑眼圈一樣多，而我天天擠0號線，做一根天黑不閉眼的「糖葫蘆」。

在我們這裡，夢除了能被存在夢境卡裡，還有各種各樣別的形態，有瓶裝的氣味夢，有燒成光碟的影像夢，有可以收聽的韻律夢，還有可以咀嚼的口味夢。它們有些被擺在便利店裡售賣，有些被掛在美術館裡展覽。夢境可以交換，可以流通，也可以買來消耗。我曾經在網購過一瓶叫做「思聰」的氣味夢，一股嶄新的鈔票味，香味濃郁十分誘人，我把它噴滿了整個房間，還代替香水用了好久，覺得自己像個富豪。

夢的產量跟母體的情感輸出是成正比的，可我，恰好是一個對什麼事都提不起興趣的人。就像我媽說的，我這人做事太過畏縮，走個路都小心得生怕會踩到誰，恐怕將來是難有什麼大出息的，我這十幾年的人生都挺淡泊的，當個小市民，守住這一畝三分地，每天擠擠0號線。

所以此時此刻，我正站在凌晨四點四十五分的地鐵上，打發漫漫長夜。

十五分鐘後，我下了0號線，被人群推搡著艱難地往地鐵口移動。突然，我隱約聽到後方有人在喊，「喂！喂，阿七！」一回頭，不遠處正有人劈開人群向我這個方向擠來，像是一股湍急的水流沖開了凝固的人海。

0號線男孩第一次站在我面前的瞬間，背後是那些每天被0號線地鐵像放映機吐出光碟一樣吐出的頹喪萎蔫的人群。已經是很冷的天氣了，0號線男孩還是穿著很薄的暗色外套，像是從古董店的角落撿來的，背著一只棕皮雙扣的大包，瘦弱的身子，頭髮卻是黑蓬蓬的很茂盛，眉間稍有倦怠，但眼睛很清明，額頭有一串光斑跳躍。他像是走了很久的樣子，剛從熱帶走來。

我想開口問他是誰，但完全忘了，只覺得腳下的地在下陷。

0號線男孩從兜裡掏出一張卡，遞了給我。「妳的夢境卡掉了。」他說完，挑眉笑了笑，露出一口白牙。

我遇見了一個神秘的男孩，我不知道他的家鄉，他的年齡，甚至他的名字。他是一個沒有身份的人，一個沒被打開過的人。為了謝謝他，去便利商店買了杯熱咖啡，兩人在便利商店外，邊啜飲邊聊起天，才知道原來我們就住在對街。而他的名字，他不願意告訴我，所以，我總喚他「零」，畢竟我們是在0號線月台認識的。

第一次去零家是在我們一起走過七十二條大街，彼此心照不宣地對視二四三眼，體內細胞分裂了九二七萬次，而0號線地鐵又當當地開了一二六圈之後。他住在七樓拐彎的小套房，有很大的冰箱和一台很舊的洗衣機，開門的時候，一隻巨大的肥貓悄悄竄出來，爬上那台舊冰箱，威風凜凜的樣子，零叫牠「聖誕」。這種貓在城市的公寓很難見到，零說聖誕是跟著他從外面回來的。就是這樣一隻來歷不明的貓，跟著同樣來歷不明的主人，住在七樓拐彎的房間。

我是喜歡零，邋遢邋遢的穿著，永遠都會翹一角的頭髮，活像個七〇年代的嬉皮。他看起來像質地並不精緻的陶器，上面還有幾道裂縫，但外殼剝落，裡面卻潔白、明亮、清透，含著一口驚喜。

零像他的聲音一貫是克制且冷靜的，像是夏天的清冰，但卻經常藏著很深、很深的溫柔，比如說此刻，他在廚房一邊嘩嘩地洗碗一邊跟我說話，而我抱著聖誕坐在沙發上認真聽，胸口像是揣了一窩小白兔，鬧哄哄的感覺，跟第一次見到他時一樣。他抱著剛買來的小盆栽在擁堵的公車上，緊張了整整一路的時候；比如他一本正經地教育尿尿在床上的聖誕的時候；再比如他彈琴唱歌的時候，低垂眼簾，認真羞澀。

「阿七、阿七，快跳上來，一會兒聖誕就要跑出來了。」

零戴著安全帽騎在一輛小破摩托車上朝我喊，墨綠色的摩托車鏽得漆都快掉了一大半。我一直很好奇，他哪裡來這麼多破東西，但他倒是寶貝得很。

「愣著幹麻，快上來。」

「真的不帶聖誕出門嗎？」

「牠昨天又尿床了，留牠在家反省。」

遇見零之前，我以前從來沒有發覺，原來被黑夜吞沒的城市並不只有單調的0號線，而那些睏倦，也不過是虛張聲勢的嘴臉。很多夜晚，零都會騎著小破車，帶我去山頂，看著山下燻然的燈光，尖叫的車河，聽風捎來0號線開動的隆隆聲。一個晚上的時間，夠我們在山頂聽完幾百首不同風格的韻律夢，夠我們看完五部盜版復刻的影像夢。山頂有大風，我倚著零，像倚著一塊被太陽好好曬過的麥田，暖烘烘、毛絨絨的。

我多喜歡我的0號線男孩啊，喜歡到想把他拴在身邊，逢人便炫耀一番。當然，零是並不知道這些的，他還是每晚　噹　噹地轉圈圈，在這座城市的地下。

零的消失，是在我們交往滿三個月那天，跟著他一起消失的還有聖誕。我的0號線男孩丟了，但我卻找不到他。我陷入了一片漫無邊際的恐慌。我去了所有我們一起去過的地方，都一無所獲。我在0號線等了好幾個晚上，我看到好多相似的背影，但都是睏頓混濁的神情，沒有一個人有他那樣清澈澄明的眼睛，琉璃般的眼眸總流溢著令我沉迷的色彩。

第三個早晨，我幾乎都已經絕望了，當我拖著頹喪的身體走出0號線，走在回家的路上，突然看到了我的0號線男孩站在前面等我。穿著淺色毛衣的零，淺色的領子簇擁著他的臉，背對著這座濃暗虛假的城市。聖誕跑到我跟前，蹭蹭我的腳。而我的0號線男孩也走過來，一把摟住我亂糟糟的頭髮留下胡亂一吻，但他什麼都沒說。

零回來了，他沒有告訴我為什麼離開，他去了哪裡。我什麼都不知道，就像不知道他的來歷一樣。我們心照不宣，一切都好像什麼都沒有發生過的樣子。我們依然每天在一起度過每個夜晚，一起打開每個早晨，一起看珠灰色的天空穿上顏料，看晨光舔遍城市的每個角落。

可是沒過多久，零又一次消失了。這次我沒有去找他，我想他會回來的吧。我只是一個人默默等在家裡，跟那台破洗衣機一起。

第一個夜晚，九樓在煮甜糯米味兒的夢，整幢樓膩在一把溫柔的味道裡，零沒回來。第二個夜晚，我聽到隔壁在放裝模作樣的綜藝節目，笑聲刺耳，零還沒回來。第三個夜晚，外面下了一整夜的雨，每個人都是慌張的神色，零還是沒回來。第四個夜晚……第五個……第六、第七……。

我默默等了一個多月，零還是沒有回來。我什麼都不能做，只能不停告訴自己，他會回來的，會回來帶我去山頂，會回來給盆栽澆水，會帶著聖誕一起回來。聖誕一定想我了，而家裡那台破洗衣機也壞了好久，該修了。我想著他是會回來的吧，只是這次去得比較久一點。直到我接到了一個電話。

是警局打來的電話，他們說在黑市查處了一批高額的珍稀影像夢，其中就有我的。

我趕到警局的時候，看到了那幾個屬於我的夢，幾個我從未見過的夢。警官告訴我，它們在離開我的時候還只是夢種，夢種是沒有形態的，但之後它們會變成口味夢、氣味夢，還有最高級的影像夢。而決定夢種未來形態的，是母體情感的純度，現在，在我眼前，都是由我的夢種長成的昂貴的影像夢。

這個世界上，有這樣一群人，他們有著全天下少女心上人的模樣。他們以盜取那些戀愛中少女的夢種為生。少女夢種最為純淨、珍貴、細膩，且感情豐沛，多能長成上等影像夢。他們的身邊總是尾隨著一只寵物，那些盜來的夢種會被喂食給寵物以便儲存。但他們在一個夢種母體身邊大多只能待一到三個月，時間過久容易因為夢種的排異反應而被反噬，結束一次行竊，他們就會消失，然後前往下一個受害者的身邊。

在警官告訴我這些的時候，我覺得自己像沉在破舊的浴缸裡，外面的聲音都聽不真切，腦海中閃過了許多亂七八糟的畫面。我想起第一次見面的時候，他穿的那件很舊的薄外套；我想起家裡冰箱還放著半塊紅燒肉口味的口味夢，切成小絲，用來炒飯特別好吃；我想起他一只手挽著剛洗完的溼嗒嗒的頭髮，有水珠順著他的手臂慢慢流下；我還想起每一個我們共同度過的夜晚，我可以看到一片黑暗之中，他灼灼的眼神。

警官說，每一個被竊取過夢種的女孩最後也會失去所有的記憶，所以至今都沒有人能夠出來指證他們。

我向警察撒了一個謊，假裝自己也已經什麼都想不起來。離開警局的時候，我讓警局幫忙銷毀了那些夢，一個都沒有帶走。

只是零呢，後來就真的再也沒有出現過。我還是經常會想起他，想著此刻或許他正穿著我沒有見過的衣服在跟我不認識的人談笑，想著下一個被盜的女孩會有什麼樣的面容呢，他面對她的時候，臉上是否也有一樣生動的表情。

我開始收集關於「盜夢集團」的資料，也許可以找到零的線索，在0號車月台徘徊，看見與他相似的背影，便急忙跑過去，才發現認錯人，惹得自己忍不住傷心。之後，每一次在街上看見與他相似的背影，我都知道，那不是他，不過是與他相似罷了。

在不成眠的夜，我又想起了零。

我不知道他會不會突然又回來，向我討一個吻。我不知道他是否還記得我，是不是偶爾也想起我，不知道他對我有沒有一點感情。我都不知道。

直到有一天，我簽收了一個匿名快遞，打開一看，裡面是九十張很昂貴的影像夢，張張品質上乘。孕育它們的母體應該是付出了很深很深的情感。我把它們一張張塞進放映機，整整九十張影像夢，我看到，每一張夢裡都是我。

蔡均佑

短篇小説獎——優勝獎｜食

屏東人，生於 1998 年秋。旅讀高雄中學，在考試與寫作間被迫低頭。曾任雄中青年社副社長，得過高雄馭墨三城聯合文學獎（小說、散文組）。夢想是能長出魚鰭和鰓，當隻熱帶魚。

得獎感言

在期末考前一晚，知悉獲獎。 但喜悅旋即被解題的壓力稀釋。 真希望測驗能少考些，輔導課能少上些，還給學生多點時空寫作。

A1

廟埕上擠滿了五顏六色的男女，連成一片髮海，黑白參半，興躁地起伏。道士拿著麥克風，梵語生硬乾平地從口中奔流而出，上昇、擴散、籠罩人群。高魁獠面的普渡公佇立在廟門，糖果堆放在普渡公旁，疊起數座與祂同高的尖塔。黑仔早就央阿嬤帶他來搶位了。整個傍晚，童稚的眼珠骨碌地轉個不停。他偎在阿嬤懷裡撒嬌，滔滔不絕地問：

「為什麼包公廟突然要撒糖果啊？」

「這叫做『放焰口』啦！傳說糟蹋食物的人，落地獄後會成為餓鬼，不但嚨喉若針空，腹肚若水櫃，兩支跤若草蜢仔腿，連放入去嘴內的飯菜攏變作火焰。只有佇中元節這天菩薩憐憫，才施捨食物給祂們。廟裡撒糖果，是象徵普渡眾生啦。」

「那阿爸以後會成為餓鬼嗎？」

「呸！囝仔人有耳沒嘴，有尻川沒放屁！」阿嬤厲聲制止，帶著警告意味，輕輕地摑了下黑仔。

黑仔在阿嬤懷中頑皮地扭動，笑容反倒綻得更開了。

隨著道士的誦調加速、嗩吶木魚更漸急驟，越來越多人往廟埕靠攏。阿公阿嬤牽著孫子、成群偷跑出來的學童，每個人手上都拿著菜籃、水桶、紙箱，甚至端出小孩洗澡的浴盆，渴求豐收。

經焚香參巡、醮酒祭禱，廟務人員開始將其他供品、素果端往廟門，準備施灑。一俟良辰，糖果、供品、銅板便被大把地拋向群眾，鋪天蓋地般，下起流星雨，每顆星星都牽引黑仔的垂涎。

眾人驚喜地尖叫，掩過道士莊肅的禱詞。即使大夥高舉著箱籃，不少糖果仍從縫隙間穿過。黑仔與阿嬤鑽進供桌下，撿掇彈起的糖，這裡無人相搶。

從黑仔的視線望出去，健壯的腳踝雜沓，激烈地搶奪大部分資源；弱勢的老弱婦孺只好雙膝跪地，一家子努力合作，盡可能地蒐集。地獄爭食的景況，大抵也是如此吧？

接著換撒紙鈔。

藍色帝雉先是昂飛，並在空中旋轉位移，不疾不徐地飄落，引得群眾迅速往帝雉下方推擠。前頭的壯年男女亟力伸直手臂，期待將牠擁抱入懷，廟埕瞬間挪出泰半空間。黑仔趁機擠入人群，守候美麗的帝雉。

也奇怪，那帝雉彷若有意般，亦擦過許多掌心，乘風迎著黑仔飛來，鳥喙對著他微咧，四目相接。黑仔盡力延長手臂，試圖輕碰牠的羽翼，但暗地裡一隻手卻突然伸出，遮抵帝雉滑翔的軌跡，將牠活生生地攫了過去。

更多隻帝雉飛上天際。有些落下，被人類緊握；有些竟頭也不回地展翅飛翔。人海隨帝雉作波浪擺，黑仔也緊跟著。

然而，激烈的搶奪使許多過分沉甸的浴盆，竟在推擠中打翻，多餘的肉粽、紅龜粿相繼奔逃，黑仔連忙在人群中跪下，把它們接收。

在欣喜間，他忽然憶起阿爸最愛的食物，就是紅龜粿。

B1

無光害。星星細如糖粉，在皎潔的滿月旁點撒，像塊誘人垂涎的糕餅。石仔走出豬舍透氣，叼菸、點燃，打火機柔熒的紅光映照著消瘦的臉頰、突兀的顴骨。薰風有氣無力地撫過，悶燥的南國蚊軍埋伏在石仔腿邊，伺機飽餐。

豬的氨臭隱形，在空氣中瀰散，石仔的肺囊經年累月吸入惡氣，許都卡上幾層油脂了吧？想到這，他難得抽動下嘴角。

噫！也曾想過金盆洗手，找些正當的事頭來做，別再幹違背良心的勾當，可是一回首這幾年的心血，從起初三四個人的規模，到現在十餘人的集團，他又捨不得放棄。何況假使離開這行，像他這樣的人有誰要用？還能掙錢養家嗎？每次萌生退出的想法，動搖他的良心，但常忽地冒出幾百個現實的理由，啃食他的意志。

就像黑心油般，永無法和水相溶，懸浮在矛盾的液面界線，在不安的邊緣間偷生。

菸蒂在地上堆積成塔，從燒紅轉趨寂灰。石仔拍死蟄伏在他臂上，進食的蚊蚋。過量的鮮血竟和著油脂爆漿，潺潺地，在肌膚上滲流。他起身，走回豬舍。

長廊兩側擠滿了牲隻，在幽微的月光下，每頭豬乍看都如臥在地上，手腳並爬的人類。啼叫聲參雜穢物的味息，與豬隻的情緒一同劃破靜謐的夜幕，不安地騷動、膨脹著。

走道盡頭，是加蓋的倉庫，鐵捲門緊貼地面。石仔從口袋中掏出遙控器，鐵捲門緩緩上昇，強勁的燈光汩汩流出，潑在他的腳踝、腿脛、腹胸。

倉庫內像個隔世獨立的秘密工作坊，幾班人馬守在機器、化學藥劑旁，熟稔地操作、加工。

豬內臟、豬皮等殘渣，置放在數簍大回收桶裡，鼓起成小山，蒼蠅在山丘上，鼠輩攀爬、登頂。婦人將肉類清洗切剁，汙水橫流滿地。

一旁的煉油設備運轉著。番紅的鮮火與碎肉在風爐中燒滾，鋼鐵杼器壓榨研磨，涓滴出不知名、渾濁的液體，填滿20 L的汽油桶。

石仔走到化學藥劑櫃前，拿出幾袋食品添加物，與甫壓萃得到的液體一同倒入攪拌池中和勻。從原先的汙濁不堪，到黃橙如市售的正統油品，真假難分；液體性質也從黏稠逐漸乳化，慢慢具備流通性，假油懸浮在原料上，節節升高。

他出神地盯著他賴以維生的作品，心虛隨愧疚感油然而生，像有人在他胸口，塗上層自家生產的黑心油，隨時一顆小火星，都能燎原，把石仔的軀殼燃燒成油垢。

本在一旁搬運汽油桶的天沖伯見石仔發楞，便上前調侃他：

「老石，趖神歐！」

「唉，再這樣下去遲早『焗空』，我看咱們暫時收起來吧？大家改做些正直的事頭？」石仔試探地問。

「驚伊娘勒！你是第一次坐牢歐？」天沖伯語調故意高昂，用整個倉庫都能聽見的聲嗓，扯他個宏亮。

石仔裝勢向天沖伯揮拳，實則在心中優柔地呢喃。若真被警察抓走，對老母親和孩子有所虧欠。不過這幾年積攢的黑錢，許夠兩人儉用相依。坐牢他倒是不怕，石仔心想，反而死後的果報讓他躊躇。聽說在食物裡偷工減料，害人吃到黑心食品的人，進輪迴時會墮入畜牲道，累世變成豬，任人屠宰。

石仔安撫自己逐漸升溫的情緒。嚴禁煙火，倉庫牆上的告示牌如是說。

A2

搶食的人群散了，大都掛著飽足的笑容離開，煙火在高空中綻放，歡慶中元。

黑仔和阿嬤今晚的戰果豐碩，成袋的糖果、十幾個銅板、肉粽、水果、紅龜粿……。

一到家，餓虎虎的黑仔立即把粽子拿進廚房餾，阿嬤更把今早祭拜過的雞，塞入紅棗等中藥材，燉成養生雞湯。香氣撲鼻，黑仔守在湯鍋旁，頻頻掀起湯蓋看察。

「餓鬼囝仔流嘴涎囉！先去洗身軀，等你阿爸回來，我們再開動。」說著，阿嬤便半哄半拖，帶黑仔進去浴室。

阿嬤先幫黑仔洗頭，慈祥卻不溫柔，做事頭的手臂粗壯，惹得他邊唉叫邊笑。脫去髒衣，黑仔一顆心雀躍，按捺不住，洗澡變成玩水，潑溼阿嬤的衣褲。她喝聲制止，卻拿玩興高昂的調皮鬼沒法度。

洗完澡，黑仔迫不及待跑向飯桌，懂事地替阿嬤擦桌子、端菜、擺盤。

雞湯直冒美味的白煙，多汁的柚肉散發甜氣，粽葉盛著美饈，糯米飽養天倫，黑仔忍不住饕饞，偷捏幾口。

他鑽入阿嬤的懷裡，等待阿爸回家團圓，滿月一點一滴推移。他時時握著口袋中暗藏的紅龜粿，指腹掐入軟嫩的糯米糰中，讓他心安。

B2

豬隻騷動起來，警覺性地嘶吼。

鐵捲門被許多隻腳猛烈踢踹，金屬變形，聲響激劇刺耳。

石仔意識到事態不妙，機警地大吼：

「警察仔來了，大家緊走！」

倉庫內兵荒馬亂，有人撞倒裝豬渣的回收桶，內臟散落一地；汽油瓶也被碰翻，滑膩的液體在地上蔓延，增加逃離的困難。老鼠、蟑螂們也被緊擾，紛紛四處逃竄。

頃刻間，鐵捲門倏地砰聲，硬生被破壞，若干名員警與他們視線交會，荷槍令斥他們別動。

許多人愣在原地不知所措，石仔顧不及大夥，拔腿就朝後門跑。他熟練地穿梭在煉油、儲油設備間，一面撥倒化學藥劑，粉塵溶散在空中，氣味嗆鼻。他聽見身後的腳步、喊叫聲越趨清晰：

「魏石瑛別跑！」

其實他也不想跑，但腳就是不聽使喚地加速，是生物本能，或為了再看見兒子的笑容？他喜歡看兒子在包公廟埕前，和玩伴追逐，模仿官兵抓犯人，兒子人緣好，笑起來又迷人，大家都愛拱他做官兵。

而石仔現在，卻成了警察緝拿的對象。

「阿爸會努力逃脫。」他在心底允諾。

後門緊接著是條大排水溝，在夜裡，倉庫中製造的廢棄物通通都偷排入這。

石仔撞開鐵門，吸足滿是豬氨的空氣，縱身一躍，隨著製油汙液一同跳進水底。

緊張的情節，讓石仔的呼吸過分急促，一入水溝，就嗆入數口髒水，霎時，他覺得自己即將溺斃。衣褲浸水增加的重量，拖著他緊繃的肌肉往水下扯；視線模糊，讓他屢屢撞向溝壁；布袋蓮勾纏著他的手臂，石仔集中精神，奮力甩開一切阻擋他回家團圓的水障。

石仔覺得自己游了好久，但不知實際到底游了多遠，不過溝邊已無窮追的員警，一切彷若安全。他翻過身子，改採仰式，油漬般地在水上漂浮。月亮緊貼著他的眉睫，今晚月真圓。

A3

黑仔趴在阿嬤的大腿上。她老人家的皺紋強忍著疲倦。他的眼皮也快闔起，直到阿爸終於回來，祖孫倆的眼睛才立刻亮起來。

阿爸整身溼漉漉的，頭髮黏貼著臉龐，眼神空洞無神，一股臭味跟隨他，旋即踏入家門。

「石仔安怎了？怎這麼狼狽？」

阿爸不發一語，隨即拿著汗衫內褲，往浴室走去。

沖水聲沒有一刻停過，發出如糖果撞擊地面的聲響。黑仔緊張地聽著雨，視線在雞湯及浴室間來回逡巡，手心緊摸著鼓起的口袋，他懸想等會兒餐桌上的情景，排序所有想跟阿爸分享的話，還有，親手把今天搶到的紅龜粿送給他。黑仔期待阿爸的反應。

B3

熱水拍打石仔的身軀，他像坐禪般盤腿在蓮蓬頭下，任瀑布沖走他的焦慮。今晚以後，可能有好長一段時間，不能陪在兒子身邊了。

他換好衣服，掛上微笑，點了一支菸，走向飯桌。

桌上的雞湯已放涼，柚肉也招惹些果蠅，粽子睡著了。

他與母親深深對眼，沒說話。只從枯槁顫抖的手，穩穩地接過碗。他把雞腿讓給母親、兒子，自己也大口啃起雞翅來，津津有味地。

再接過肉粽。當他讚美粽子的滋味時，兒子興奮地答腔：「這是我跟阿嬤今天到包公廟裡撿的喔！」

石仔順著兒子的話，故意問：「他們怎麼會突然想發給你食物呀？那麼好心唷！」

兒子盼的，就是石仔這句話。他興高彩烈地轉述「放焰口」的由來、激烈的搶食場景、他英勇的表現……，說到情緒激昂處，便從口袋裡拿出預先藏好的紅龜粿，靦腆地遞給石仔。

石仔又驚又喜，笑著摸摸兒子的頭：「長大了餒！有夠孝順啦，以後這個家就靠你養了！」

「那我會每天撿紅龜粿給你。」兒子態度真誠，像允諾，像男人間的誓言。

石仔興沖沖地咬了一大口。紅豆甜入心扉，按摩味蕾；糯米糰也跳起瑜珈，軟Q地舒展，喚醒他疲憊的舌頭；砂糖恰如其分、甜而不膩，在齒頰間消溶。

也許是父子情深，或別離前的情感催化，石仔的鼻頭忽然酸楚起來，淚腺逐漸揪成一團，擰出渾濁的液體。

A4

黑仔整個人，蜷縮在棉被中哭泣。他從沒想過，自己辛苦撿來的紅龜粿會被阿爸通通丟進水溝。

儘管阿爸緊緊摟住激動的他，語氣溫柔地，耐心解釋新聞上說的黑心油事件，黑仔仍無法理解：**為何紅龜粿跟豬、餿水有關係？**

黑仔也為被糟蹋的紅龜粿沮喪。但畢竟黑心油事件延燒全國，人心惶惶，連上課時老師也特別交代同學，別吃來路不明的食物。他能體諒父親的舉動，但他無法原諒那些，做黑心食物害人的壞蛋。

黑仔默默在心底用上他所知道的，最骯髒的字眼，詛咒他們：死後全都變成——豬。

但今日畢竟活動了半天，他又哭得筋疲力竭，不自覺地也就睡著了。很安穩、香熟，甚至沒聽到半夜房門外，多層的沉重腳步聲、阿嬤崩潰的哭泣聲。

在黑仔的夢裡，那是包公，代替正義，來將紅龜粿沒收。

不久，他的夢境忽然崩離，劇烈地扭曲變形，轉接到另一個場景：

黑仔夢見自己醒過來了。

牠翻下床，走向浴室，對著鏡子盥洗。但鏡中的自己卻將牠嚇了一大跳！馬克杯猛地墜落，砸碎在黑仔的蹄子上，牠的雙腿癱軟，跪跌在地上，長長的鼻骨撞上洗手台，鮮血從鼻孔湧出。牠試圖站起，後腿卻無力，只能四蹄併用，支撐牠的體重。蹄子乍看像高跟鞋，黑仔不適應這樣的走路方式，頻頻失足。肚腩裡如塞入一大桶豬油，置身在油水中讓牠難受。地心引力使牠的腹部下沉，不但難以負荷，當行走時更貼緊地面，毛髮都被磨光。

黑仔嚎啕大哭起來，叫聲悲絕。忽然浴室的門被猛地打開，是阿爸。

他原本就單薄的身軀更加消瘦了。皮膚彷若保鮮膜，僅只覆裹在骨頭上。他的胸膛裸露，肋骨突出，心臟不斷地衝擊胸前的薄皮，發出人皮鼓聲，一副即將躍出的模樣。他的咽喉細如針，口腔內不斷噴出火花，如高溫的煉爐，將嘴唇融化成油脂。

猛地，阿爸竟撲向黑仔，他緊抓住黑仔的後腿，惡狠狠地咬住牠的肥肉，犬齒深嵌。黑仔奮力踢腿，卻甩不掉瘦弱的阿爸。

阿爸發瘋似地使力，竟把黑仔的後腿撕扯下來，毫不猶豫地往嘴裡塞。但他一嚼，肥肉都在舌尖焚燃成火球。他與黑仔同時發出淒厲的慘叫。

趁阿爸哀嚎，黑仔忍痛拖著血肉模糊的下半身，逃出浴室，逃離夢境。

噩夢清醒後，黑仔發現阿嬤正坐在床邊，默默盯著他。他趕緊投入阿嬤的懷抱，不斷重複哭喊：「我不是故意……要拿黑心食物……給阿爸吃的……，阿爸也不是故意……，要把紅龜粿……丟掉的。」他的聲音混雜嚎啼，愈來愈模糊，迸發的淚水淋溼了阿嬤的衣服。

天穹逐漸泛白，金光徐徐地流向大地。阿嬤輕輕抱起黑仔，示意他看看窗外。

漫天糖果、紅龜粿從雲之涯續紛地飄下，堆砌成一座，通往遠方的長廊。

二〇一六第十三屆台積電青年學生文學獎短篇小說獎決審紀要

青春發聲，小說共鳴

◎詹佳鑫／紀錄整理

時間：二〇一六年六月二十六日下午二時至下午四時

地點：聯合報大樓二〇五會議室

決審委員：林俊頴、童偉格、黃錦樹、駱以軍、鍾文音（按姓氏筆劃序）

台積電青年學生文學獎邁入第十三屆，本屆小說組來稿共二百四十二件，扣除參賽資格不符者，為二百三十七件。六位複審委員為吳鈞堯、王聰威、陳雪、何致和、黃崇凱、甘耀明。評審們普遍表示，此批作品水準平均質高，但無格外突出之作，題材多元，可惜精準度稍有不足——不過，評審們坦誠，審稿嚴苛，已經以評審大學文學獎的眼光來看待這批作品了。

決審委員整體感言

委員們推舉林俊頴主持決審會議，林俊頴提議，這次先不要發表作品綜觀，而直接進入作品投票與討論，避免概念先行，彼此影響。

第一輪投票

第一輪投票，每位委員以不計分的方式勾選心目中的前五名。共十篇作品得票：

〈年獸〉（黃、駱）
〈0號線男孩〉（黃）
〈彼夢的堤岸〉（林、童、鍾）
〈Explosions〉（童）
〈半隱半光〉（林、駱、鍾）
〈食〉（林、童、駱、鍾）
〈漫長的告別〉（林、黃、駱、鍾）
〈黃昏〉（童）
〈破相〉（黃、童、駱）
〈沒有燈火的廊道〉（林、黃、鍾）

◎一票作品討論

〈0號線男孩〉

黃錦樹指出此篇有科幻色彩，在這批作品中顯得特殊。夢與愛情的主題有意思，技巧圓熟，故事有發展，本來以為陷入絕望卻非如此。

鍾文音讚許作者有想像力，但太多來自動畫或電影的既成元素，設計性太強，自己解釋了規則，核心力道稍嫌不足。

林俊頴欣賞此文敘述流暢，但這樣的題材和故事似乎太容易接受了。脈絡再清晰一點會更好。

〈Explosions〉

童偉格讚賞作者把「困在世界裡」這件事寫得很帥氣，有村上春樹的筆調，他看見了作者對「小說」這件事的思考，因此支持。

駱以軍表示作者沒有掉入這世代的書寫陷阱，只是這樣的往事追憶錄需要足夠長的篇幅，感覺才會出來，在短篇中就難以掌握。

鍾文音喜歡此文展現青春百無聊賴的氣味，它寫的是六零到九零年代，穿越時空的感覺，爆炸是個隱喻，人最終都是灰飛煙滅離開人世。只是文中使用的元素、語法和敘事調性都太像村上春樹。

林俊頴認為此篇一樣脈絡不足，這樣的死亡解釋應再多一點發展空間。不過他欣賞作者利用音樂設計帶出懷舊氣氛。

〈黃昏〉

童偉格覺得此篇像報導，小說的複雜度與細膩度不足。

鍾文音認為小說中瑪麗亞的身分刻板化，技術上的操作亦有瑕疵。

◎二票作品討論

〈年獸〉

黃錦樹點出此篇敘事速度跑太快，題材不新，但敘事者位置的設定很不錯。可能還是篇幅問題，很多細節無法好好交代。

駱以軍稱讚作者具備小說意識，從一個養子的位置，看親戚們的殘酷與冷漠，這樣張愛玲式、紅樓夢式的起手值得肯定。文字很活，有生命力。

鍾文音則持反對觀點，指出這篇文字要再淬鍊、精簡。故事層次沒有展開，只是散文單點式的呈現與定格，較難帶領讀者看見家族的殘破細節。

林俊頴指出環繞這觀察者的一切，都是假的，有些隱喻不太能超乎預期，作者用最平常的方式把這一切都寫明了。

童偉格反思，對於這一代年輕人，很難有這種大家族臨場的經驗。整篇看起來稍嫌扁平，家族成員的情感糾葛寫得並不入味。

◎三票作品討論

〈彼夢的堤岸〉

鍾文音欣賞作者的田調經驗，雲嘉的沙洲、蚵棚、魚塭描寫得很道地。作者沒有直接寫生態，主角是為了符合心儀老師的期望而去作調查，最後兩秒回話的用意引人深思。只是分節式結尾在短篇小說的使用上可能流於瑣碎，文中寫實和夢境的前後呼應也有待釐清。

林俊頴認為女老師就是媽媽，所以最後回到老師。實地景觀的書寫生動，但文字有些不通順。

童偉格指出，此篇角色用詞的不精確，導致解讀的模糊。從情慾流動的觀點來看，或許作者在策略上刻意為之，但若要把媽媽跟老師等同解釋，其中有些段落就難以串接，建議作者再進一步梳理。

駱以軍覺得此篇有孟若的味道，是一個殘缺的故事，但作者的技巧仍未成熟。

〈半隱半光〉

駱以軍稱讚作者有書寫意識，規格小，透過纖細敏銳的觀察，操縱人格分裂的敘事，其中的場景調動、光影變化、移形換位皆有可觀。對駱以軍來說，一個場景的啟動對小說來講是非常重要的，只是許多作者啟動某一空間後，往往無法跳離，但此篇從封閉世界往外跳躍的能力令人驚訝。

鍾文音表示此篇的氛圍迷人，把世界聚焦在硬幣的光影裡，藉由挪位凝視，彷彿有個鏡頭在觀看自我與超我。整篇像一場微縮攝影，但展開之後飽含詩意，詩意中又有情節的流動、光影的纏繞，是篇以氛圍取勝的作品。

林俊頴指出這是很甜蜜的一篇小說，整體感純熟，元素都抓得穩穩的，寫硬幣的幾個段落都非常精采，是少年內視情感的傑出之作。

童偉格同意其他評審的說法，只是這類故事的構成較常見，透過校園或某封閉空間，和不存在的事物相處，相對保守、規矩了些。在小說的多重技術中，此篇發揮得較少，有些可惜。

〈破相〉

童偉格直言，這篇是第一個想挑的作品。從各式各樣的標準來檢查都非常完整，包括語感、對題材的掌握，以及作品完成後的預設，都是在短篇中可以全力發揮的，極力推薦。

駱以軍附議，喜歡作者環繞著男妓，寫社會底層的角色，其中凸顯的破爛與貧乏，與上層嫖客作出鮮明對比。整體細節、隱喻，包括處理「性」的部分，皆十分超齡。只是最後嫖客的性格驟轉，這裡的想像弱掉了。

黃錦樹贊同此篇是較完整的短篇小說，挑戰一個大的格局，幾個點的處理十分老到。

林俊頴則認為作者用許多刻板印象處理情節，讀來陳舊，較難進入狀況。

鍾文音說作者寫的情色不難看，物件細節都有，世故、殘酷、骯髒、狂瀉……讀來過癮。只是破相的哀愁感沒有深入，好像只是在打開身體。最後說這輩子就是賣身的，整體感撐不起來，前面要再多鋪敘。對於角色心理層面的刻畫有些問號，若悲劇是因為破相，似乎過於簡單。

〈沒有燈火的廊道〉

黃錦樹坦言此為文學獎常見題材，處理方式也不特別，但仍投一票。

林俊頴指出結構有問題，控制度不佳、企圖太大，但有些細節描寫不錯，不是特別堅持。

鍾文音點明作者漏了拍，主角藉由祖父失落的遺稿和傳說隱喻，補綴當代失落的文明，進行一趟尋舊之旅。只是題旨太正確，龐大的敘述與溢出的情節，無法收納進短篇小說的容器裡。

駱以軍直言這篇沒有啟動他的情感，主題和寫法並不創新。

童偉格感覺小說架空了內容，好像只是符號的沿用。

◎四票作品討論

〈食〉

駱以軍認為，這篇寫到父子倆交錯的倫理，作者有某種對噁爛與怪異的執迷，文字運用傳神，很打動他。

鍾文音表示，自己先抽除作品緊扣社會的符號，看作者如何用雙線去寫廟會和父親。「食」的意象強烈，神與人也因此產生新連結。作者在華麗的想像中不忘現實脈絡，虛實交錯，有台灣啟示錄的味道。藉由鄉下的祭典來擬仿與移位，食安議題由此凸顯，但對於最後的魔幻一景則有所保留。

童偉格指出此篇有書寫語言和口語白話紛亂交錯的問題。作者提供的不是一個完整結構，而是熱鬧與魔幻，整體平衡感仍有待提升。

黃錦樹則認為，用豬內臟煉油與黑心油的製成事實不太符合，應是用餿水油和地溝油，讓人有所疑慮。

〈漫長的告別〉

駱以軍讚賞作者的細節描寫技術，文字精緻，藉由素描勾劃出一個女體的發現過程。

黃錦樹表示，此文對於模特兒與繪畫一事有深沉複雜的辯證關係，作者思考什麼是藝術、什麼是存在等議題，強度與美感俱足。人像從空白紙頁誕生，透過類似賦的手法來鋪排，就高中生來寫是一個挑戰，需要耐心來磨。

鍾文音猜測作者應學過畫畫，小說中對畫圖的理解很準確，作者的文字有油畫厚實的質地，洗筆等細節亦十分動人。在美國，當畫家之前要先當過模特兒，作者在此的掌握很精準，因畫家在看裸體時，是以物件的方式在看。可惜的是，小說中的「她」似乎被架空情感血肉，被抽象的描寫掩蓋了。

林俊頴藉此篇向參賽者們建議，創作要寫自己能寫的，不要借助任何既定類型。他稱讚作者寫小說的專注與用心，整篇沒有故事，卻很細緻地思考有與無、身體與呈現的問題。他欣賞作者對於心理與哲學層次的探觸，卻也擔心這篇文字是否雕琢得過於華麗。

第二輪投票

本次共選出八篇得獎作品，評審依心目中名次高低，分別給8、7、6、5、4、3、2、1分。

投票結果：

〈年獸〉14分（林3、黃5、駱5、鍾1）
〈0號線男孩〉12分（林5、黃4、鍾3）
〈彼夢的堤岸〉28分（林6、黃7、童5、駱4、鍾6）
〈Explosions〉17分（林2、黃2、童7、駱2、鍾4）
〈半隱半光〉31分（林7、黃3、童6、駱7、鍾8）
〈食〉12分（黃1、童3、駱3、鍾5）
〈漫長的告別〉35分（林8、黃8、童4、駱8、鍾7）
〈黃昏〉2分（童1、駱1）
〈破相〉26分（林4、黃6、童8、駱6、鍾2）
〈沒有燈火的廊道〉3分（林1、童2）

最高票的〈漫長的告別〉總計35分，評審一致同意給予首獎。〈半隱半光〉為二獎，〈彼夢的堤岸〉則為三獎。〈破相〉、〈Explosions〉、〈年獸〉、〈0號線男孩〉、〈食〉不分名次並列優勝獎。

林或然

散文獎——首獎｜瞞

本名徐慧能。桃園武陵高中畢業，各方面的初學者。

得獎感言

尋找失蹤的重要隨身碟時接到了得獎的電話，意外的驚喜讓我久違的嚇了一跳，同時覺得自己是不是把未來能找到遺失物的運氣都用光了。在最後一年有機會參加這個獎時極限的投了稿，希望這篇作品能讓人看到不一樣的什麼。感謝踩進我腦袋的靈感之神們，感謝讓我有下筆機會的天時地利人和，也感謝青睞並包容這篇虛構散文的評審。

我已經坐在面試的房間一段時間了。冷氣有點強，即使穿著長袖襯衫和長褲，仍感到陣陣寒意。

「那麼，你為什麼想就讀獸醫系？」

一位一臉無聊的教授翻閱著我提交的審查資料，似乎不知道還能問哪些問題。

「我家以前曾經養過狗……」我不假思索的說出練習過的一大段標準答案，一個和動物相處的經驗。教授沒有露出特別的反應，我知道自己的回答十分普通。

「時間差不多了，最後你有沒有什麼其他印象深刻，和動物有關的經驗要分享的？」另一位教授保持著堆滿的笑容開口。

我猶豫了一兩秒，保持微笑搖搖頭，「沒有了」。

走出面試場地，我忍不住抬手遮掩炫目的陽光。明明還未入夏，氣溫卻已如盛夏般懾人。

對於教授最後一個問題，我並沒有說謊。雖然我確實有印象深刻的經驗，但我並不打算分享。

那是小時候一個像今天一樣炎熱的日子。

那天我和我的朋友，就稱他為丙吧，跑到小學的後山上去抓魚。名義上是為了自然觀察的作業，實際上是兩人想去玩耍。

伴隨著豔陽和蟬鳴，我們走了一大段路到山坡上的小塘。我的左手拿著一個塑膠罐，右手是一隻綠色邊框的小漁網。只有半是樹蔭的路途讓我的背部被汗水浸溼。丙則背著一個裝著水壺的側背包。

到達我們的目的地——一個小水塘後，我們興奮的盯著那些小魚和蝌蚪看了一陣子。潺潺的水從石間流過，水氣和樹蔭帶來陣陣涼意。終究算是城市的小孩，我們對水塘的這些小動物充滿了好奇心。我們商量了一番，抓了兩隻小魚。

歸途依然十分炎熱，我用雙手捧著塑膠罐向前走著。我和丙興奮的討論著回去要用什麼當魚缸，要不要買飼料等問題。丙說，他可以去學校旁的水族館買飼料。突然我跌倒了。如果是在電影裡，這種時候大概會看見慢速鏡頭，特寫我的姿勢與塑膠罐緩慢脫手的過程。手中的塑膠罐在瞬間飛出並狠狠砸在地上，滾了好幾圈才停下。我的膝蓋和下巴也狠狠撞上地面，痛得我一時說不出話。

回過神來，我看見丙用有些呆滯的表情看著裂開翻倒的塑膠罐和掉到一旁草叢的魚。

我急忙尋找水瓶，才想起我並沒有帶平常用來喝水的寶特瓶。我立刻向丙要他的水壺，但丙搖搖頭，表示自己的水已經喝完了。

我想把魚放到水中，但無論是回到剛才的水塘或是向前走到山腳下都要一段距離，讓我不知如何是好。丙也一副手足無措的樣子。

我看著乾燥灰黃的土壤上水慢慢向前流動，將流經之處染成深色，就像從我膝蓋流過皮膚的血液一般。

我拾起那兩隻魚捧在掌心，向前疾行。牠們沾著少許塵土，在我的掌心迴光返照般的跳動。然而沒有多久，我就不再感受到牠們的躍動。

我忘了自己是把魚兒留在草叢間，或者帶回了山下。但我忘不了掌心的那份重量。

到達山腳後不久，傾盆的雨劃破夏日午後凝滯的空氣。

從面試試場離開，我找了一家麵店吃午餐。一邊填飽肚子，一邊看見電視正播報著連環車禍的新聞。主播高亢的語氣把字句刺入耳膜，說著車禍發生過程和肇事者的家屬死亡等訊息。根據主播的說法，這場悲劇似乎起源於駕駛無知的過失。

我隱約想起公民課本的過失傷害的罰則。我不懂法律，不知道過失致死會有怎麼樣的懲罰，但我隱隱對肇事者可能懷抱的，因為無知與過失造成傷害的罪惡感感到難過。那是最沉重的懲罰吧。

因此以前我一直很討厭「人生中發生的一切都是有意義的」這種話。像是這樣不帶情感的殘酷死亡對受害者、加害者或旁觀者有什麼意義？世界變得更好了？人生的體悟增加了？這句話對我來說就像是在士兵的墓碑上刻下的某種象徵性讚美詞，如同帶著偽善面具的安慰般諷刺。那是一句面對人生中的無可奈何時用來瞞過自己的話，丙似乎曾經說過。

我想起被邀請到丙家中的經驗。

丙的家是寬敞的透天，房間採光明亮，深紅的皮製沙發沉穩的擺在客廳。木質地板冰冰涼涼的，踩起來十分舒服。我想起自家公寓樓梯暗紅色的塑膠扶手，鞋子摩擦地面的沙塵觸感，以及鐵門後狹小的空間，不由得有點忌妒了起來。

當我看到巨大的三角式鋼琴時，這份情緒很快的被拋在腦後。我只在電視上看過這種鋼琴，就連學校音樂教室擺放的都只是直立式鋼琴，而且一次也沒碰過琴鍵。我不由自主的盯著烤漆的樂器表面，央求丙彈奏幾首樂曲。丙有些神氣的彈了兩三首輕快的歌，又露出難為情的表情把琴蓋蓋上。

「彈這個太無聊了，我每天都在練。」丙有些靦腆又有點驕傲的說，「我去找比較好玩的東西來。」丙三步併作兩步的跑上樓。

丙一離開視線，我馬上忍不住好奇的東張西望。我的目光很快被一本架子上的書吸引，雖然如今我已經忘記是什麼書了。架子有點高，不過書櫃底下有一堆毯子墊著，我便藉著那堆毯子一蹬拿到那本書—本來應該是這樣的。但在我踩到的瞬間，那包東西發出了一個難以形容的短促叫聲。我嚇得跌開，看見一隻三花貓從那堆毯子間竄了出來，快速的躲到沙發底下。

我全身因為緊張忽地發熱，有些不敢坐到沙發上，便盤腿在木地板上等著丙從樓上拿東西下來。偷看沙發底下，我卻沒看到貓的身影。

過了一陣子，丙終於從樓上下來，手上拿著某種玩具，一邊說著：「我本來想找我家的貓咪，可是沒找到，可能我媽帶牠出去了吧……」

隱藏著尚未平復的心跳，我不知道那時自己為什麼沒有和丙說貓咪躲在沙發底下。

隔天去學校時，丙的眼睛紅紅腫腫的。

那隻三花貓死了。半夜不知道為什麼一直拉肚子，隔天就死了。

當丙哭喪著臉告訴我時，我腦袋裡出現的第一句話卻是「好奇心殺死貓」。

我有些說不出話。或許根本不是我的問題。我只踩到毯子，那隻貓本來就生病了，那是無可奈何的事。

剛聽到消息時，除了怕丙發現真相，我並沒有特別強烈的感受。回到家中，想起這件事時，我卻漸漸感到自己臉頰發燙。

洗澡的時候，藉著水聲，我偷偷哭了起來，哭得連腹部也沉重得難受。

但當我想起丙的哭臉，腦海裡卻不由自主響起那天他彈奏的「踩到貓兒」的輕快旋律。

好幾年以後，我慢慢覺得，丙可能隱約認為三花貓的死和我有關吧，雖他從來沒說。我也依稀想起，三花貓死去那天我想拿的書，好像是一本動物圖鑑。

話說回來，很久以前去抓魚的那天，我當天很快就知道了，那個盛夏的午後，垂死的魚身旁，丙的保溫瓶裡其實有水。我猜，丙不想弄髒他的水瓶。即使是好幾年以後，我也沒有和丙說我發現了這件事。

在我面試的隔天，生物老師詢問班上同學有誰想進行解剖青蛙的課程。大部分同學一臉興高采烈的舉起了手。我也舉起了手。

「解剖完一定要埋在水池那邊的土裡，要有尊敬的心知道嗎！那邊看到比較大的石頭都是以前學長姐做完立的墓碑。」聽著老師的叮嚀，坐在我旁邊的同學一臉興奮的小聲向我搭話。

「我一直都很想解剖青蛙看看！不覺得很好玩嗎？」

「還不錯好玩啊。」我反射性的回答。

丙一定也會覺得好玩吧。國中、高中丙都和我不同校，我們已經很久沒見面了。雖然偶爾仍用網路聯絡，但準備考試忙碌的期間，我也有好一陣子沒有想起他了。不知道丙的第一志願是什麼。

聽著老師的嘮叨，我望向窗外，看見一隻貓躺在學校的圍牆上，曬著太陽。

名家推薦

這篇作品交織了兩種意義的「瞞」，以很淡的寫法表現很大的悲傷。——廖鴻基

此篇層次豐富，不做作，掌握平淡生活小事的精髓，能看出作者有清楚的美學追求。——柯裕棻

王薏慈

散文獎——二獎｜新　年　快　樂

2000 年生，蘭陽女中一年級。幻想自己在如夢似幻的人生中倒著行走，靜靜觀察所有和我擦身而過的，潦草即興的小故事。

得獎感言

記憶的黯影裡，有不少曾於心中留下痕跡。透過創作，這些記憶才從模糊輪廓逐漸變得深刻，不再是浮光掠影。感謝給予我肯定的主辦單位、評審老師，也同樣謝謝蘭陽女中語資班，以及在難熬的夜裡，陪伴著我的陳曜裕老師和爸爸媽媽。

去年冬天最冷的時候在過年。

爸媽正和親朋好友噓寒問暖，我在一旁沈默著。那些親戚，十個有九個是我認不出來的，卻要裝出認識他們的樣子，帶著笑意，好像很乖巧。

跟在爸媽身後的，還有二阿姨，溫和笑著，眼角皺紋的曲線，明顯拉長許多。我知道她是緊張的，捏住衣角的手指，還有縮在高領毛衣裡的下巴，像是嬰兒在母胎蜷縮，透露違和感。

儘管年紀已經四十好幾，仍沒結婚、正式工作，待在康復之家，以手工飾品維持生計。

阿姨曾試著打拼過，出社會沒幾年，意識到無法承受外界壓力，無論工作或愛情，她害怕他人的目光，為此，服用了抗憂鬱症藥劑，穩定精神。這些都是媽媽說的，阿姨常常打電話到家裡，報告身邊大小事，像是打工場所的老闆如何責罵她，她又如何對世界感到失望云云，媽媽的耳朵常禁不起如此頻繁的抱怨，有了一些蝕鏽。

比起內家，外公外婆那兒沒有傳統家庭的拘謹。媽媽和她的兄弟姐妹一起準備年夜飯，蒸鱈魚、燙青菜、炒米粉等都是過年必備。他們互相聊起自己的孩子、抱怨家庭煩惱，未成家的二阿姨站在一旁靜靜聽著。她的語速較慢，總在說上幾句時被打斷，手指捏起毛衣邊，拉扯下的邊線在指間旋繞，她傻傻笑著，我知道二阿姨是緊張的。

濃郁菜香隨外婆的吆喝聲傳過來，「晚餐備好囉！準備吃飯！」我趕緊跟著媽媽坐好，阿姨默默跟上。一家人圍繞大紅色圓桌，舅舅拿出塑膠袋，鋪上沾了水的桌子，一道道菜餚端上。

「趁燒，緊食！」外婆揮了揮乾癟的手。

一雙橘色筷子在我眼前一晃而過，轉頭過去，阿姨正迅速掰開蟹螯殼。焦急地吸允滴下的湯汁，像在吃魚翅熊掌那類山珍海味，一口都不浪費。吃完後，阿姨舔了舔嘴邊醬汁，持續邁進她的筷子，緊張膽怯的情緒消失得一乾二淨。這時，家人問起一個就讀台藝大的表姊，畢業後想去哪工作？「我想去電玩公司拚拚看！」綁著俏麗馬尾的她，笑盈盈道，散發年輕人的活力與朝氣。突然間，我想起二阿姨也是台藝大畢業的，她正和剛夾起的蟹螯奮鬥。

胃裡已經塞不進任何東西，我到客廳坐下休息。才拿出手機，滑了一些自己存在裡頭的圖文創作，二阿姨走了過來。「新年快樂。」她緩慢地說，手指伸進牛仔褲口袋，拿出發皺的舊紅包袋遞給我。袋子鼓鼓的，摸起來很粗糙，不知裝了什麼？感覺不像平坦的鈔票。正思索著內容物，阿姨盯起我手中的方形物，「這是你的嗎？」我點點頭。她笑笑地拿過我的手機，並從褲子另一個口袋掏出她的，「大小差好多喔。」那是隻掀蓋式手機，灰撲撲的，應該用了好幾年。「智慧型手機可以掛吊飾嗎？我有很多自己做的手機吊飾。」阿姨招了招手，示意我跟進。

二阿姨的房間和她在二樓的兄弟姊妹不一樣，貼近外婆常待的一樓廚房，沒幾步就到。房門不常開啟，溼氣和昏暗光線交疊出陰暗老舊的氛圍，木製書架上的照片已經佈滿灰塵，隱約可見青澀面容。她抽出幾張衛生紙，拍了拍桌面。暗黃色的光灑落，我看到一張張 A4 紙黏貼在牆面，風景水彩畫、少女漫畫，更多的是人物素描。其中一張是毫無朝氣的女人——平直的黑髮，空洞僵硬的臉部線條，眼睛像隻垂死的鳥。

桌上還有幾個我不曾見過的作品，草編布縫，各種簡單的新奇小物，都是我這個年紀罕見的。拉開下方抽屜，裡頭有許多明信片、信件，上面擺放四五個珠子串成的小動物。她拿起其中一隻紫色海豚，遞過來。我握緊那隻小海豚，感受珠子粗糙地磨過，裡頭的鈴鐺響了響，有些粗獷，帶著不安份。寒冷的空氣中，我的臉頰微微發燒，阿姨不知什麼時候壓下的？年歲的計時器以時，以分，以秒，持續無情奔走，她對藝術的熱愛未曾消逝，我能清楚感受。

似乎走進一個陌生領域，窺見我不了解的，她的世界，又從她的世界，看見了自己。不知是不是基因的連結，我們同樣喜歡握著畫筆，手腕東彎西拐，甚至抬高整隻手臂，把情緒化為筆尖般，粗糙的線稿稍稍添加幾筆後，成為流暢、細緻的圖形。顏料在封閉曲線中渲染出另一番模樣，實在難以想像她作畫的自信，我的印象中，阿姨做事大多是猶豫不決的。

儘管她的夢不像瓦斯爐上的水，只要溫度足夠就能煮沸，我們都知道，關於藝術，絕不是憑著一顆熱情的心就能達成。但從小與農村、田地、斗笠和汗水為伍的她，曾抱持年輕又熾熱的希望，獨自搭車到台北。她如何在台北火車站下車，徒步到附近公車站，搭上駛向陌生之地的長途巴士，在遙遠漫長的引擎聲下，一度睡著復清醒。我想起媽媽說的，想像阿姨一個人抱著行李、望向車窗外，逐漸模糊的景色彷彿被自己的心跳聲擊散了。我不知道在那樣一個時代，一個人追夢的寂寞以及不知所措，但我能理解，她搭著車，感受顛頗道路的起起伏伏，如同永恆顛盪的當下。

那班承載夢想的巴士駛向哪兒了？過了很多年，阿姨已逾不惑，夢的終點停留在青春裡，分割成一塊一塊，累累掛在潮溼的牆面，等著訪客撫過透明塑膠框面，滑過逝去年華和默默辛酸。她似乎把自己困在某個狀態中，變傻了，甚至變得更加神經質；她走不出去，只要有一點負面議論眼光，就把自己同廢紙般，揉了又揉，摺疊若不曾存在。

夢流在年復一年的侵蝕下，外貌和原樣大相逕庭，但仍是同樣的河。夢想擁有一種旅途般的本質，經過嘗試和不斷磨合，也許會因為某些不可抗拒因素停下腳步，或順遂地直達目的地。甚至許多在暗地裡綻放的夢想，沒被發現，或發生了不可彌補的壞毀，就這樣被歲月沖刷淹沒了。

現在的我如同橫渡一條充滿未知危險的長河，即將一路起伏。我不清楚自己搭的是郵輪，還是快艇，隨便抱著一塊浮木搖搖晃晃的隨水飄流？阿姨心中的河，是否還存在呢？

出了房門，我突然不想說話，空氣中瀰漫著一種讓人想緊閉五官的氛圍。阿姨仍舊傻傻扯著嘴角，口中哼唱不知名曲子。我默默在一旁掏出口袋裡發皺的紅包袋，將裡頭的東西倒在手掌。一對聖筊造型的紅色橡皮擦和一盒木製鉛筆，帶點香氣，上頭刻寫著學業進步。

紅包袋子裡還有一張折了四次的傳統白底紅線信紙，「新的一年，要加油喔，希望你未來過得比我好。」阿姨的字跡搖搖晃晃。冬日裡，從窗外灌進來的寒風無聲透入腦海，吹得我頭疼起來。我將阿姨的心意放在手中摩擦，感受手心逐漸擴散的溫度。

名家推薦

這篇作品寫若即若離的親戚關係，情感細膩，很緩慢地寫出對人性的溫柔。——廖玉蕙

這篇處理親情的問題之外，作者還跳到另一層次，透過對於阿姨的描寫，談到了對於藝術的追求。——蔡逸君

然而

散文獎——三獎｜門　禁

本名陳佳鈺，2000 年生，彰化女中二年級。

得獎感言

很驚喜，也不敢置信。謝謝評審的肯定，也謝謝總是在我無助或迷惘時繼續說愛我的人。

夜晚像厚棉被一樣鋪蓋，越過仰望所及的視野更後，翻了一百八十度的眼睛，只看見星星嵌著，彷彿卡死在冬天的溼氣裡，不移不動。長長的影子緩慢前行，隻身一人無處可去，當午夜的鐘敲醒童話裡的公主，魔法泡沫飄逸蒸散，一切恢復秩序後，獨獨漏了一隻玻璃鞋。像是那隻玻璃鞋，在奔跑的過程中，無意間劃傷腳後跟，留下疼痛的證據。

小五那年，入了田徑隊，愛上熾熱的陽光和疾奔的快感。先斬後奏的退掉直笛隊，無視老師的挽留，決心全意浸漬在與風追逐的操場。母親知曉後勃然大怒，堅持要我回去文藝氣息之處，離開激昂的戰鬥賽場。我注視著她的眼眸，那雙與我相似、泛著淺棕又像燃燒著微火的瞳孔，從那之中看見了我慢慢握起的指節，拳心被指甲嵌入，灼熱的疼痛感讓我第一次咬著牙說：誰要聽你的。我覺得自己全身骨幹都變形，凸起了一束束紮實的刺，在暴風雨鋪天蓋地閃光轟頂時，我已經豎起了堅硬的避雷針。

當然人體是導電的，我依然被劈個體無完膚。但風雨過後，我並沒有變回從前乖巧安靜的女孩。父母不安，立了門禁。哥哥抬頭一看，沒搭理這個新規則，反正他本來就喜歡宅著；而我全力反擊。爭執開始，起初並非混戰，至少他們身為明理的大人，願意溝通協調，但我的偏執剛硬耗光了所有寬容和耐性，雙方各執一辭的情況之下，咆哮、怒罵，最後烽煙四起，全家無一倖免。我像是木蘭，東市買駿馬，西市買鞍轡，長鞭一甩，出征邊塞。黃塵滾滾，馬蹄聲漸漸遠去。

他們努力想召我回京。但我畢竟不是岳飛，不理會十二道金牌，不願赴死，寧願馬革裹屍。搖旗吶喊，聽著戰鼓的節奏，以青春的抱負奮力斬殺，鮮血激濺，一抹殷紅有敵有我，我特別享受生死在面前一閃而過的瞬間，更確信我不可能倒下，總會凱旋。我是需要大捷，需要讓京城裡的他們知道，我並不會被沙塵掩埋，我只會讓劍尖鋒芒閃耀，在門禁之後的深夜，與星空相映。

然而，激戰的日子約莫一年便已乏味。我承認塞外荒涼，也並不真的狂愛蒼涼的銀色月光，春風不來，硝煙不散，隨著時間輪轉，季節遞嬗，有人在戰火中壯烈犧牲，有人在饑荒中一夜消失，留下匆促的腳印和空了一半的糧倉。那些雄心壯志，豪氣干雲，所謂此生不渝的情誼，似乎還在嘲笑我當初的年輕。戰甲些許磨損，部分傷口難以癒合，庸醫們各個診治不好陣亡在先。將軍百戰死，壯士十年歸。鄉親排成兩列，浩浩蕩蕩的迎接戰士們返家。而我沒有，我脫了隊。

我國二，討厭班級，討厭那些嘈雜的喧囂的永不止息的尖銳聲音，它們聽起來低俗而精力充沛，像是後宮佳麗們爭妍鬥豔的胭脂，自己敷在臉上，還要讓膩味充斥在空氣裡。在外找不到歸屬感的我，竟然更不想回家，一個一無所有的靈魂，不再想依附著誰生存，為了避開那些惱人的聲音，我躲去更遠的地方，說是尋找自己的一場流浪。

家裡寄了很多信給我，軟硬兼施，看著父親潦草的筆跡，母親娟秀的墨痕，我撇撇嘴角，照例揉成紙團丟進火堆裡烤。這並不是我拒絕聯繫，而是我認為這場溝通毫無意義，他們不懂我對門禁的反抗，是我對成長的未來的自由的渴望，我在乎的不是禁到幾點，實則為何而禁。他們一廂情願的說，叛逆也該結束了吧？

那一年，馬拉拉好像還沒出書，但我卻已經知道那句「What doesn't kill me makes me strong.」。那一年，我還沒看過柴靜的《穹頂之下》，但我也明白空氣品質惡化，卻依然暴露在戶外鎮日鬼混。那一年，敘利亞小男孩亞藍還沒伏屍海灘，但我已經了解世界上很多人和我一樣，都在漂泊、流浪。雖然有人逃難，有人卻不想回家。孤獨的日子像是黑白電影無聲播放，我一個人看著，漫無目的的看著。明明是路痴，卻有太多的時間能好好探索城市；明明表面厭世，卻喜歡在接起推銷電話的時候假裝忘了表態，隱藏自己其實吝於消費，只想和話筒對面的陌生人攀談。明明是退役軍人，卻在看到不公之時選擇無視，甚至躲藏，毫無正義之心。

常常，我討厭自己。在燈火通明的夜晚，經過便利商店，潔淨的落地窗讓我不得不正視灰頭土臉的女孩，她卻依然挺直背脊，抬頭前進。痠痛的腳掌繼續走著，水泡破了又化膿，淚腺偶爾潰堤，但我不清楚自己哭的原因。想要一個地方歇息，可是低頭一看手錶，不，時間還沒到，我還要撐過門禁。

我就那樣虛張聲勢的長大，把家當作旅館，想和父母至少保持房客與房東的關係，卻始終無法成真。於是我的每個出門進門，都是在沒有一盞燈的昏黑中踏步。高中交了幾個男朋友，享受著被寵著的幸福，依賴那些男孩的體溫，好像這麼些年都不曾擁抱過晚風之外的事物。他們喜歡我的乖張，喜歡我像一隻野貓嘶嘶的伸出利爪，喜歡我不甩世俗眼光的任意遊蕩，喜歡我總是可以到晨星現形時才姍姍離場。外界對我的抨擊如浪，依然故我、不屑一顧，我衝撞著不願沿著前人之途，我嘗試冒險即便有違規範，我總說青春的瘋狂會換來豐碩的報償，我說我的抗爭是我對自我追尋的堅持。

然後那天，當我又在雞鳴之前躡手躡腳的進門，意外發現牆上的家規被撕去，門禁消失無蹤。廚房有燈，母親已經備好早點，熱氣蒸騰。像是算準了我會這時候歸來，她疲憊的臉上還有慈愛，牽起嘴角對我說早安。我慢了半拍，停格一秒，深知此非夢境，卻恍惚而毫不真實。我沒有認真觀察，但匆匆一瞥已經數完她的白髮，色澤如塞外風霜。她要我吃早餐，順便和她談談，而我沒有坐下，我從她淺棕色的眸子裡，看見自己張皇失措的神情。

「誰要聽你的。」

我已經衝出家門，忘了換洗，忘了帶書包，忘了消音太過倉皇的甩門悶響。早晨的霧還沒散去，我沒讓陽光指引我的方向，而是沿著道路拔腿狂奔。我覺得麻雀在嘲笑我的逃亡，路邊野花用俗豔的綻放提示我前途茫茫，我只能繼續跑著，蜻蜓追趕著我，螞蟻跟在其後，連蝸牛都以下腹蠕動，循著我豆大的汗水追蹤。跑著，喘著，我無可遏止的哭出聲，沙啞得像是討打的烏鴉，像是惹罵的流浪犬。

很久很久以前，女孩問母親：「媽媽，如果你愛我，為什麼還要罵我呢？」母親低頭，在她髮間烙下一吻，輕輕地回答：「因為我太急了。」女孩還很懵懂，卻眨著稚氣的眼睛說：「那以後，慢慢來，好不好？」

我全身溼透，雙腿無力，像死屍一樣頹坐在路旁，男友飛快趕了過來，將自己的外套披在我身上，用結實的雙臂緊緊抱住我，輕撫我的背脊，讓我靠著他的肩膀調整呼吸。我聞著他身上熟悉的菸草味，不知為何竟像吸毒一樣上了癮，顛簸的整路機車騎得飛快，我用力環住他的腰間，不願放開一秒。

我們又回到喧鬧的城市，霓虹燈肆意叫囂，車輛的喇叭聲一樣無理。他去便利商店買盒菸，出來的時候我要求他讓我抽一根。他有些訝異，但並沒有拒絕，和我肩並肩在店外坐下，拿出打火機燃起橘紅火光，用溫暖的掌心教我如何夾得瀟灑，慢慢吸，不要急，他說。我閉上眼睛，輕輕吸了一口，被狠狠嗆著但忍住不咳嗽，努力學著他再慢慢吐出雲團。試了幾次，漸漸熟悉，懂得如何控制力道和感受，他凝視著我，沒說話，繼續吸吐、繼續從容的為我沉默。

我將煙吐得很濃，濃到他的臉在我眼前變得模糊，濃到我暫時閉上雙眸，任淚水沿著臉頰滾落。我站起身，搖搖晃晃的走了幾步，在他追過來的腳步聲後，我聽見自己說：別跟著我。我今天早點回家。

我繼續走，當菸短得不能再抽，我將它扔下地，用鞋跟轉了幾圈捻熄。

那只鞋，像童話故事裡被鐘聲遺漏的那隻，像晶瑩剔透讓王子在夜色中拾起的那只，像尺寸獨特能帶王子找回公主的那只。

然而我希望，它以後能在午夜十二點就恢復原狀。

名家推薦

這篇作品文字流暢有情趣，趣味性十足，節奏感綿密。——廖玉蕙

此篇風格相當突出，豪邁有氣魄地表達抗爭革命。——蔡逸君

韶日

散文獎——優勝獎｜最 寂 寞 的 一 年

本名秦佐，1998 年生，屏東人，創作以寫實爲主，深信文學是改善世界的動力。曾獲台積電青年學生文學獎、兩岸龍少年文學獎、大武山文學獎、雨豆文學獎、大齊文學獎、南華文學獎等。即將就讀政大歐語系西文組。

得獎感言

感謝評審們的欣賞，此文能夠得獎，確實令我驚喜。於我而言，寫作是對生命的紀念，透過書寫使我們不停思考，從中領悟存在的本質。此文的內容未必全是真實發生的，然而是我能明確感受到的一切，有憶測與恐懼，我認為充滿破綻，但也如此無法隱藏什麼。

此刻我已然十八歲了。留下此文，獻予我摯愛的人們，與我至親的十七歲。

拆除工程進行的差不多了。眷村的廢墟後沒有欲想中的藍天，而是一片新建的高聳公寓。那時我沒有多餘的心力去尋找瓦礫堆中掩埋的問題，任讓它們慢慢地被時間腐蝕。閉上眼，我尋找著幾個月前，騎單車放學時，那一片正在凋亡的記憶。

傍晚六點的屏東市，穿過我熟悉的小路，眷村廢墟旁，只隔著一條街的咖啡館們正欣欣向榮地擴張著改建著，掛起了新的廣告，鼓吹「美味革命」且勉勵同志們「努力享用」，好意營造著令我難受的幽默，或許，只有像我這種太敏感或太無聊的人，才會時時記掛著歷史的傷口。博物館前依舊只有幾個外籍看護在講手機，輪椅上的老人們沐浴著衰微無力的斜陽。

她離開後，我覺得整個屏東市都開始崩解，在我腦中，似乎沒什麼值得依戀或需要重組的了，它好像不過是一個灰濛濛的和其他都市很像但又不太先進的城市 。我可以毫不在意地放最後的時間流逝，之後去北方一樣灰濛濛但先進很多的城市讀大學。

其實在她離開前，我就已忘了如何讀日曆。時間被考前計畫表與考程表的黑線格子切得斷斷碎碎，紛亂地灑了一房間，每個方正的小格子中都帶有一抹不太連貫的記憶色彩，像沒有卡榫的拼圖，我難以了解這這片殘破的歲月對我的意義。這一年的我，沒有她的十七歲總是要過去，我總是要邁向十八（要負完全刑責卻無權投票的年紀、幻影般的數字和一道疆界），為了獨行的路上不必太無聊，也彷彿要給自己一件比錄取通知單更值得玩味的成年禮物，我開始嘗試把這一年拾起，小心拼湊。

可是漸漸發現，無關我如何小心對待，它原本就不是一幅完整的拼圖，它是毫無道理的不規則形。

幾片淡灰藍色的方塊獨立出來，顏色像欲雨的天空。她入院前幾天，我為了避開團團烏雲預兆的大雨而提早回到家，鍋碗碰撞的聲音從屋內傳來，她在廚房料理我們一家人的晚餐，而雅迪竟獨自低著頭，在未開燈昏暗的客廳裡，手機螢幕把雅迪原本黝黑的臉映得一陣青白。錯愕混合著不悅，我知道為了請雅迪來照顧依舊堅持照顧我們的她，父母費了多少心力和本來就不充裕的薪水，今天無論她再怎麼樣堅持，雅迪絕不該把她一個人留在油煙之中。

我將書包丟上沙發，布質坐墊發出受重擊般的悶吭，雅迪木然地抬起頭，突然，衝過來緊抱住我，濃濃印尼腔的國語擠出破碎字句，重複呢喃著媽媽沒了、我愛媽媽這兩句話，雅迪肥壯的手壓得我很疼，似乎有眼淚鼻涕一類的液體滲透在肩上，我沒有試圖掙脫或說任何話，只是像柱子一樣靜靜立著，覺得自己的意識走出被鉗住的身體，正在一旁漫不經心地看著這龐然的悲痛欲絕的時刻。或許，我那時就該注意到，自己有專注力不足的毛病。終於，她從廚房走出，一言不發地將煮好的飯菜送上餐桌。

當天的晚餐，每一道菜都是我聽雅迪多次稱讚過的，她似有似無地看向已經不哭了的雅迪，還是一言不發，只皺著眉，把雅迪喜歡吃的菜色移過去。那天晚餐大家都很安靜，眼睛黏著她聽不到也看不懂的電視節目。

她的倒影仍是反覆出現在我腦中，在如今已閒置的抽油煙機下，我的奶奶，我短暫生命中最深刻的一條斷痕，是她漫漫生命的終結。

我想那天我是替雅迪難過的，只是沒有專心，胸膛似乎被眼淚浸溼地有點冰涼，但腦袋卻熱脹著，嗡嗡地吼著這樣幾點能吃飯、我明天考試很多……。就像許多同學有上課無法專注的毛病一樣，這一年，我卻是對課業以外的事情無法專心。了解到自己有這樣注意力不足的症狀，她離開之時，我很努力地要自己學著，學著達成，專注的悲傷。

這種注意力無法集中的症狀，非常難以啟齒。向老師請喪假時，他問我看起來怎麼不太難過，我知道學校的立場，大考在即，我被他們視為屏東少數有機會考進全台頂尖大學的潛在替校爭光者，請假當然要多受關心。我是真的難過，只是不像寫考卷時那樣專注，對此我感到自責也無法說明，終於他還是准假了。

回到我和考卷的單人世界，考卷不為難我，從不過問我此刻是否傷心難過或是否真心誠意，它問我答，標準答案，得分。考卷沒有苦苦逼問我為什麼奶奶過世了卻學不會專注的難過，為什麼因此陷入了一種接近自責或說愧疚的低落情緒。鈴響，交出一紙和教科書裡的詳解幾乎相同的漂亮答案，隔天的請假打破我高中三年的完整全勤。只是有的時候，有個奇怪的想法在我腦中跳躍，像隻興奮的猴子，我得趕快用理性把牠圈住。

覺得讀教科書像吸毒一樣，讓我不必面對生命中正在真實發生或其實一直都在的問題。

我的家族沒有墓碑，我們在一塊沒有祖先的地，奶奶的骨灰罈上刻的不是她父母給的名字。年近四十的大哥護送骨灰罈，離開屏東到高雄某處專門收留相似遭遇的亡魂的地方，和爺爺的骨灰罈相聚，為了將注定的離別延期，他們過世時都不在屏東，是在高雄的醫院裡，之後身體往南送回家，火化後又往北，他們的骨灰罈上刻的都不是他們十八歲前的名字。我望著同輩但年齡相差甚大的哥哥，我是這個家族的樹漸漸枯老時意外衍生的芽，不敢也不知道該說些什麼或問些什麼。

漫漫車程上，身為家族中成功楷模的大哥自顧自地和我說明成年之後的生活，像等我考上頂尖大學離開屏東後在外打拼必需注意哪些且大節日時盡量記得回家，大哥幾乎只有過年時才會為了看奶奶而特意回屏東，一個好像我們隨時準備要離開的地方。上溯二代，到奶奶終止，我們和這片土地的關連，是一條源頭已失蹤或根本斷頭的河。望著他懷中已經變成很小一罈的奶奶，突然，我覺得這罈一蓋上，我許多問題也隨之封印了，為何我不跟多數同學們一樣稱呼祖母為阿嬤？為何我生在屏東？說來可笑但，我到底是或不是這塊土地的人？這又是否重要？我應該像大哥一樣走遠吧？二十年的差距使人對所謂家鄉的認同或依戀是否有影響？我腦中輪轉著這些無解似乎又不該問的問題。或許，活在一條條裂痕乃至斷層裡，我不過是座四面斷崖的小小孤島。骨灰罈安置好後，年近四十的大哥因疲勞而出現老態，車窗外又是灰藍色欲雨且沒有表情的天空。

這世界很細微。

每當深夜，骨灰罈所封印的一切暗自浮現在我腦海，確實比白日的考卷複雜太多，我似乎花更多的時間思考，卻始終尋不到答案。某次意識到，我為奶奶專注地悲傷了嗎？還是我仍在煩惱自己的問題？我一再把這爭議擱置下來，後來，大考結束，直到我已不再苦苦追究自己專注與否，我才發現我是真的難過。沒有自己或一般人期望的激烈，是很平靜的哀傷，平靜到使我有種莫名的安心。或許，考試制度並沒有讓我患上注意力無法集中的病，我一直在找藉口，我知道。

大考結束，某個我再也沒有藉口可以依賴的日子，屏東深陷在入冬後久違的雨中，我沒有理由地想念起奶奶，如果，她一輩子遺憾自己怎麼會落到一塊沒有祖先的地，這世上就不會有我，不會有這不太家族的家族。照顧奶奶的雅迪此刻已回印尼了吧？奶奶的離開對雅迪來說就是突然失業，如果，雅迪一直遺憾自己怎麼落到一塊沒有親人的地，她的母親過世時她會不會對身為雇主的我們感到一絲怨恨？她們兩人都沒有……。

下完雨的天空沒有立刻放晴，還是淡淡的灰藍色，其實一整片這樣的天空也挺好看的。

這世界是幅筆觸極其細微的畫，可是同時，也是那麼完整無畏的巨麗。

我終究沒有拼湊起這一年，眼前所有方格子裡的紛雜記憶都開始褪去，轉為漠然的淡灰藍色。這世界是很細微，是我太習慣把自己的部分放大後反覆觀看，其實我一直試圖完成的拼圖，也不過是那幅巨麗圖畫中的一小塊色彩。一切又連貫了起來。

拆除工程完全結束了。被夷為平地的眷村旁，只隔著一條街的咖啡館們依舊欣欣向榮地擴張著改建著，我不再多費心力去爭論瓦礫堆中掩埋的問題，任讓它們在現世慢慢地被時間撫平，在心裡與我平靜地共生。睜開眼，我紀念著幾個月前不停感嘆的，這最寂寞的一年。

王海咪

散文獎——優勝獎｜獲　救

1998 年生，北一女中畢業，即將進入政大外交系。用盡力氣感覺每一個感受，再輕輕地、慢慢地，把每一次細膩寫成文字，文字讓流著血的傷口結作痂，預告再一次重生。

得獎感言

接到電話的當下還是半夢半醒的狀態，還以為得獎只是夢的延續而顯得格外冷靜，清醒後才發現：原來現實跟夢境是可以同樣美好的！這是我第一次投稿，能有這樣的成績很意外也很開心，謝謝評審老師的肯定，謝謝ＧＧ的專業意見，和沒什麼用卻不可或缺的豬，還有最重要的，謝謝爸媽。

天氣很悶，空氣太溼，景物都像一幅小學生的水彩畫，溼溼糊糊的，六月的台北盆地像一個大蒸籠，把水氣都鎖在裡頭，空氣和著溼氣，重得讓人窒息，順便蒸去每個人的靈魂，我彷彿看見一個個白裡透灰的影子從路人的頭頂向上延伸，漸漸消失在滴不出水的天空，留下又一個行屍走肉的軀殼，在馬路上晃著晃著，配上一副空洞的眼神。

我匆匆忙忙往頂上一抓，深怕靈魂也一同被吸走，今天的天空溼得令人作嘔，我可不想看見自己在空中生霉，卻發現只是虛驚一場，畢竟它在身體裡就已經夠潮溼了，一塊塊黴斑恣意生長，吸飽了水氣，恐怕早就沈得無法順利蒸發。

我突然想起你，還記得你最喜歡這樣溼熱的天氣了。你很怕冷，氣溫一低，那纏人的過敏就發作，總得癱在沙發上，裹上一層厚棉被，鼻水像鎖不緊的水龍頭，一個早上就擤完一整包家庭號衛生紙，乾燥使雙手脫皮，不斷和衛生紙的摩擦更是雪上加霜，整個冬天你就像一棵凋零的大樹，賴在沙發上動也不動，而那裹著鼻涕，散落一地的衛生紙是凋謝的花瓣，是你的枯萎。但我沒有你過敏的遺傳，比起現在的溼熱，反而更喜歡那樣乾冷卻舒爽的天氣，只是你的過敏總讓我心急得也討厭冬天。

不過現在，你離開了，我便可以肆無忌憚地抱怨夏天了，對吧，父親？

那年我六歲，你越來越少回家。還記得生日這天，母親說你工作正忙著，會晚點回來，我們便一起坐在客廳的地板上，靜靜望著桌上插著數字六的一塊提拉米蘇，等你回家。從七點，七點十五，八點，九點三十，再到十一點五十九，生日就要走了，卻還是等不到你，蛋糕上的蠟燭早已融化，一團黏糊糊的蠟癱軟在提拉米蘇上，母親也癱軟在地上，我彷彿看見母親的靈魂也向上延伸，消逝在潔白的天花板裡，只剩一副空洞的眼神。我的生日正好也在六月，溼答答的天氣配上黏答答的蠟油，很契合，或許這是上天準備的生日驚喜，至少祂還記得這一天，和你不一樣。

壓倒駱駝的最後一根稻草是那封信，那封淺黃色底，寫有黑色潦草字跡的信。那天我在沙發椅上瞥見它，淺黃色的信紙給人一種溫暖的感覺，而每個字都清楚透過紙背，好像鄭重宣告著什麼，可惜小學一年級的我什麼字也不認識，在好奇心驅使下，興奮地拿給正在廚房準備晚餐的母親，問她這是不是彼得潘的藏寶圖？或是哈利波特的劫獵地圖？然而，只換來一陣沈默，時間停止，空氣凝結，母親像誤視梅杜莎般僵硬，然後，她突然發狂似地把剛洗好的黃瓜用力砸向廚房的玻璃窗，窗戶應聲碎了一道裂痕，零星的碎片散落，落得一地茫然。母親低下頭啜泣起來，並緩緩蹲下，好像用盡力氣只為了保持平衡，並緊緊抱住站在一旁不知所措的我，一把眼淚一把鼻涕地浸溼我的領口，那張信紙被揉爛扔在水槽裡，來不及關上的水籠頭拚命沖著，好像洗去紙上的字就可以彌補什麼，然而，沒有人知道，一切都來不及了，碎的不只是那扇窗，而是整個家。

那天之後，每一夜都是母親和你的爭吵；那天之後，我再也睡不著。

你們總先關上我的房門，才開始那無窮的爭吵，卻讓我更想聽見你們的對話，焦急地想確認是不是自己錯給了那封信，才造成現在的破碎。我總蹲在門邊，把右耳緊緊貼住房門，母親的尖叫聲很尖銳，她說著你不曾照顧我，說著你從來不顧家，說著你在外面拈花惹草，但我卻不曾聽見你的回應，不確定你到底有沒有回答，或者我們真的漸行漸遠，遠到再也聽不見你的聲音。好幾個夜晚我都在門邊睡著，直到那天，我像往常一樣窩在門內一角，聽著聽著眼皮又漸漸垂下之際，房門「碰」的一聲被撞開，我順著門的方向被摔了出去，我驚醒，看見熟悉卻陌生的你，和一臉慘白，淚流滿面的母親。你蠻橫地把我從地上抓起來，身上還是那股熟悉的菸味，卻混著以前不曾聞過的酒氣，你把我推向牆角，母親試圖阻止，卻被你更用力地推倒在地，她的前額撞到床角，流出鮮紅的血。我趕緊蹲下扶住母親，你的表情被淚水模糊，只聽見你瘋狂般地狂笑，狂笑，最無情的那種，像是得逞般地大笑。

然後，你離開了。然後，母親像失去樑柱而搖搖欲墜的大樓。然後，我再也流不出眼淚。

隔天，母親開著車，衝進新店溪，帶著我。

救護車，警察車，嗚笛，獲救。

於是就像什麼也沒發生過，我們換了新車，換得母親更無助悲傷的眼神，換來我的恐水症。一切發生得很快很安靜，母親沒有再失控尖叫，我也不再嚎啕大哭，我甚至懷疑這是不是都只是一場夢，一場我願意用力跌下床只為了回到現實的夢。

你離開的時候也很安靜，卻好像偷偷帶走了我的一部份。生活依舊，沒有因為你的離去而天崩地裂，太陽卻似乎越來越少出現，總被滿天烏雲遮蔽。每天早上我還是去巷口的早餐店買火腿蛋吐司配上溫紅茶，老闆娘帶點親切帶點八卦地問最近怎麼都沒看到你，我說你出差了，用一貫的笑容；每天到學校的第一件事都還是把聯絡簿攤開，東張西望一陣，再快速熟練地在家長欄簽上名字，我們的姓，你的名；每天睡前我都還是偷偷地把被母親鎖上的大門打開，只怕你出走時來不及帶上鑰匙，卻突然想回家了。這麼多年了，我想我已經習慣，習慣你的缺席，我不曾恨你，只是偶爾想念。

在你離開後我再也沒有眼淚，我試著在每個睡不著的夜瞇起眼睛，試圖把對你的想念、對我的自責聚集成眼角帶有鹹味的水滴，卻總是失敗，只換得腦中不斷重複的那，你得逞般的狂妄笑聲。眼淚像是一種脆弱的象徵，而你讓我連脆弱的權利也沒有。我一貫地笑著，再把那些悲傷小心翼翼地割成八萬六千四百等份，安插在一天內的每一秒，像一塊綿密的毯子，包裹住我的每一刻。

其實很多場合都是需要淚水的──每一場感人或悲傷的電影之後，燈光亮起，朋友們閃著淚光分享心得，再困惑地問我都沒有感覺嗎？我說有啊，配上淡淡的笑容；在小學和國中畢業典禮上，同學們離情依依地道不捨，相倚在肩上哭，我獨自坐在一旁，默默看著，笑著；外公的告別式上，依照儀式，家屬必須繞棺木三圈，第一圈，表姐、表妹哭成淚人兒，第二圈，母親和舅舅忍不住哭出聲音，第三圈，母親癱軟地跪下，說怎麼連他也離開了，我卻依然面無表情，很想哭，卻怎麼也沒有辦法，要是讓你的狂妄笑聲這個時候浮出腦中，就真的太對不起外公了。於是，在同學眼中，我是個麻木冷漠的人，在親戚眼中，我變成了沒有感情的罪人。我無力反駁，解釋也顯得多餘。

我再也受不了，不管是那悶得我窒息的悲傷毯子，還是伴隨鼻酸而出的你的狂笑，或只是某種自責，又或是別人看我的眼光。十八歲生日那天，我決定結束這一切。

我重回新店溪，獨自一人。脫下鞋，我慢慢走向溪畔，天氣很溼熱，對岸的人一手拿著釣竿，一手煩躁地不停揮動扇子，好像熱得快融化，我想起提拉米蘇上那坨融化的蠟，也順便想起你，我想像你現在在頂樓，抽著你最愛的牌子的菸，吸一口，吐出，吐出你滿腹心事，我想起母親染上床角的血，像一朵鮮紅的玫瑰，在血凝固的同時枯萎，也像她的快樂，甚至是她的全部，凋零在你的離開後。十二年了，我終究不明白，你怎麼能走地這麼無情？我踏進微涼的溪水，很舒服，尤其在這種天氣裡，我越走越深，水淹上胸口，我看見對岸的釣客慌忙丟下手中的扇子，向我跑來，好像還喊著什麼。我把頭埋進水裡，水很混濁，比十二年前更混濁了，本能還是怕水的，終究忍不住掙扎，水猛然灌進鼻腔，刺痛得很真實，我睜開眼睛，痛楚襲來，或許是痛的緣故，眼淚終於滑出眼角，溶為新店溪的一部分，我張大嘴巴，哭得更大力，溪水沖向喉嚨，痛得難受，心裡卻很痛快，原來哭的感覺這麼舒暢。這次終於不再聽見你的笑聲了，我靜靜聽著溪水流動。抬頭，我彷彿看見靈魂和著溪水，漸漸上升，慢慢地，消失在上方的波光。

救護車，警察車，鳴笛，獲救，嗎？

孫素昕

散文獎——優勝獎｜養　蟲　日　記

2000 年自母親體內產出的怪繭，蘭陽女中一年級。在蟲堆中生長，嗜睡，等待有天破繭睜眼。

得獎感言

日日被蟲圍繞，便突然想起體內潛伏著的那些。於是開始逐字敲打，那些蟲是否能因此消滅？未知的謎題，至少他們終於再度沉睡。感謝主辦單位和評審老師的肯定，讓我的足跡能被看見。感謝蘭陽女中語資班，用文學滋養心田。感謝陳曜裕老師，點出我的不足，帶我撫平字裡行間的坑坑洞洞。感謝父母，不曾多，卻默默支持。

或許是想像力、龐大壓力造成的影響，我眼裡呈現的只是一隻隻的蟲，形狀各異、大小不同，在世界的壓迫下，自被摧毀的殘骸中誕生，努力鑽著，無分內外，找尋落腳處。

小時候特別嗜吃零食，喜歡趁沒人注意時偷偷溜出房間，躡手躡腳打開嘎吱作響的櫥櫃木門，抱出一整堆零食，再鬼魂般飄回房裡。這類虧心事做多了，總會被揭發。發現「偷渡」的行為後，媽媽唸了我一頓，即便被警告了，口腹之慾仍勝過長輩告誡，我還是三不五時拿走一些零食，趁哪天好好享用。

頻繁的碎唸阻擋不了我在房間窩藏零食，終於滋生害蟲。媽媽把我叫了過去，她說，曾經有個孩子也愛吃零食，為了方便拿取，把零食放在床頭。零食的香味逐漸吸引螞蟻靠近，那個孩子從來沒有發現。聽到這，我渾身寒毛已豎起，感覺全身爬滿螞蟻，被成千上百的觸鬚搔著，所有口器一徑朝我咬嚙。故事還沒完結，媽媽接著說了結局。那些螞蟻沒有咬她，只是靜靜地覓食，直到有天孩子死了。我一驚，追問為什麼？媽媽淡淡說，螞蟻從耳朵鑽進了腦部，一天一點啃光她的腦。

這個故事的確達到它的作用，我被嚇得不輕，降低帶零食進房的頻率，甚至不那麼堅持吃零食了。但恐懼揮之不去，像隻蟲，總在我將睡未睡之際，分食我的思緒。

有陣子，躺在床上準備入眠時，會聽到耳道裡一聲一聲搔刮，龐然大物一般沉重地來回踱步。一開始並不以為意，只想是幻聽或碰巧出現的雜音，鄉下地方，萬籟有聲並不難。但我漸漸發現，當姿勢不動、四周安靜時，能聽見的不是心跳，而是耳裡來回的刮擦聲，帶著一定規律。我驚惶不安，故事裡那個孩子、滿床零食與悄悄鑽進耳朵的螞蟻，甚至睜大眼睛死去的屍體，竟連袂在空空如的腦室來回播映。

我換了姿勢，中斷聲音，幾分鐘後又繼續喧鬧，逼自己用整付心神想些不相干的事。徒勞無功，媽媽的故事已經爬到潛意識，一個姿勢固化時，聲音便再度響起，鑽進耳道潛伏著，折騰我日夜不安。我曾猜想或許那是隻螞蟻，或隻不大的蟲，像故事說的那樣，在某晚熟睡時悄悄掀起我的耳膜，穿簾而過。我又疑惑著它準確響起的時間，以及來回拖曳時過於規律的頻率。我甚至猜想是血液隨著心跳撞擊血管，卻無法解釋不小心發麻的情況，或許這蟲已擴散全身，我不禁打了哆嗦。

反覆想著也得不到答案，我擔心耳朵裡真鑽進了一隻蟲，又遲遲不敢看醫生。就這樣拖著，過了好久，才驚覺噪音只偶而出現，耳朵那隻蟲也許暫時休眠了吧！危機消失，耳道歸於寧靜，我仍關注耳裡動靜，注意那隻蟲是否又想作亂？直到體內住進另一隻蟲。

它是書包裡多得滿出來的書造就的，因為課業有時讓我飽嚐壓迫，背上日漸沉重。原本騎腳踏車時，髮絲能輕微地隨風揚起，到最後沉沉地讓書包壓著，癱在後座，連同壓陷了輪胎。壓陷輪胎的後座力無可避免對我的背造成了傷害，只是我沒有被重量拉至地上扁成一團爛泥，而是脊椎悄悄彎了幾度，扳出幾個橫向的弧，像螞蟻走路的軌跡。脊椎側彎，伴隨背上偶而某點的痠麻或刺痛，每當想起自己早已變形的脊椎，眼前總是浮現那條緩緩扭曲、彎繞而細長，彷彿螺旋狀的蟲，蜷曲著身體攀扶背上，一路來至頭頂，嘎然停下。精神不好時，還能看見一節脊椎在巨大壓力下粉碎，碎屑散成一落蟻巢，裡頭住戶四處竄逃，尋找機會遷回。

這些蟲以附近血肉為生，先是刺痛，之後注入麻醉，接著啃食身軀，總要我忍受不了姿勢移動，逼得蟲暫時停止；或撞擊脊椎試圖復位，偶得一些健康的幻覺。改換姿勢治標不治本，或許連標的都算不上。我試著減少背上重負，書本不減反增，在背上堆疊一塊塊蟲甲，吸引脊椎貼近它的曲線，與之契合。這是甲蟲亂入。

逐漸累積，身上的蟲似乎越來越多。脆弱無力的骨頭為求生，帶走所有鈣質，指甲上爬出一隻隻蒼白的蟲。有時甲面裂開，層層釋放另一種物種，加上就學時間匆促，趕忙吞下未得咀嚼的食物，這時，胃裡不知哪來的新住蟲會突然擊鼓抗議，配戴消化不良、脹氣等化學武器日日襲擊。

內分泌悄悄失調，乳白色的蟲無聲從臉上出現，各式隆起或自毛孔探出半個身影，或理直氣壯紅著臉，怎麼也拉不出，拉出時必然攜家帶眷。最恐怖的，一陣滿載溼氣的風還會在腳上留下一圈圈僵硬死白的咬痕。滿滿的蟲帶來各種病痛，稱不上絕症，仍然折磨人，原因交互影響，早分不清心理或身理因素？孰因孰果？成群的蟲一股腦衝進身體，塞滿了仍不停。

防禦機制終於在這時啟動，豎起高牆，阻擋更多的蟲進入，我戴起口罩，穿上更多衣物保護自己。阻隔了外患卻將內亂困在體內，身子裡的蟲躁動不安，開始往頭頂鑽，試圖破城而出。有些沉著蟄伏，有些終於按耐不住，在頭上睜開一顆顆眼睛，齊力瞪視。群蟲目光穿透密布的髮根，攀過層疊髮浪，周身空氣彷彿從此扭曲變形，那是有形的力量吧！

我的頭髮漸漸與空氣中的物理曲線合而為一，結合出各式彎曲歪扭、支離破碎的形狀。時日已久，自髮尾一分為二，半截軀體細得能透光，在風中顫了顫便截斷隨之遠去。靠近髮根處，一路凸起如雞皮疙瘩，連著因髮質粗細不一而捲曲的形狀，摸之粗糙又帶點彈力，彷彿髮尾垂死盪起的微小弧形。新生的髮則自髮根升起，上下起伏，因為先天失調，後天已不讓人期待。

看著乾枯不已的頭髮，尤其髮尾，凹折出閃電般形狀，尖銳展示著糟糕髮質。每次整把抓起，像田裡隨手抓出來的乾草束，其實，它們都是行屍走肉的蟲子，身軀沒有光澤，殭屍般寄居。

黯淡沒有一絲生機的髮是蟲的延伸，更有可能是他們探路似，自頭頂掙出的半個頭顱。該將他們徹底拔出以絕後患？還是妥協，乾脆做他們的同伴！飽受蟲害的身軀無一處不發出吶喊，終於，我伸手，抓住一根嚴重變形的髮，用力一扯，啵的輕響，黑線連著黑點——或許是毛囊，或許就是蟲、那些養成千萬大軍的卵——在空中劃出一個弧，接著落地。不如想像中疼痛，反倒除去一隻醜陋的、曾在我頭上無法分離的情緒。

這動作有著一股魔力，我開始無法自拔清理這些汙點。破碎的髮很多，手往頭皮隨便一揪一搓，我不停掃除頭上髒汙，沒日沒夜地拔，忘我的拔，不曾注意時日，也沒注意我究竟揪下多少青絲？摔進垃圾桶。直至一天，驚覺綁起的馬尾瘦了好多，那些破碎的髮漸少，卻像拔不完。嚇人的故事深刻地存進記憶，隨著愈來愈少作亂的蟲在腦中安靜潛伏，偶而閃著不曾闔起的雙眼，覷著我，從髮根毛囊探出。整顆頭都是眼睛，我只是拔走了他們虛長的睫毛，沒辦法拔走意圖。

明知如此，卻仍克制不了拔去醜陋的想法，彷彿這樣能拔除所有害蟲。愈來愈扁塌的頭型終究引起他人注意，無論熟識與否？每每注意到我稀少的髮量，總驚訝發問。初次見面的，關心頭髮怎麼這麼稀少；熟識的則說，「為何頭髮少了這麼多！」我據實以告，或任對方自行猜想，最後多半歸結同樣結論——壓力太大。

我早已豎起高牆，壓力是從外面來的，無懈可擊；牆內的蟲失去補給，也應死去。只是我依舊無法分辨，高牆之外的不是壓力，而是以壓力為名的群蟲？難道，這世界是一座蟲窩？有個人，正努力把我養成一隻蟲。

是日，我豢養了我自己。

鄭翊茜

散文獎——優勝獎｜高　跟

1997 年生，台南囝仔。寫詩和散文，兼作歌詞。
認爲陪玩白色米克斯犬和文學一樣，都是每天生命裡最單純豐富的美好集合。

得獎感言

那晚與 E 聊到，幾次得獎感言後，想寫的話也漸漸少了。E 在螢幕的另一端只傳回一句話：「長大了啊。」
我跟 E 說我喜歡他的註解。但我總是偷偷捨不得自己已經長到那曾看起來很遙遠很遙遠的年紀。
這極其不易所得到的溫柔，用來紀念再三個月不到就又要離去的十八歲。
謝謝。

視野高了幾公分。

背脊不自覺挺直，但雙腿忍不住地搖晃。自由慣了的腳掌擁擠在狹仄的鞋裡，顯得格外敏感而彆扭。稍微往前一步，世界的重心彷彿也跟著傾斜，幾近崩塌。

我十八歲，卻是第一次穿上高跟鞋。

由於唸的是五專，升上四五年級時必須更換制服，從學生樣式的花格裙改穿尖領白襯衫搭配靛青色窄裙。而原本套著白襪黑皮鞋的雙腳，則必須縛上黑色素面高跟鞋。

雖然這樣的裝扮與規定自新生入學時就已心知肚明，然而三年之後的某天，在教室內全班魚貫排列，等待廠商派來的阿姨以皮尺環繞腰腹，寫下腰圍和襯衫尺寸時，我仍然緊張地起了雞皮疙瘩。

「好，二十五腰。衣服穿幾號？」負責登記的中年男子面無表情。

「短袖五號，冬季長袖七號。」我怯懦地以低聲回應。這三年來，制服的尺寸依舊，可那穿了六個學期的圓領白襯衫，卻已經在未來被否決了。

走出教室，走廊上是一整排按尺寸排列好的高跟鞋。阿姨們坐在鞋盒後面等待，用老練的口吻告訴每一個人，唉呀妳們運動鞋穿慣了，腳覺得緊一點是正常的，我拿這號給妳試穿好嗎。於是我們都新鮮地看著彼此脫去鞋襪，或緊張或羞怯地套上眼前陌生的高跟鞋。試著跨出幾步，大夥行走得吃力卻謹慎。厚實的鞋跟敲擊水泥地，叩叩，叩叩。清脆響亮的節奏，在安靜的長廊上留下了回聲。

觀望許久，我終於也走上前去，挑了一雙看來合尺寸的，脫去襪子和運動鞋，在朋友面前略略難為情地將赤裸的腳掌放入鞋裡。

視野馬上高了幾公分。

背脊不自覺挺直，但雙腿忍不住地搖晃。自由慣了的腳掌擁擠在狹仄的鞋裡，顯得格外敏感而彆扭。

才跨出兩步，就失了重心，往右拐了一下，距離跌倒，好像也只是下一秒。幸好朋友及時接住我歪斜的身軀了。要小心啊，她連忙說。但我只是淡漠而混亂地笑了，並脫下高跟鞋還給廠商。

穿上襪子，重新套上球鞋，柔軟的氣墊鞋底用盡全部的溫柔，安慰了方才所有的難堪。

廠商阿姨離開時沒有好臉色。名單上四十一個女孩，只接到兩份訂單。剩下來的我們，也許意圖抗拒，又也許只是想到外頭的鞋店去，找到真正合適自己的那一雙。

過了丈量制服的日子，買鞋的事便也隨著接續而來的繁瑣給耽擱下來了。有些沒有人提起的事情，就不會特別被記得。

直到日子逼近期中考，母親才突然帶著我去挑鞋。

平價連鎖的，巷弄裡的，專櫃裡閃閃發光的，母親和我全都試過了。那一雙只賣三百九的，車縫粗糙，作工甚是拙劣。而要價不斐的專櫃鞋，鞋跟卻全不合規定。

黑色素面不得有飾物，不得為尖頭，不得為亮面漆皮，鞋跟粗需達三公分，高不過四點五。

白紙黑字寫著，所以我們必須遵守。

四點五公分對我而言很高，像是幼稚園時踩上的兒童高蹺。印象中的六歲，自己總是跟同伴搶著踩。一踏上去，急急忙忙用小手拉緊繩子，吃力牽引腳下的塑膠黃色高蹺（上面還貼著笑臉表情的貼紙），一步一步，矮小的身軀笨重而興奮地往前。每一次的前進，都如此理直氣壯。幾年後再翻看當時相片，才發現自己的兩隻眼睛笑得瞇成了彎彎的弧線，好像每當跨出一步，順利抵達另一端時，就克服了世界上最大的困難。

但此刻我站在專櫃的鞋架前，盯著一雙又一雙閃閃發亮的高跟鞋發愣。飾以水鑽的、細跟的、露趾的、十五公分高的鞋羅列展示櫃中，鮮明的白光照在其上，讓它們顯得雍容而成熟。捧起一隻，皮革嶄新的氣味漫入鼻腔，愈是抗拒，便愈發誘人。那些我不懂的品牌標誌印在光滑的鞋墊上，被整圈黑色硬挺地包圍。在母親和專櫃小姐的催促下，我坐在椅上，脫下鞋襪，面對著全身鏡，將腳掌緩緩放入鞋內。

好陌生的感覺。

用最慢的速度起身，我顫抖地抬頭，看向鏡子對面相反的自己。她緊張地汗溼了頭髮，抿著唇不發一語。百貨公司的燈光白熾而強烈，身上細節便在光照下顯微。偏黃的雙腿和其上細密的毛，沉澱下來的疤痕攀在皮膚上。時間忠誠紀錄了我和她過往的日子。視線再往下，瘦弱的腳背浮起血管的輪廓，在鞋內我不安地擺動趾頭，卻只是徒然讓汗從腳間不停竄出。

專櫃小姐快步走了過來，面具般僵硬的笑臉開始動了起來。怎麼樣還好穿嗎？看起很不錯啊。像我們穿那麼久了就知道高跟鞋要怎麼穿……

我跟小姐說我很不習慣，她無所謂地回答太多學生都是這樣的。

而今我十八歲了，必須為自己挑一雙高跟鞋。

可是鞋子一直都好緊。

忍著痛我繞著櫃面走了一小圈，在鏡前停下。全新的高跟鞋在鏡子裡特別顯眼，也特別彆扭。

「穿起來太痛了，這雙不適合我。」

母親和我空手離開了百貨公司。我們一直想著哪裡還有鞋店，哪裡還有賣合規定又不磨腳的高跟鞋。

先前與學姐們聚餐，一提起高跟鞋來，她們便大肆埋怨鞋後跟磨腳。而還穿著皮鞋的我們，總是或羨慕或擔憂地盯著高跟鞋裡每一雙貼著 OK 繃的後腳跟。OK 繃有些滲出微微的紅，有些沒有。但腳跟的主人走起路來，幾乎都蹣跚而歪斜。

我不敢想像自己變成學姐們那樣，我從沒有說過我其實很害怕。

母親帶著我跑遍了幾乎整個南高雄，卻仍然找不到合適的鞋。

直到我們幾近放棄，早已無所謂地騎著機車在住處附近的小巷裡鑽，鑽進一家掛著不起眼招牌的鞋行。

推門，陰暗的店裡，年長的老闆和老闆娘正吃著提早的晚餐，外頭天色還沒暗下來。母親和我像誤闖的小貓，怯生生地要求一尾魚。

不抱著任何希望，我快速掃視鞋架，每一雙幾乎都因為無人光顧而蒙了些許塵灰。我轉過身來，幾雙全黑色高跟鞋在眼前蒼老而安靜地陳列。

「這裡有。」我轉向母親，顫抖地將鞋拿下鞋架。

三公分寬的鞋跟，剛好合了規定。

老闆娘拿來了我的尺碼，隨後看著我坐在同樣沾了塵埃的椅上，將腳放入鞋內。竟意外地舒服呢。

腳掌傳來一陣柔軟，輕輕包裹著我因為行走一整天而腫脹疲憊的雙足。拿起鞋子，我仔細端倪，視線繞過精緻的車工，側邊內裡與素黑鞋面下縫著一層透氣柔軟的深褐色泡棉墊，彷彿所有殘酷之後，最細膩的溫柔。

小鏡子立在腳邊，映射出我穿著高跟鞋的雙腿。鞋完整契合了兩隻偏瘦的腳掌，我站起身來，順利往前走了幾步。身體明顯不那麼搖晃了。儘管只有薄弱的熟悉，我卻莫名安心，彷若時鐘指針已經轉到下個學期，每個女孩都換上新裝，成為了大人模樣的學姐。

拎著鞋走出店外，黃昏裡，晚風輕輕經過，西邊的天空橘紅得過分美麗。

坐在搖晃的機車後座，我想起教官曾提起規定鞋跟寬度的原因，是不希望細跟讓初學穿高跟鞋的學生重心不穩而跌倒。可穿慣平底鞋的我，卻連厚跟的鞋都私自想像成一頭巨大駭人的獸。

一開始我總試圖規避時光。我天真以為只要不去想，時間便不會讓任何擔憂發生，更遑論巨獸的存在。但高年級制服很快便發下來了。廣場上排列著一袋又一袋，還穿著花格裙的我們排隊領取，如同丈量制服那天一般，期待不已而又些許惶恐。有些按捺不住的，一接過制服便急忙拆開包裹窄裙的塑膠套，拿在腰前比劃、試穿。聽到她們熱烈詢問彼此自己穿起來好看與否，嘈雜而興奮的語氣，一如已經成為曾經羨慕的學姐。我安靜在旁看著，直到到家躲入房間之後才拆封。就著新衣的氣味，我奮力把自己放入窄裙和白襯衫裡。

隨後打開鞋盒，仔細穿上高跟鞋，我帶著腳下響亮的音聲走到鏡前，看著一個陌生的女孩。

可她已經像個女人了。

蕭瀟

散文獎——優勝獎｜紅　雨

本名陳鈺潔，1998年生。夏天的孩子。台北人。即將就讀於台大中文系。
不能沒有的是音樂與文字與手搖飲料，當然也不能沒有錢。
正處在一個活著也可以、死了也可以的美好狀態。

得獎感言

收到得獎通知時，正是我對創作最絕望的時期（一定很多人這麼説啦，不過真的是實話）。散文從來就不是我所擅長的領域，眼界與歷練到底還是過於淺薄了，可還是希望能在這條路上走得更加長遠一些。謝謝親愛的知己霜，沒有你我一定寫不下去；謝謝附青文學獎給的歷練；謝謝評審們的賞識；謝謝那曾把我重重摔碎了的，一切的一切。

雨淅淅瀝瀝地下著。獨自走在天色陰沉的台北街頭，雨水打溼了我的半邊肩膀，白色制服襯衫浸了水，軟塌塌地沾黏在肌膚之上。

這個城市正下著大雨。我的身體裡，也同樣埋藏著一場深紅色的雨季。

從什麼時候開始的呢？也許國中、也許國小高年級——近幾年似乎逐漸延伸至國小中年級了，在某個春意闌珊、薰風醉人的季節裡，女孩們一個接一個換下了蕾絲花邊的襯衣，不熟練地彎身扣上新內衣的背扣，托起微微隆起而脹痛的胸部；人人都在書包裡放進一面小小的折疊鏡，邊聽課邊偷偷地捏擠著額上甫冒頭的青春痘；然後，在某個並不特別的日子裡，女孩在學校的廁所裡發出低低一聲驚惶而壓抑的尖叫，望著底褲上漫起的猩紅，徬徨驚懼而不知該如何是好。

薄薄一扇塑膠門有如護城河，隔開了一生。待女孩跨過腳下潺潺而過的流水，推開門走出城外，就成了一個女人。

而離開了「女孩」這個身分的保護，漫漫前路總比想像的更為凶險。成為女人的第一步是隱藏與偽裝，收起童年的放肆歡活，將又硬又緊的鋼圈內衣繞胸綁上、將蒼白的身體塞進質料粗糙的過膝制服裙裡，賢淑貞靜的女子應當抿唇而笑、應當併起雙腿、應當收起童女時期的放肆喧鬧，成為一個柔順而不起眼的記號。

下一個要收起的，是我們體內按月報到的紅色雨季。

女子守護自己的雨季如同守護最珍貴的秘密。萬般慎重地將生理用品藏進包包最下層，每一次離開座位前往廁所都有如在槍林彈雨中匍匐潛行，手裡緊緊捏著那塊被擠壓折疊得變形了的棉片，快速而不失機警地跑過長長的走廊，衝進女廁把門重重鎖上，才終於鬆了一口氣。

女子守護自己的雨季如同守護最羞於見人的醜事。剛跨越護城河的對岸時，雨季降臨體內的時間總是有失準確，在昏昏欲睡的課堂裡稍稍挪動一下身子，突然便感到下身一陣熱流汩汩湧出，心裡頓時一涼，一邊咒罵埋怨著雨季的不請自來，一邊焦急地想要起身查看秘密是否穿越了輕薄的布料，繼而被攤放在陽光之下。

此刻的台北正下著瓢潑大雨，手中的折疊傘早已失去遮蔽的作用，冰涼的雨水浸溼了半邊肩膀，白色的制服軟塌塌地黏在肌膚之上。體內與體外的雨像是產生了某種異樣的共鳴，越走越是感覺到那一抽一緊的悶痛和伴隨其中的血流成河，胃部以下沉重如同吊著鉛塊，牽引著體內的猩紅逐漸剝離降落。

終於到了。在以為如琴弦般繃緊的身體支撐到極限之時，便利商店明亮的燈光終於清晰地出現在眼前，我以一種蹣跚踉蹌的姿態走進店裡，踱到專陳各式衛生用品的貨架前，俯身抓起一包正在特價的棉片，拖著腳步走到櫃檯結帳。

「請問需要紙袋嗎？」我聽見店員微笑著詢問我。

「好。」

她熟練地掏出一個小小的褐色油紙袋，將桃紅色包裝的棉片塞進袋子裡遞給我，年輕的女子作為一個從事服務業的工作者，此時此刻臉上的制式化笑容中，竟像是帶了幾分鄭重，幾分瞭然。

同為女人，我明白你的痛楚與疲憊，也能理解你難言的羞恥和不欲為人知的私密。

提著紙袋撐著傘回去的路上，年輕店員的笑容一直迴盪在我腦海裡，揮之不去。

但我想，不是的。不應該是這樣的。縈繞在我心頭的困惑突然之間撥雲見日，霎那便明白過來了，所有的疑惑與不安，竟全都來自手上那個小小的油紙袋。

內心深處所呼喊追問的是：為何我要接受那個藏匿隱蔽了內容物的油紙袋呢？為何便利商店要提供這樣的「貼心服務」？為何女人的經血要被視為汙穢且不潔之物？又為何按月來訪的紅雨要成為不可言說的羞恥與私密？

彷彿是一條又深又長的護城河隔開了一個女子的一生，跨過腳下潺潺而過的流水，就從女孩搖身一變成了女人。我永遠也忘不了在那個並不特別卻獨一無二的日子裡，一個人無助地坐在馬桶上晃蕩著細瘦蒼白的雙腿，暗紅色的液體從我股間滑落，汙穢的、不潔的、羞於見人的生命的紅色。

生命的紅色。

經血，難道不該是生命的象徵嗎？按月到來的經期雖然痛楚難耐、雖然帶來諸多不便，可這難道不是生為一個女人擁有孕育生命如此奇妙能力的鑿鑿鐵證嗎？

本該是上蒼賦予一個女子最為珍貴而偉大的贈禮，為何要窩藏隱匿著羞於啟齒？為何將之視為難以言說的私密而戒慎恐懼地防範著風聲走漏？經血不該是汙穢與醜事，經期所帶來的痛苦與不適都是必須經受的折磨與試煉，以此證明身為一個女子所擁有的奇妙能力，應當為此而感到驕傲與榮耀，何以不能言說？何以需要默然承受一切苦痛折磨而緘口不語？

手中的塑膠傘柄滑落至肩頭，雨水淅瀝打溼了我的肩頭，立身於熟悉的台北巷弄內，忽地感覺到一絲無以名狀的巨大哀傷與委屈，像是小時候被懷疑偷拿了同學的昂貴進口文具一般，沉重的痛楚積滯凝澀在胸口，想要流淚卻只能無助而艱難地吸著鼻子，重重咳喘著彷彿失去了呼吸空氣的能力。

有什麼東西拉扯著我的下腹，牽引著體內的熱流緩緩下沉，我在溼潤的空氣裡感覺到自己的腿間也被濡溼成一片溫熱的水沼，腥紅的生命的雨水降落在雙腿之間，逐漸黯淡而積聚成了無生氣的死海。

突然就明白過來了，在那個晃蕩著雙腿迎接人生第一場紅雨的日子裡，我柔順而懵懂地走進行列整齊的女孩們的隊伍之中，和她們踏著相同的輕盈步履，走向咫尺之外通往未知世界的護城河彼岸，就此成為一個女人。

而在那之前，我們便已經接受了社會的規訓與教條，認清了紅色雨季是女子所不能言說的私密與羞恥，即使茫然無措、即使痛楚加身，也絕不輕易向人洩漏。潮起潮落，雲來雨至，襲捲翻弄著我們青澀的肉體，無從拒絕，更不可言說。

曾聽見一個朋友在經痛劇烈至無可忍受之時，伴隨著髒話與哭腔這麼說道：下輩子，絕對絕對不要當女人。那或許是一聲哀鳴，但總覺得更像是一句控訴，一句咒詛，自傷並且厭恨著囚禁靈魂的女體。

我們的世界對於深受苦難折磨的女子們是如此地鄙夷而有失溫柔，強加於她們纖弱身軀上的包袱如此沉重更無法卸下。她們無從抗議、無從紓解、無從療傷止痛，只有在痛到極處之時掙扎著從齒縫裡迸出那麼一句淒豔的咒詛：下輩子，絕不當女人。

但我想，若是輪迴轉生真能由我選擇，還是願意成為一個女人。以女子的身分去經歷獨屬於女子的苦痛與折磨，正視我們所承受的屈辱與壓迫，用自己的雙手療癒自己的身體。能夠孕育世間萬物、溫柔包覆一切苦痛的柔韌女體。

總有一天，當我們不再需要遮掩隱藏體內紅雨所帶來的痛楚、不再需要將漲落翻湧的紅潮視為不可言說的羞恥，直到有一天，受盡苦痛折磨的女子們仍然能夠驕傲地仰起頭，告訴這個世界：來生，我還願意成為一個女人。我還願意背負起沉重而神聖的使命，溫柔地用自己的身體包容整個宇宙的萬物生靈。

無論是台北街頭，抑或埋藏於我體內的大雨都還沒有停下的打算，我轉身推開家門，儘管下腹依舊翻江倒海一般地疼著，卻忽然覺得心裡一鬆，糾結纏繞的死結忽地一下全解開了。我走進廁所，將已經溼透了的油紙袋扔進垃圾桶裡，包裝豔麗的棉片被我擱在馬桶旁最容易搆著的架子上。

我推開了廁所的門，走出去。一如多年前那個春意闌珊、薰風醉人的季節裡，行列整齊的女孩們踏著輕盈的步履，齊步走往護城河的彼岸，推開城門，她們經歷痛楚、經歷磨難、經歷無盡的勞苦，於是就成為了一個女人。

二〇一六第十三屆台積電青年學生文學獎散文獎決審紀要

誠懇勇敢的創作初心

◎李孟豪／紀錄整理

時間：二〇一六年六月二十六日

地點：聯合報總社

決審委員：柯裕棻、廖玉蕙、廖鴻基、蔡逸君、鍾怡雯

第十三屆台積電青年文學獎首度增設散文獎。來稿共一百四十六件，扣除一件資格不符外，初審挑出四十五篇進入複審。六位複審委員由張輝誠、胡金倫、徐國能、楊富閔、李維菁、黃麗群擔任，選出二十篇作品進入決審。複審委員一致認同此批稿件具有屬於這個世代獨有的特色，書寫細膩，十分誠懇。決審委員推舉廖玉蕙擔任主席，主持會議。廖玉蕙請大家分別發表整體意見。

遠道而來的蔡逸君笑著說審稿過程很愉快，可以看到初寫者的純真自然，評審的標準在於情真意切。這批稿件由於書寫者年輕，因此閱讀的過程中，得以見到那脫去偽裝，毫不掩飾的初心，完全地丟出本我。他們也能從自己的生活出發寫作，利用技巧去轉喻，很自然地表現自我。

柯裕棻也讚美這批稿件程度很好。主題多元，有很內省的，對於身體變化細微的感知，描寫得很細緻；也有的能夠廣闊地發覺世界，經歷親族的跌宕起伏。以十幾歲的少年之姿，看見風暴而不被摧毀，令人珍惜。他們已表現豐富的生活經驗，感知敏銳，文字誠懇。誠懇來自於初面世界，直接坦白卻不失控害怕。

廖鴻基認為，文學是美學的生活紀錄，特別是散文，更可以呈現這一代青年學生的心思樣態，如何看待世界，看待人生。這批作品很勇敢在探索自己，探索社會規範的界線，也讓他回想起文學創作之初。

鍾怡雯認為這是新手開始探索世界的痕跡。作品多元，對自己生命與身體的探索，是寫散文重要的力量：能夠勇敢面對自己，是此批作品最大的特色。就佈局來看，大略可分兩類。一是多層次，在題材裡頭雖然只寫單一點，卻可以抓到很多東西來輻射；另一則是單純寫一個事件，在層次難易上就會有落差，造成有些耐讀有些不耐讀。而耐讀是因為閱讀過程中有一點什麼勾伴著讀者，這一點，往往表現了新手的潛能。總體而論這批作品是成熟的，也是勇敢的。

廖玉蕙回應幾位評審，表示閱讀這批作品時，總會想起年少創作的自己。歸納一下會發現，對外觀望與對內探索，是形塑這批稿件的主軸。對內探索談到一些強迫症、同儕間欺瞞、親情的叛逆、高跟鞋體驗等；對外則注意到眷村變化、補習班等。題材多元，而程度整齊，各有勝場。

第一輪投票

發表整體意見後，進行第一輪投票，評審委員勾選心中五名，共有十二篇被圈選：

〈最寂寞的一年〉（柯、廖玉蕙、蔡）
〈紅雨〉（廖玉蕙、鍾）
〈高跟〉（蔡、鍾）
〈奶酥〉（蔡）
〈瞞〉（柯、廖玉蕙、廖鴻基、蔡）
〈迷霧之後〉（廖鴻基）
〈養蟲日記〉（柯）
〈新年快樂〉（柯、廖玉蕙、蔡、鍾）
〈五樓風煙〉（鍾）
〈獲救〉（柯、廖鴻基）
〈琥珀〉（廖鴻基）
〈門禁〉（廖玉蕙、廖鴻基、鍾）

◎一票作品討論

蔡逸君認為此篇作品開頭看似細碎，卻使用事件去轉折，漸入佳境。對生活細節有感知力，以很自然的方式帶入親情，情意適切。他以為現在的寫作者都不會聆聽，而這篇作品做到了以聆聽的視角去體貼和解事情。

廖玉蕙表示用意企圖良好，但對文字有疑慮，某些句式邏輯令人疑惑，感覺起來還是稚嫩些。

〈迷霧之後〉

廖鴻基指出台灣很少教育學生要有冒險犯難的精神，雖然此篇作品是以買 A 片為軸，但透過使用哥倫布的例子，讓其格局增大，不造作，帶有幽默感。

鍾怡雯覺得雷聲大雨點小，前頭節奏過慢，過門太長，重點應該擺在動作，然而重點太慢出現。誠如廖鴻基所言，他有幽默感，但沒好好把握這個題材，探索的尺度太小。

柯裕棻同意鍾怡雯的看法，她喜歡這樣的題材，願意面對自己的慾望。但也並非要創作者對於慾望的描繪寫得香汗淋漓，問題在，作者在某個點上繞過去了，寫在一個安全的邊上，而哥倫布的比喻就是他的安全閥。他要寫探險，但其實想表達的是失落，然而失落對其而言是安全的。這是一個好的主題好的開展，但應該更誠實大膽，直接坦白面對。

蔡逸君認為裡頭的幽默自嘲並非真的自嘲，然而寫初次去A片店的煩躁十分精準。不過開頭已經先有批判的角度，太快有意識自己是站在某一個高度在看待這件事情，讓他有些介意。

〈養蟲日記〉

柯裕棻表示乍看是寫昆蟲，但其實是寫伴隨成長而來的焦慮憂愁。作者寫焦慮恐懼、身體的感官經驗、歇斯底里寫得很精準，有點卡夫卡式的味道，充滿黑色幻想。能將身體上的變化連結到蟲跑到身體裡的意象，講的其實是不安。這是卡夫卡《變形記》的變形。以繁複的技巧去寫對內的自省，文字細緻，有極大的能量蘊含其中，且願意嘗試不同的寫法去描述成長的焦慮，自我與他者的連結相當好。但太過用力，表現慾強烈，野馬般的文思，然而這不就是青春期發展過程中常見的嗎？

鍾怡雯一直在思考，這位寫作者如此書寫的用意為何？修辭好，想像力強，可惜技巧的能量過強，蓋過情感，比例有點失衡。但還是能看到寫作者的能量。

蔡逸君表示此篇想像力豐富，從微小物擴大蔓延至整篇，不過蟲的意象重複到最後會疲乏。但這位作者沒有控訴什麼，而是誠實面對自己的心境。

廖玉蕙認為作者將主題箍得很緊，整篇節奏緊繃，恰好相應文中想談的青春期的困擾；不過也坦言，閱讀的過程中，渾身不舒服。

〈五樓風煙〉

鍾怡雯指出此篇就是單純敘事，情感弱些，但知道如何選題去書寫童年，以一棟房子五樓開展，有靈氣靈光，但缺乏層次。作者的優點在於敘事技巧好，但要注意如何去揀擇重點，讓文章有焦點。

柯裕棻認為黃昏的聯想寫得很好，色彩跟光線描摹的很貼切。五樓空間與親族關係連結的不錯。雖然缺乏層次，但清爽不堆砌，簡明的空間描繪與親情的抒發。講親情說道理，那個道理非得要很細不可，不可以忽然跑出教忠教孝。

廖玉蕙表示用童年活動來看整個親族的消逝，對往事的描繪，光影的變化都寫得很好，很可惜結尾弱掉了。

蔡逸君認為講親情童年設想很好，雖然看起來層次有點混亂。敘述能力強。

〈琥珀〉

廖鴻基認為此篇對於自我的探索，文學面呈現相當扎實穩重。

蔡逸君接著說，知識性東西介入與自身經驗做結合，相當自然。意象雖然描寫得沒有十分精準，但扣得不錯。作者仔細聆聽自己，不是妥協而是以轉折的方式去面對自己的成長，進而做出蛻變。

廖玉蕙直言這篇作品讓她有點小疑慮。以三個小標題來寫作，只要意象有點失準，整篇文章就會有些牽強。閱讀起來吃力，道理似是而非。

鍾怡雯表示作者將整篇文章的特質分別放在三個小標上，讀起來生硬不流暢，文氣有稜有角。寫法難，但有些東西不必要，比方說括弧裡的楷體字。題目扣得很緊，然而原始概念要加工，顯然作者沒有做到。

柯裕棻以為〈琥珀〉野心大，有好幾個不同的發言位置，作者嘗試一種很複雜的寫法。然而加諸太多東西寫一件事，視線多重來回跌宕，才會造成有稜角，閱讀起來不太順。

◎二票作品討論

〈紅雨〉

蔡逸君認為文章只是在整理所有的主流意見，正反意見，作者早就已經確定了戰鬥姿態，要告訴你什麼。但很可惜沒有聆聽的能力。

廖玉蕙以為此篇能用己有的想法來說服讀者，文從字順。

鍾怡雯稱讚此篇文氣流暢舒緩，意象單純，寫青春從少女變女人，很有力量，放得開。

柯裕棻則認為相較於〈琥珀〉，這篇犯錯較少，完整平順。

〈高跟〉

鍾怡雯表示這是一篇女性青春的題材，寫得四平八穩，節奏掌握得很好。重點擺在敘事，處理得當得體，在敘事過程中加入想法議論，使文章活起來。不過有些點沒有往內寫，基本上在一個安全範圍寫作。建議可以寫得更深入一點。複雜程度不夠。

蔡逸君稱許此篇不太找得到缺點。從外在描繪去表達內在細節的轉折，看似很平淡地寫，卻很精準地抓到重點，安排層次上是很有意識的。

廖玉蕙認為通篇表淺，敘事循序漸進，馴服地寫，很順暢，沒有高潮。應該可以寫得更有趣。

柯裕棻指出高跟鞋是一個非常複雜的物件，有很多層次可以表現，但作者都輕輕放過滑過可以處理的點，繞開了，不夠敏銳。缺點不多，但沒有稜角，視線太單一。

廖鴻基也認同柯裕棻，覺得不夠深刻。

〈獲救〉

廖鴻基表示，此篇對內心深挖，事件很簡單卻以一種很淡的方式表達。以肯定的方式去表達深層。

柯裕棻覺得很有張力，控制得宜，文字乾淨，雖然充滿情感，敘事卻不混亂。

鍾怡雯對結尾有疑惑，有點牽強。題材十分強烈，除了敘事之外，是否還有其他方式來表現？應該還有一個更特殊的方式來書寫。或許倒推回去寫比較恰當。以強烈的寫法來寫強烈的題材。以很多肯定去寫疑惑。

蔡逸君認為各方面都很不錯，但看起來很像以小說的寫法，有一個套路在，讀起來便不是那麼真切。比方說第六段：「可惜小學一年級的我什麼字也不認識……或是哈利波特的劫獵地圖？」很明顯是以現在視角寫過去。讓他對此篇作品有點疑慮。

柯裕棻以為文章中的肯定是某種自我說服喃喃自語，崩潰之前的掙扎或嘗試。節奏文字情感張力都掌握得很好。

廖玉蕙疑惑情節鋪陳，為什麼要去自殺？沒有寫到自己的困難，或者寫得太少。

◎三票作品討論

〈最寂寞的一年〉

此篇作品寫家族聚散，柯裕棻認為寫得清淡，若即若離的敘事，配上青春期的不穩定，寫的很恰當。寫景也好。

蔡逸君很欣賞這篇作品。他認為心境描寫很精確，是否要認真悲傷的必要的命題抓得很準。知道如何處理輕與重的關係，很誠實寫出自己，是一個會聆聽的作者，很體貼。

廖鴻基表示在寂寞裡作者否定一切，如此的陳述是否形成一種矛盾？否定的很徹底因此得用很高的東西去表述，一種自卑的反彈，他認為是有缺點的。

廖玉蕙認為有些句式要看很久，語意不清不明。

鍾怡雯覺得題目下得很好，但句子有些問題，不夠準確精簡。作者的疑問應該以情節說服讀者，卻都很直接寫出來，缺少了想像空間。

〈門禁〉

廖鴻基表示此篇風格相當突出，豪邁有氣魄來表達抗爭革命。

鍾怡雯認為作者具備了寫作者該有的特質，態度強烈，叛逆的姿勢以行動表達，但修辭太過，將叛逆壓制住，應反覆凸顯為何叛逆，而非雕琢修辭去形容叛逆。事件不足，但情感強烈。

蔡逸君覺得通篇敘事過多，意象不連貫，應以自己年輕的語彙來書寫或許會更好。

廖玉蕙很喜歡這篇作品。年紀輕有點炫學的意味，拿了傳統的東西跟現代連結比擬。但文字流暢有情趣，通篇趣味性十足，節奏感綿密。

柯裕棻指出作者真實寫出青春期的狀況，內心拉扯寫得好，但將這些心情投射在岳飛上，等於將自己收束在一個很巨大的傳統裡，比喻失準。

◎四票作品討論

〈瞞〉

鍾怡雯覺得題目「瞞」似乎與主題不符，作品內容是滑動的，題目若能帶著讀者滑行會更好。但作者寫生活中很細微之處寫的極好。

蔡逸君稱讚作者太會說故事，思索問題的方式極為成熟。

柯裕棻認為在這次的參賽作品中，此篇是唯一層次到達另一境界的，完全不輸給成人文學獎的作品。不做作，掌握平淡生活小事的精髓，知道如何書寫。有很清楚的美學追求。

廖鴻基卻認為「瞞」這個題目無可取代，作者將兩種意義的「瞞」重複交織，以很淡的寫法表現很大的悲傷。

廖玉蕙表示作者諷刺的很厲害，文字也好。

〈新年快樂〉

廖鴻基認為這是一篇溫馨小品，寫實能力好。

蔡逸君接著說，除了處理親情的問題，作者還跳到另一層次，透過對於阿姨的描寫，或多或少談到對於藝術的追求。而對於阿姨的描寫，可以見得作者是個體貼之人。

柯裕棻則認為作者處理旁系親人，冷靜看待他人，情感細緻迂迴。從旁人的身上看到自己對未來的不安，情感收得很好。

廖玉蕙很喜歡這篇作品。寫若即若離的親戚關係，情感細膩，很緩慢地寫出對人性的溫柔。寫得最好的部分是描述阿姨吃蟹的模樣。緩慢而柔順的敘述，寫得平和。

第二輪投票

此次比賽一共要選出前三名及五名優勝，共八篇獲獎。主席請每位評審依照心中名次分別給8、7、6、5、4、3、2、1、0分。

投票結果：

〈最寂寞的一年〉19分（柯5、廖玉蕙4、廖鴻基2、蔡8、鍾0）
〈紅雨〉14分（柯2、廖玉蕙5、廖鴻基0、蔡0、鍾7）
〈高跟〉16分（柯3、廖玉蕙0、廖鴻基0、蔡7、鍾6）
〈奶酥〉0分
〈瞞〉38分（柯8、廖玉蕙8、廖鴻基8、蔡6、鍾8）
〈迷霧之後〉3分（柯0、廖鴻基1、廖玉蕙2、蔡0、鍾0）
〈養蟲日記〉16分（柯7、廖玉蕙3、廖鴻基0、蔡2、鍾4）
〈新年快樂〉24分（柯4、廖玉蕙7、廖鴻基5、蔡5、鍾3）
〈五樓風煙〉4分（柯0、廖玉蕙0、廖鴻基3、蔡0、鍾1）
〈獲救〉16分（柯6、廖玉蕙0、廖鴻基7、蔡1、鍾2）
〈琥珀〉9分（柯0、廖玉蕙1、廖鴻基4、蔡4、鍾0）
〈門禁〉21分（柯1、廖玉蕙6、廖鴻基6、蔡3、鍾5）

最高票為〈瞞〉，總計38分，獲得首獎。〈新年快樂〉以24分奪下二獎。三獎則是21分的〈門禁〉。優勝五名分別為〈最寂寞的一年〉、〈高跟〉、〈養蟲日記〉、〈獲救〉、〈紅雨〉。

台積電青年文學獎首屆散文獎就此劃下句點。

張霽

新詩獎——首獎｜時　光　奏　鳴　曲

本名賴生死，1998 年生。

喜歡研究時間，文學上和物理上的，但只想在其洪流中作個透明的人。曾在擁擠的月台上瞥見一位安靜而自在的老者，從此嚮往禪者的意境和基督的溫柔。而即使此刻的書寫仍僅止於喧嘩著自己的存在，這樣的十八歲已令我滿足。

得獎感言

感謝蕙倩老師在寫詩的路上為我輕輕一點，沒有那天中午的對談就沒有現在這首詩。感謝陳懷恩導演的紀錄片《如歌的行板》和瘂弦先生的詩，是那樣溫柔如水波的句子讓詩找到了我。某方面來說我是個沉默的人，因此也感謝我的家人瞭解我，當我不說話的時候。如果你願意慢下來看看這片海，那就讓我們在詩裡並肩而立吧。

時光奏鳴曲

夢裡我來到那片無人的海岸
好多隨風飄逝的名字都刻在鵝卵石上
被沖刷、磨蝕
直到乘著氣流遠去
一片綿密的記憶於是織在平流層底
我在潮間帶抬頭仰望
想著那個不再有天氣的海拔

風幾乎是靜止的
但空氣裡有揮手的痕跡
思緒與海波平行
穿過沒有門牌的海蝕門
在浪裂線前
和浮力阻力並行著

想到星星已劃過下一個時區了
而光仍在這

海平面以鋼琴的單音閃爍
時間覆寫未知的名字覆寫時間
彎腰拾起一枚貝殼
上面的螺紋迴轉到濤聲的起點

名家推薦

這首詩的意象不僅僅停留在海上，更是超越海，寫得更多想得更細膩。——白靈

這首詩富音樂性，雖然有模擬前輩詩人的痕跡，但可以感受到作者開始在摸索一種詩的節奏。這是一首音響迷人，讀起來好聽的詩。——許悔之

紀敦譯

新詩獎——二獎｜台　灣　三　獵　記

1997年生，剛從文華高中畢業，暑假過後將入台中教育大學——諸多詩人的母校就讀。新詩作品曾獲2014台積電青年學生文學獎新詩優勝、新北市文學獎青春組短詩第一名、全球華文學生文學獎高中新詩第一名。

得獎感言

寫詩，我多少有些自信，但每次爸爸總說弟弟寫得比我好；其實是我比較有自己的想法，而弟弟比較願意接受他的指導。寫詩曾經是我們家人比較和諧的時光；但爸爸的陰影太大了，為此我要加緊鍛鍊自己的翅膀。謝謝評審委員們的肯定、青睞，我會繼續努力飛翔。

於網路上得知第十三屆台積電青年學生文學獎徵文活動

台灣三獵記

給梅花鹿

為了研究；他們努力實驗子彈這種冷冷的
鋼鐵的花要如何開得比你們身上的花紋還美？
他們用花布矇住眼睛　叫槍勃起
他們明明知道——要用來射殺你們的

子彈比不上你們烏亮的眼睛
你們眼睛的清澈……在無人的曠野
他們連你們死前的那一聲吶喊
也要射殺

而最駭人的　不是出自你們喉嚨帶血的那聲驚呼
而是人群圍攏起來　帶雪的那陣沉默

給台灣藍鵲

槍口射出一聲
比子彈慢零點五秒的驚叫
落葉在身旁鼓譟
地平線在遠方冷冷地看著

正午被射殺的
嘴銜枯草的藍鵲　掉落在欒樹下
上面二十四公尺　是牠即將完工的巢

黃昏被射殺的
嘴啣青蟲的藍鵲　掉落在落葉堆
上面二十四公尺又零點九公分是牠
延頸對著天空　苦苦等待哺育的孩子

翅膀從天空墜下
靈魂仍在沒有森林枯枝阻擋的中央山脈持續飛翔……
被射殺的藍鵲啊
原野　因為血的潤澤
陰影將會更繁茂蓊鬱了

給台灣畫眉

越過了那片海峽，遠離了那塊陸地一千五百萬年
生物學界基因粒腺體已然證實你們是獨立種
不是亞種，更不是次亞種

飛，原本可以無邊輕盈
現在卻是無限沉重了……
只要握有　可以任意插入別人體內的

權柄——強姦也可以合理說成雜交的

一切啊！還有什麼好說的
那人 連你們啼血的
歌聲 也要關在鳥籠裡

名家推薦

前兩節的「射殺」有層次上的差異，第三節雖沒有「射殺」的意象，但表現失去自由的狀態，更為慘烈。本詩批判性強，將人類的冷漠感表露無遺。——白靈

這首詩隱喻了台灣的歷史或政治處境，意象的經營相當有力道。——鴻鴻

張品蓁

新詩獎——三獎｜一百零八小時——無語良師

現在就讀慈濟高中，喜歡看書寫文章，所以老師常常推薦我去參加各項語文競賽，這樣對文字的磨練跟喜愛，讓我對於大學選中文系這個夢想，更加堅定。

得獎感言

很謝謝我的國文老師，在最後鼓勵我，支持我，讓我有信心寫完我這一篇文章。也感謝我的爸爸，因為他才讓我更了解慈濟的大體老師，也謝謝大體老師無私付出，造就這個世界醫壇更多的經驗累積。

一百零八小時——無語良師

浸泡在一箱清澈的水中
無色的液體　凝華了殘餘的記憶
刺鼻　到肺臟中　一點一點湧向身體各處
今天　我保留下來　我的風霜
握著生命的雙手　生澀的臉龐 讓你讀著
跫音漸近　打開儲藏室的
聲響 敲擊　敲擊耳膜
光線刺入緊閉的眼皮
我的嘴角是否上揚？

親愛的你　體溫導入冰冷　我躺上鋪蠟的手術台
默禱　是我們初次的見面
我　我的家人　我的一生　我的名字
從你們的思緒滲透到我的耳邊

從你們合十的手指縫隙浸潤我的眼角
幫浦跳動
透骨涼意　刀鋒在胸口倏然滑過
看著你翻動著皮膚 組織　神經
我的遺願　正在你們刀與刀之間細密編織
我感受你們的謹慎　和充滿罪惡的指頭
就算福馬林混淆了我的感官
我還是會溫柔傾聽　手術刀交錯　與空氣摩擦
最後　一針一線　縫合
就像大家說的每道疤痕都有他的故事
九十六個小時　迴流 像是回到最初 剛來到凡塵的一口呼吸
九十度敬禮　心經詠頌　睫毛上懸著一滴淚
在禮車上　我 上路了
人生中的最後一站
遍佈滿身的黑線
拼湊著我的肌肉

是否也拚湊著你們這段跌跌撞撞的青澀？
你握著我的手　淚水披在臉頰
從此　我們不再陌生
我用我的血肉之軀引領你
為我別上蘭花　香氣冉冉
依稀還縈繞著鼻腔
我進入了熾熱之中
生命
隨之綻放

名家推薦

這樣的主題在台灣尚未被真正的討論與理解，大部分人對於肉身過度的眷戀；作者以詩的形式細膩地呈現其中的轉折與矛盾，是一件相當可喜的事。——白靈

這首詩所談的主題較少見，作者用代言體的形式，看得出其中蘊含的敦厚與同理心。是一個值得鼓勵的取材與嘗試。——陳育虹

神蕪

新詩獎——優勝獎｜星　夜　獨　白

本名林秀婷，1999 年生於台北，就讀師大附中 1376 科學班，現任附中薪飛詩社社長。曾獲 2015 及 2016 年附中火鳳凰文藝獎新詩首獎、2015 第五屆新北市文學獎青春組短詩首獎。
期待筆下所有隱喻都被看見，此生一切緣分都找到解答。

得獎感言

去年此時我正為了自己未滿十六歲無法投稿而忿忿不平，如今我終於得到它了。感謝李時雍老師、吳承和老師的指導，這一年來我接觸了很多不同風格的詩，漸漸能體會文字間的情感，以詩句表露出更真實的自我。謝謝我的副社長李浩正，陪我一起寫詩投稿、談論彼此的作品，建構你我之間專屬於詩的橋樑，使我長期壓抑的感性在不知不覺中浮現。

星夜獨白

今晚我們悄悄走到星光下
在文明的邊陲地帶
你坦然踏入巨大的虛無，我緊跟在後
靜默地，我們沿著溪水上溯
將森林的各種聲音放在心中推敲
直到每一把鎖都找到鑰匙

你目睹一顆流星隕落成淚
都是些我快要忘記的事了
我向黑夜抓取更多的感知
拋出疑問：什麼角度踩過露珠
才不會碎，或碎的最徹底
燃燒的時候星星會痛嗎？
它們是否跟我一樣

願意以孤獨交換疼痛
瞭解夠多祕密才覺得自己重要

我知道，其實你同樣享受疼痛
刻意啃噬著最敏銳的指尖
藉由品嘗鮮血確保自己仍然清醒
結痂脫落後將長出厚厚的繭
從此不再因觸摸而割傷
城市裡再深的夜也看不見北斗
為什麼不關燈？
那裡仍然有光，卻無法照亮人們的表情
文明的人們並不相信什麼就能活著
如同一朵花的盛開不需要名字
一片葉的凋落也不需要嘆息
只剩你我仍堅持用語言發現它們
有時我輕聲詠嘆季節

而你剛好選用了同一片落葉
意象從此蔓延成連接彼此的橋
那些不請自來的傷感就在橋上游蕩

我把筆墨寫進將枯萎的葉脈
整座橋渲染我的顏色
你並沒有看見，因為夜已深
你的外衣已經漸層
陽光定色之前還來得及洗去
而我們都明白從來沒有哪個句子真正走過
這搖搖欲墜的橋
我也不願刻意阻止
你最愛的冬天

高于鈜

新詩獎——優勝獎｜橋　下　避　語

1998年生，高雄人，目前就讀建國中學二年級。曾獲紅樓文學獎。欲潛入事物意涵的深處，卻多半與各式雜物一同漂浮於表面，用嚴肅的神情表現無聊，以瑣碎的話語展開探究，時常以此爲憂亦以此爲樂。

得獎感言

感謝紅樓詩社。感謝去年一場突如其來卻持續許久的雨。
感謝那些各依其序（或無序）卻和諧地包容彼此，並創造出更多美好可能的人與事物，其中所需要的理解或冥契是多麼難能可貴，而文字，可能就是我們接近彼此的方式。

橋下避語

「只能停在這裡了。」

頂上的橋樑堅硬，枯燥
因蓄積了晌午的熱而沉定地
灰著。水瀑間歇，
在我兩側墜下，
音韻摔在石地上，
破碎，無序而難以預料
偶然地嵌入我乾啞的嗓音：
「在我以為即將抵達的時刻
我竟在路途之外。」

或許我仍將藉著那橋，抵達你
在山中的研究室

起初吃力，而後逐漸適應
勻稱的沉默與喘息。
或許你的門前，一隻鴞在歧出的枝上
鳴叫，在我準備告訴你的話中
穿插，提醒我
關於訴說的順序、使用的語詞
是否穩固？或許
當我再次顧視你晦暗的窗
會有一隻耳朵正對？

而現在，下午三點三十八分，我斜倚橋墩
「或許再加入些例證、論點、語氣以支持……」
河流穿越橋下，參差的嘯聲與回音
如啞巴懇切的傾訴。啊我們
我們也曾試圖靠近，卻感覺膚觸間
汗與淚的黏滯

紛雜的雨正澆淋山側
水滴在遠處相互擊打，結合，綻散一
一層閃爍的白——
恍惚而曖昧，飄搖於無邊際的空茫之中
界線之間正加速流動
歧義的霧周旋於河流的兩岸……

橋沿凝集了一滴雨水，落在我的額側
雙唇緊閉，喉頭浮動，水痕終止在溫熱的胸前。
是什麼在風中？我聽見，
緻密的水霧靜靜附著。
當我知悉一條河的分隔，
我寫下了幾個句子
信紙逐漸柔軟

黃冠婷

新詩獎——優勝獎｜破　洞

我喜歡白紙，不喜歡浪費紙。可能奇怪，所以目前沒有人送過這種禮物，我常幻想收到的東西正好是前一陣子在書架看到的想看的書，這種事機率太小也不會發生，我只好自己想辦法。

得獎感言

我希望一睜開眼睛，眼前都是瑰麗變形的想像。可惜我意識裡填滿了太多現實裡的細節，那個鎖還沒旋開。說不定旋開了發現其實也沒有一滴水，不過我不知道，所以目前就在外圍敲敲打打，看看瞬時與瞬時之間會發生什麼變化吧？

破洞

給月亮的尖角加一點尾巴
給不動的錶針加一點專情
給熾燙的茶加一匙蜂蜜
給厚厚的外套加一層外套

給遠目的涼鞋一點泥土。
給剛睡醒的書籍一點褶皺
給固執的門鎖一點滑油
給飽滿的記憶一道細縫

容許消失，容許打結，容許毛衣褪色
容許腐敗，容許生鏽，容許數也數不清的星星和裂痕
不再執著於填補。
名為破洞的微生物

只要有一個培養皿
就能養出聚落
以及幾張皺皺的白紙
紀錄他們的生長
又或者萎縮
好畫出一條美麗的成長曲線

為了容納將來必至的一場大水
我們都努力的繁衍著
直到這星球坑坑巴巴
光線被擾亂，太陽被迷惑；
可是我們依然安然生長著
那些凹陷，儲存了雨水
讓滿地都有星光閃爍明滅

也許他們其實不會來。

也許只是為了一隻匆匆經過
偶然停下凝視自己倒影的兔子
也許只是為了讓種子可以聚集起來一起過冬
也許只是為了讓那隻方向感不好的燕子記住方向
在牠底下的地圖戳幾個洞
也許什麼都不為了
什麼都不是。

只是侵蝕和堆積。
圓滿和殘缺。
析出和溶解。
等蜂蜜在碗底消失的期間
我就蹲在窗外
幫月亮表面添上凹洞，和傳說

蕭信維

新詩獎——優勝獎｜光　合　作　用

1997 年生，喜歡安靜與熱鬧，熱愛旅遊又常宅在家。雙重性格。

得獎感言

感謝我的家人，感謝路上的每片風景。

光合作用

最簡單的，就好像
一盆初生的生命，或者
一滴冰澈的流水
而最綠的愉悅
就在
生長，以及
開展的枝葉，乾淨的
破碎的陽光

在最早的樹葉
落下了
於是有最早的微生物分解
就像有最早的花
就有最早的蝴蝶

風還沒有倦
繞著樹木歪歪斜斜的跑著
颯颯的
像一只害羞的蜂，也振著翅膀
尋覓哪兒去了

昨夜的雨水在今天落下了
林子裡的縫隙放著倒影
一圓一圓的
一圓一圓的

太陽又點起來了
光裡的灰塵也多了
早熟的種子
躺在泥土上
盼著發芽

就豐收了一個夏天

於是是最簡單的，彷彿是光
像一隻手，呵護
螢火蟲
停在一山的葉子上
停在一樹的森林上

陳柏融

新詩獎——優勝獎｜苫

國立師大附中二年級。在繁忙的課業之餘佐以閱讀與寫作。

得獎感言

需要閱讀、需要寫作，就像魚需要水。得獎不會是終點，而是確定方向、開始踏上這一趟旅程，展開接下來的闖蕩冒險。感謝評審予以肯定，讓我能在摸索之中找到前進的道路。

苦

紐約的保羅從沒見過里約的保羅
也從沒見過把黑色豆子種出來
勞苦的農人
紐約的保羅喝醇黑的飲料
期貨市場
櫃員笑嘻嘻地替保羅辦理手續
今日進帳多少
數小時的盯盤算不上
資本的冰山一角

里約的保羅從沒見過紐約的保羅
也從沒喝過黑色豆子磨出來
苦澀的飲料
里約的保羅種黑色的豆子

咖啡園裡
中盤商笑嘻嘻地替保羅清算收成
秤重總值多少
數個月的心血買不起
自己所種的飲料

紐約的保羅喊：苦啊！
里約的保羅也喊：苦啊！
苦啊！

二〇一六台積電青年學生文學獎新詩獎決審紀要

寫作初始的那顆剔透真心

◎廖宏霖／紀錄整理

時間：二〇一六年六月二十六日下午四時
地點：聯合報大樓二〇四會議室
決審委員：白靈、唐捐、陳育虹、許悔之、鴻鴻（按姓氏筆劃序）
列席：許峻郎、宇文正、王盛弘

本屆新詩組來稿共二百四十件，剔除資格不符的稿件之後，共二百三十三件。初複審委員為詩人林德俊、林婉瑜、孫梓評、凌性傑四位，共選出二十四篇進入決審。初、複審委員表示，本屆作品的程度落差較為明顯，不過整體而言，還是有許多清新的作品，使人特別能夠感受到唯有寫作初始，才生成的那顆剔透真心。

決委員整體感言

會議開始，四位決審委員推選陳育虹為主席，負責本次會議的主持與進度掌控。首先，四位評審分別就進入決選的二十四篇作品進行整體的評論。

白靈首先提到，以他的立場，題材、切入角度、語言，如果這三項要素能在同一首詩中，有兩項以上的表現突出，就比較能被他看見。這次的作品，大致上來說，雖然善於語句上的修辭，結構上卻多半有不完美之處，不過的確能夠看見寫作的潛力，甚至不輸二、三十歲的詩人作品。因此，白靈也很好奇，這些新世代的年輕學子，他們的寫作能力又是怎麼養成的？

延續著白靈的發言，許悔之則說道，他也覺得評審這些來自於這麼年輕心靈的作品有它一定的難度，因為這些作品也許都有很美好的「詩思」，但卻未必有能夠與之相稱的「語言操作」。而他最在意的還是如何去找到每首詩中內在的動能，或是去發掘每一位作者，與同時代同年紀的人相比，有什麼樣更超越的地方。

關於前兩位評審都提到的某種語言上的不純熟，唐捐表示評審也許能輕易地在每首詩中找到一些小毛病，但是他更在意的是這些作品所展現出來對於詩創作的潛力。此外，這些新世代的寫作者，即便對於前行者或有延續或有發展，然而獨特的詩意在作品中流動，才是他覺得最可貴的一件事，而作為評審，他的工作也就是去辨認出那一份獨特的詩意。

相較於其他評審著眼於這些創作者的年紀，鴻鴻卻表示他不會用不同標準去看待不同年紀的詩，因為詩的標準只有一個。他也以自己的生命歷程為例，說：「我最老的時候就是我十六、十七歲的時候，那個時候我覺得我比全世界都老。」因此，除去年紀這項因素，他發現這些作品裡，讓他驚訝的是楊牧的影響還是那麼明顯，夏宇、羅智成可能退去了，但楊牧還在。也讓他進一步思考這個被留存的東西是什麼，這個世代所感受到的詩意是不是真的有那麼不同？

陳育虹則認為這個文學獎就像是對新世代寫作者的抽樣，對於他們的文字跟思想的閱讀，她跟鴻鴻一樣，不會採取某種較為特殊的標準，反而更重視文字的基本功。因此，她也不會特別反對剛剛所提及的關於楊牧文字的承襲，也許對這些寫作者而言，那正是一種練習的方法，重要的是，是否能夠從裡面找到新的途徑。

第一輪投票

發表整體感言後，進行第一輪投票，每位委員以不計分的方式勾選心目中的前五名。共十五篇作品得票，投票結果如下：

〈光合作用〉（陳）
〈修飾愛情〉（白、鴻）
〈詩人對話〉（白）
〈時光奏鳴曲〉（白、許）
〈鹽海〉（唐）
〈苦〉（鴻）
〈結繩記事〉（許）
〈台灣三獵記〉（白、陳、鴻）
〈星夜獨白〉（唐、許）
〈一百零八小時——無語良師〉（白、陳）
〈破洞〉（唐、許）
〈某旅館的清晨〉（陳、鴻）
〈花季遺忘〉（唐）
〈橋下避語〉（唐、陳）
〈雙線情節〉（許、鴻）

由於投票分散，兩票以上的作品已有九篇，因此一票作品，若委員不堅持，可不列入之後的逐篇討論之中。經交換意見後，〈詩人對話〉、〈結繩記事〉、〈鹽海〉、〈花季遺忘〉無法進入後續的決選名單。

◎一票作品討論

〈光合作用〉

陳育虹認為本篇文字乾淨清朗，去掉了一些蕪雜的東西，傳達出一種世界初啟、新生命的感覺，文字與主題相呼應，比很多作品都更純粹一些，像是「最綠的愉悅」這樣的說法，就令人印象深刻。其他三位評審基本上贊同陳育虹的看法，不過最後的斷句讓鴻鴻在閱讀上有些困惑，白靈亦覺得本篇的字詞與文法有些不自然，不過唐捐覺得這樣破碎的語句，其實背後有一種自覺，作者也許是有意識地想控制詩的韻律。

〈苦〉

鴻鴻認為這首詩最大的特色即在於它跳脫了抒情傳統，用兩個對比的概念去發揮，「保羅」讓這首詩有了一個明確的形象，此外，作者選這個議題發揮，在眾多抒情詩中，更是相對突出。

白靈相當肯定最後三行的表現，擴大了「苦」的意涵。許悔之則覺得，除了最後三行以外，這首詩的詩質還是較貧弱，可能政治最正確，但是詩質卻不夠。唐捐提出另一種想法，作者如果是採用跟台灣處境更接近的題材，是否就能夠有更多的體驗基礎與素材可用，不會那麼架空。

二票作品討論

〈修飾愛情〉

白靈認為這首詩閱讀起來很有一貫性，作者用了錯綜、借代、轉化等手法，去串連起一種個人性的情感，雖然質地上沒有那麼深刻，但是在創作的意念上，倒是非常有想法與執行力。鴻鴻笑稱，其實這個主題是唐捐寫得最好，但是他沒有選，所以可能沒有寫得那麼好。總之，他覺得這首詩寫得最好的地方是第三段，他主要是被第三段的文字所吸引，其他地方則顯得太「理所當然」。

〈時光奏鳴曲〉

許悔之特別讚許這首詩的音樂性，雖然有模擬前輩詩人的痕跡，但是那種把長句拆成兩三行，製造詩質的方式，已經可以感受到作者開始在摸索一種詩的節奏，而且這也是一首音響迷人，讀起來又好聽的詩。白靈也覺得十九行詩可以寫成這樣實在不容易，這首詩的意象不僅僅是停留在海上，更是超越海，寫得更多想得更細膩，以一個十幾歲年紀的寫作者，能夠有這種觀察非常不容易，唯獨題目似乎有些落入俗套了。其他人亦同意許悔之的想法，認為這首詩在聲響的表達上，語言內外部的經營，的確是一首難得的佳作。

〈星夜獨白〉

許悔之覺得這是一首很有思想的撞擊力，像是一首雄辯體的詩，如果用古典樂比喻的話，像是貝多芬的風格，很多句子介於用力過猛或快要不順，有點像是古人評論李商隱的詩「雖險而穩」，其中有一些天問式的提問如：「燃燒的時候星星會痛嗎？」展現出一種強烈的企圖心。唐捐則提出這首詩需要商榷的地方在於詩中的這個「你」是誰？是愛人或是前輩詩人？抑或是詩人自己？這個最基本的設定，在整首詩的表現中沒有明確的指涉，也是它最大的致命傷。鴻鴻認為許悔之提到的雄辯體，正是他讀這首詩比較不舒服的地方，因為他覺得作者還不夠了解他所要闡述的主題，比如「文明的邊陲地帶」、「什麼角度踩過露珠」，這些龐大問題都問得很輕巧，但是究竟在問什麼？過猶不及，都會讓閱讀者覺得有些矯情。

〈一百零八小時——無語良師〉

陳育虹表示她選這首詩，主要是因為它所要談的主題比較少見，用代言體的形式，也看得出其中蘊含的敦厚與同理心。以她的判斷，這個作者應是有實際經驗過這些場景，才能勾勒出一些細節，雖然句子有些長，但是一個值得鼓勵的取材與嘗試。白靈亦附議陳育虹的觀察，他也認為這樣的主題在台灣還沒有真正被討論與理解，大部分人對於肉身的眷戀其實滿可怕的，而作者以詩的形式細膩地呈現其中的轉折與矛盾，是一件相當可喜的事。唐捐則認為題目中的「無語良師」也許可以去掉，因為主述者是大體老師不是解剖者。鴻鴻也提出他的建議：如果作者能夠設定這個大體的身分，貨車司機也好，僧侶或年輕人也好，每個大體都應該有自己的生命故事，一種個別化的身體感在詩中也才會出現。

〈破洞〉

許悔之認為這首詩最大的特色就在於他建立了一個奇怪的世界觀，作者像是一個異想者，他也沒有看起來要舉重若輕，但是確實談了一些大道理，用像是聶魯達式的重複句型，去堆疊出一個獨特的小宇宙。唐捐進一步形容這首詩建構的也許就是一種殘缺美學，本來會以為排比句是缺點，不過在排比中作者還是有適度的變化，雖然都是在講破洞，但是他的意象是有跳躍性的，不至於顯得呆板。陳育虹則對這首詩提出具體的疑問：「大水是什麼？」「是一首倡議環保概念的詩嗎？」「或是一首末日預言式的詩？」而這些問題可能的答案，彷彿都在不夠準確的意象中被模糊掉了。

〈某旅館的清晨〉

陳育虹表示這首詩雖然動用的都是很簡單的文字，不過情感的濃度很高，而且這首詩透過幫死去的人說話，讓讀者再次記起那次事件，一方面語言含蓄，另一方面指涉的主題又夠清晰，是一次有效的結合。鴻鴻也表示同意，並且認為作者將引文放置在詩末的設計，更強化了事件的力道。白靈則覺得這首詩在情感上的表現有餘，不過那個所謂的「社會的本質」的現實層面的元素，如果能夠同樣在詩中呈現，這首詩會更具說服力。許悔之提出不同觀點，認為這個事件當然有時代意義，但是讓人遲疑的也是這個政治正確，會不會讓讀者在閱讀這首詩的時候，很輕易放過詩藝或詩質上的不足。唐捐亦認為這首詩的完成度不夠，作者捕抓到了一個感覺，但是語言上應該有更好的表現方法。

〈橋下避語〉

唐捐覺得這首詩跟剛才討論的〈星夜獨白〉很像，有一點雄辯體的意味，結構上也是使用「我」、「你」的形式去展開敘事，不過這首詩的主題相對明確且聚焦，談的也許就是一個人我之間追尋溝通與理解的過程。陳育虹進一步指出這首詩應是一首情詩，不只是主題相對聚焦，「橋」的意象也很切題，講的就是某種想要跨越卻難以跨域的情感交流。鴻鴻覺得此詩第四段最後四行寫得很好，但是其他部分有一些學術理論的語法或詞彙，用起來顯得有一些心虛。白靈則認為這些詞彙的使用，可能是受到楊牧或羅智成的影響，未必完全不好，而是作者還沒有辦法調度得宜，所以會有一種突兀或造作，不過基本上這還是一首在語言與思想上都相對成熟的作品。

〈雙線情節〉

許悔之認為這首詩寫年輕人百無聊賴的生活狀態，很有時代感，也是在這些詩裡少數能夠展現這個世代特徵的詩作，也許在語言或情感上不夠成熟，但是光是它所呈現出來的世代特徵，就值得細讀。鴻鴻也讚賞這首詩有一種不合時宜的自嘲精神，成功地營造出輕鬆與詼諧，雖然中間有很多難以理解的笑點，「但是他沒有努力要讓自己偉大和正確，這點我覺得很可愛。」唐捐卻覺得這首詩雖然特別，但是元素過於駁雜，找不到一個主要的哏，雙線情節究竟是哪兩條線，作者提供的線索不太足以支撐這個題目的提示。而呼應前面所提到的世代特徵，白靈則認為這首詩最為成功的地方即在於，呈現出年輕人一心多用的精神狀態。

◎三票作品討論

〈台灣三獵記〉

唐捐表示這首詩以三節的結構而言，前兩節太過類似，都是以「射殺」為主要的隱喻，也許要有一些意象上的變化，而第三節是經營得最好的段落，正是因為作者換到了另一種視角，有一種跳開感。白靈則提出，他認為前兩節的「射殺」其實有層次上的差異，例如第一節最後一句「而是人群圍攏起來／帶雪的那種沉默」帶出來的是一種極為靠近而壓迫的感受。此外，第三節雖沒有「射殺」的意象，但「歌聲／也要關在鳥籠」，那種失去自由的狀態，某種程度上來說甚至更為慘烈，本詩可能是在所有作品中批判性最強的一首，將人類的冷漠感表露無遺。其他人也支持白靈的觀察，進一步認為這首詩同時也隱喻了台灣的歷史或政治處境，尤其是最後一段，意象的經營相當有力道。

◎第二輪投票

經過逐篇討論之後，委員分別就自己最喜歡的八篇作品給分，最高給8分，依序遞減。投票結果如下：

〈光合作用〉12分（唐2、陳8、鴻2）
〈修飾愛情〉6分（白4、許1、鴻1）
〈時光奏鳴曲〉33分（白8、唐6、陳5、許8、鴻6）
〈苦〉9分（白1、陳1、鴻7）
〈台灣三獵記〉29分（白7、唐4、陳7、許3、鴻8）
〈星夜獨白〉22分（白5、唐8、陳2、許7）
〈一百零八小時——無語良師〉24分（白6、唐3、陳6、許5、鴻4）
〈破洞〉13分（白2、唐5、許6）
〈某旅館的清晨〉9分（唐1、陳3、鴻5）
〈橋下避語〉18分（白3、唐7、陳4、許4）
〈雙線情節〉5分（許2、鴻3）

最終票數結算，第一名為33分的〈時光奏鳴曲〉，有兩位評審都給它最高分。緊追在後為29分的〈台灣三獵記〉，獲得第二名。第名則是得分相當平均的〈一百零八小時——無語良師〉。優勝獎共有五位，以票數高低排列，依序為〈星夜獨白〉、〈橋下避語〉、〈破洞〉、〈光合作用〉、〈苦〉、〈某旅館的清晨〉等六首，由於〈苦〉與〈某旅館的清晨〉同為9分，最後委員以舉手表決方式，〈苦〉獲得最後一個得獎名額。

最終結果：

第一名：時光奏鳴曲

第二名：台灣三獵記

第三名：一百零八小時——無語良師

優勝：星夜獨白

優勝：橋下避語

優勝：破洞

優勝：光合作用

優勝：苦

二〇一六台積電青年學生文學獎——選手與裁判座談會紀實

書寫的焦慮

◎廖宏霖／紀錄整理

時間：二〇一六年九月四日下午二時

地點：聯合報總社一〇四會議室

與談人：黃麗群、駱以軍、鍾文音、鍾怡雯、鴻鴻（按姓氏筆劃序）

主持人：宇文正

遲遲不敢下筆的懼怕

這是一場天才的座談。天才也許不分世代，不過一旦進入文學獎的場域，就有了裁判與選手之分。天才裁判與天才選手，在週日午後的會議室裡，說是座談，更像對談，許多交鋒與火花，也許在未來，將成為一道可以被追溯的文學因緣。

首先，第一波提問由短篇小說首獎得主江樂筠提出，問的是關於書寫的恐懼感，那種在腦中構思許久還是遲遲不敢下筆的懼怕。剛攻占完寶可夢道館的黃麗群先提出了一個實際的解決方式，如同她剛用手機叫計程車一樣，善用科技，隨時紀錄，是一種有益於寫作的好習慣，因為靈感一閃而逝，紙筆追不上的，就用手指跟鍵盤捕捉，累積多了也許就會成為一份下筆的自信心。鴻鴻則以自己的生命經驗為例：「大學以前我也有類似的症狀，不過一切就在我當了記者之後就治癒了。」

如何面對低潮？

解決完恐懼，我們要一起來度過低潮。

新詩獎三獎的得主張品蓁問前輩們在寫作這條路上有沒有碰過低潮？又是怎麼樣走過那段時間的？天才裁判聽到「低潮」兩字，不禁面面相覷，那也許是作家最怕聽到的兩個字。主持人宇文正忍不住插話：「去談個戀愛吧！」全場的氣氛頓時輕鬆了起來，也許在心中都想到了那個因為愛情而靈感源源不絕的自己。

不過大家終究還得「面對低潮」。鍾文音把話題拉回來，談起自己低潮的時候，會去想像文學大師的低潮，有時候突然就會發現自己的憂鬱是渺小的。她舉吳爾芙為例，雖然她終究走向那條結束生命的河，不過相對於她在生前所寫出來的作品，那個低潮與死亡又頓時有了巨大的意義。也許就是為了這樣的困頓而寫，也許所有的作品就是要去回應那樣的低潮。

台積電青年學生文學獎評審選手座談會合照。記者余承翰／攝影

描述改變了記憶？

不知道是不是某種冥冥之間的契合，談到生與死，下一個問題就由新詩首獎的「賴生死」（筆名：張霽）提出，她的名字引起大家一陣討論，更讓大家驚訝的是這並非筆名，而是本名，原來她有一位喜愛哲思的父親，「人生就是一趟生死。」是他的人生哲學。賴生死不問生死，問記憶，她說自己曾在寫作的過程中，因描述而改變了記憶的內容，想知道前輩們是否也有類似的經驗。

念過哲學系的黃麗群，用一種像是哲學的方式回應，她說符號本身是無限逼近某一個狀態，因此是無法被全然呈現的，只能更接近。關於改變，在重新敘述的過程當其實早就已經發生了，比如你發現了其中隱藏在某一個事物底下的風景，可能有一些更細微更精緻的東西，只要沒有倫理的問題，記憶的改變是很自然的事情，或許不是刻意地去改變記憶，而是重新發現了記憶的模糊性與可變性。

獲得散文三獎的陳佳鈺，目前就讀彰化女中高二，她在意的事情是她所寫出來的快樂並不真實。鴻鴻認為快樂一定有它的原因，稍微後退一步，深度、廣度、故事就出現了，快樂是跟不快樂連結在一起的，並不是所有的憂鬱與悲傷都比較深刻。比如說楊牧，結婚後寫了一部詩集《海岸七疊》，用詩經來詠嘆自己的妻子，鴻鴻自己也有一本《仁愛路犁田》，讀起來都看得見熱戀時自己的身影。也許快樂與悲傷本就不是對立的事情，當快樂的事情發生時，你也會有想要書寫的欲望。

如何構建超出經驗的故事？

第二輪發言是台南一中畢業的劉友安，準備念台大物理系的他，想要知道如何構建超出個人經驗的故事？黃麗群直言，人是有限的，經驗亦然，做為人的本質性的情感、掙扎是共同的，經驗是在這些土壤中長出不一樣的東西。不要追求寫出一個超出你現有的世界，要追求的是思考的層次往上或往深，而不是經驗的奇怪或多元。也許只是不想寫身邊周遭的事物，但是只要把那個發軔的東西，抽象的幽微的東西，安置在一個全然不同於現下的環境之中，比如說想寫的是失戀的感覺，但是卻寫了一個跟愛情完全無關的故事，你就會發現，也許現象是很迷人的，但是最重要的還是底下的通則。

鍾怡雯順著這個問題發言，她說經驗的深度是永遠挖掘不完的。我們的人生有反覆重複的跡象，經驗當然有限，重要的是，有沒有勇氣去抵達你所要描述的世界？先不談超越，先好好認真生活，才會有深思熟慮，才不會庸俗。她建議學生，好好體驗學校生活吧！

散文虛構的疑慮

獲得散文獎的王薏慈，問的是一個前陣子才引起爭議的問題，也就是關於「散文虛構」我們該如何思考？鍾文音說虛構不是假的意思，虛構是一種技巧。凡所有的書寫都是虛構，說的是另外一種層次的虛構。虛構這兩個字被汙名化，所有人不是在寫別人就是自己，當文學動用抽象的語言就不是真實，主要是因為文學獎的場域，就會有了身分的揭露，才會有了後續所衍生的倫理的問題。

筆名牧葵的龔羿芳，問了一個直球進壘的問題：「為什麼沒有長篇小說獎？」聯副主任宇文正，提出了一個實際的考量：以高中生的年紀要寫長篇，可能這個獎比較難成立，來稿量比較少，也牽涉到後續副刊篇幅的問題，長篇比較難在副刊上呈現。

最後一個問題由散文獎首獎得主徐慧能提出，環繞著剛才散文虛構的問題，徐慧能自承她這篇得獎作品也有虛構的焦慮存在。

駱以軍用另一種方式回應這個永恆的命題，他說有一本書談巴比妥症候群，旁徵羅列各種寫不出來的作者的事例，這是另一個問題，包括我們說張愛玲，她在二十歲前，想的是成名要趁早，等到慢慢大家都在窺探她的時候，她卻躲起來了，還要把自己的作品都燒掉。關於虛構與真實，也許就是一個默契的存在，在以前大家都像是一個個京劇舞台的演員，現在書寫這件事就像是扮演，但是感情都是真的，像是佛經說的「假諦」。但是這個時代，焦慮的來源不是發表，而是大家都在發表，卻都不看彼此的「扮演」，因此就無法形成那種默契，那種關於虛構與真實之間，不證自明的道理。

整場座談會彷彿也像是一場扮演，扮演裁判的人與扮演選手的人，突然在某個時刻裡達成了某種默契，在問與答之間各自懷抱著自己的書寫焦慮，繼續存活並且書寫下去。

附錄

第十三屆台積電青年學生文學獎座談

高中生寫散文

主持人：宇文正
與談人：許峻郎、陳義芝、廖玉蕙、鍾怡雯、徐國能、王盛弘、張輝誠
紀錄整理：馬翊航

台積電文教基金會執行長許峻郎引言，台積電青年學生文學獎，在多年耕耘下，成為台灣青年作家的搖籃。但為何過去未曾設立散文獎項？此中或許隱含著對中學生文類掌握、生命經驗、文字表現彼此銜接的疑慮。但過往台積電青年學生文學獎評選出的深刻作品，讓我們確信青年的散文寫作，必定值得期待，因而在本年度增設散文獎項。然而高中生如何寫散文，又如何寫好散文？有志於散文寫作的青年應該如何起步？當作家齊聚一堂，從自身寫作、閱讀、教學的豐富經驗出發，或能給予年少的寫作者清晰明確的建議。

宇文正先拋出座談的大哉問，「高中生適合寫散文嗎？」如果少年十五二十時，正是詩的年紀，書寫散文是否必然等待年歲漸長，方能「秋收」成熟的作品？

陳義芝認為，詩並非是情感豐沛少年時代的專利，相對地，散文也不見得只有世故沉鬱的

台積電青年學生文學獎「散文座談」，與談者徐國能（左起）、陳義芝、許峻郎、宇文正、廖玉蕙、鍾怡雯、張輝誠、王盛弘、馬翊航。記者曾吉松／攝影

臉孔。「如果文學書寫是人生經驗的呈現，對世界的探索，年輕人的眼光當然也有他獨特而新鮮的面向。」

王盛弘以自身的創作歷程為例，高中生不僅適合寫散文，更「應該」要寫散文。「高中生有許多敏感的情緒，而文字，正是能夠精準地掌握情緒、訓練思考的工具。」文字的療癒力量往往被我們所忽視，高中生活中所感受的苦悶與艱難，正給予我們書寫、整理內在的契機。

鍾怡雯則說：「不要相信名家的話，要夠大膽，有勇氣說自己的話。」少年寫散文並不是問題，但如何開始閱讀自己、探索自我，才是需要面對的課題。如果沒有注視生命的敏感特質，在任何年紀都是不適合寫散文的。

徐國能回憶起高中時期的點滴，隨時間淡化的記憶，反而重新提示著他書寫的重量。不同生命階段的寫作，必然回應了當下的生活體驗，「高中時期，正是自我逐漸生成的階段，少去了成人世界的顧慮，反而能夠藉由寫作來體會自己。」

張輝誠以中學教學現場的經驗，為座談引入了不同的思考角度。在思考學生如何寫散文時，更牽涉我們對散文的定義與需求。當前「好散文」的品味其實漸趨狹窄，課本選文其實也反映了類似的品味。也因此，高中生面臨的寫作問題，其實並非年紀的限制，而是他接收的美感教育、書寫技巧、文學觀念是否豐富？教師有沒有足夠寬廣的心態與視野，能夠教育學生散文的「廣度」？以及培養學生，在當前浮泛的文字成品中，分辨出「好散文」的眼力？

廖玉蕙點出「作文」與「散文」的差異，「『作文』有時候需要我們說謊，但散文，卻可以讓我們說出心裡的話。」從講究人生啟示、名言錦句的「作文」，到幽微深刻的文學寫作，中間的差異與操作，也許文學獎正可以帶來某些示範與改變。

宇文正回憶起高中書寫日記的經驗，對她來說那正是書寫的起源。許多人往往有書寫的天份，但並沒有自覺，而這樣的討論或許能夠提供學生琢磨文字，體會人生的方向。

在跨越了「適不適合寫」的問題後，關於「寫什麼」，作家們也各自提出精要的見解。

回想高中時期寫作的茫然摸索，徐國能對生活題材的掌握，提出三點具體的建議。第一是嘗試書寫、描繪、想像年長者的內在心境，嘗試理解時間對人類生命的作用；第二，是練習凝視日常的景象，這樣的描繪習作，亦表現了寫作者面對世界的態度、價值觀；其三，青年時期雖然生命經驗有限，但由於處在一個大量吸收知識的階段，不妨深入理解有興趣的知識材料，從中尋找題材。

寫作需要靈感，但廖玉蕙強調，靈感並非憑空降臨，而依賴寫作者的觀察。「我去高中演講時候，常問他們，你們怎麼『來』到學校？那過程是什麼？」無論是情感的啟蒙與摸索、親人的互動、興趣與癖好，只要留心生活，其實處處充滿鮮活的故事，精采的語言。

陳義芝同意靈感來自生活的細緻體察，但更強調「專注」的重要。他以近期作品為例，說明如何將當下的片刻撞擊，轉換為充滿細節與現場感的文字。他身處山頂道場，靜謐的冬夜中，擊鼓聲陣陣傳來。他看見大殿之外，一位尼師，獨自面向大海，這深刻的景象令他斟酌再三，於是感懷「我彷彿覺得，前生也曾趺坐在此。」外在細節與內在感悟，交互激盪對話，而有了主觀的「意趣」。「然而如果不寫，靈感也就溜走了。」

鍾怡雯重視閱讀的訓練，不過「要寫出好散文，不見得只能讀好散文。」正如沈從文說他既讀小書，也讀生命的大書，豐富的知識將會成為寫作的資源。寫作也不僅僅只是文組學生的專利，「他們絕對不缺乏題材，但要學會注視自己的內心世界。」比起書寫技巧的成熟，她更希望看見新穎、充滿詩性的心靈。

張輝誠則說，「我覺得學生不是沒有生活，而是他們不懂得過生活。」他曾與舒國治共遊台北，訝異竟有人能將生活過得如此飽滿，豐足。「但舒國治說，他並非為了寫作，他只是認真地過生活。」在有限的生活空間中，學生經常遺忘了自身獨一無二的經驗與記憶。張輝誠引導學生挖掘、觀察、分享，無論是生命中最感動的事件，不為人所知的家庭記憶……。甚至為了訓練細緻的觀察力，以紙筆「素描」櫻花，反此種種，都是為了使學生重新體察生命的質地。

但在高中的寫作教育下，學生要如何寫，才不會寫成制式的「作文」呢？

廖玉蕙認為首先必須「挑戰自我」，除了拋棄「格言佳句」式的寫作法，更要找到屬於自我的語言，勇敢地質疑既成的規範與教條。陳義芝也補充，人生不見得永遠都是風起雲湧，更多的是瑣碎平凡的時刻。為了尋找獨特的切入點，必須學習體會語言的豐富層次，進入暗示與象徵的境界。語言的敏感並非神秘而難以捕捉的，經由大量的閱讀，能夠訓練自身的審美判斷，也才能寫出「不俗」的作品。

張輝誠指出，其實中學生的閱讀量是很大的，但是缺少引路人，讓他們將這些知識轉化為寫作的題材。當大多數的教師都沒有寫作的經驗、觀念與方法時，寫作的訓練往往就只能承襲過往「作文」的方法。鍾怡雯更鼓勵中學教師擴張視野，因為當我們期待高中生書寫自身內在世界時，教師也需要更寬容地接受、引導學生筆下細膩、痛苦的情感面貌。

徐國能認為高中生寫作要面臨的挑戰，更多的是心態問題，如果顧忌「與別人不一樣」，那就難以寫出真誠的作品。進而是語言與意象的經營，「散文並不『散』，必須凝聚焦點，以完成一種意象。」最後必須要求作品的「完整度」，青少年貴在擁有複雜、跳躍的心靈圖像，對於作品的凝聚與要求，便成為整合自身心靈的珍貴過程。

今日成熟的寫作者，也同樣經歷過青春的青澀與孤獨，茫然與探索，作家們回憶起高中的寫作生活，也為當代熱愛寫作的少年打開了時光之鏡，記憶之窗。

廖玉蕙清晰記得她第一篇投稿作品，大膽地嘗試了師生戀的題材，投稿到了聯合副刊。即使文章刊出後經過編輯建議刪修，失卻了原有的張力，但寫作的成就與欣喜，仍是難以抹滅的記憶。

陳義芝當初就讀師專時，以〈孤女〉為題投稿校內文學獎，隱隱投射了當初離家求學的孤獨感；十八歲時，面臨台灣退出聯合國的外交危機，他則以〈獨行〉反映了青年眼中的時代感。徐國能回想起高中時，也曾被魯迅的《吶喊》深深打動；高中讀到的中國近代史，更激起青年時代的滿腔熱血，書寫富有家國情懷的作品。這些作品雖然青澀，但以寫作映照自我與時代的過程，卻是無法取代的。

談起年輕時的寫作歷程，張輝誠卻有著深沉的感懷。為了成就文名，以競逐文學獎滿足小小的虛榮，卻在役畢後，長達三年的時間無法閱讀與書寫。當時幾乎放棄寫作的他，卻在父親離世後，重新提筆，拾回寫作的初心。「我那時寫作沒有任何目的，只希望留下父親的形象。」

當寫作者們回憶起文學的初心，年少的文字即使淡去，卻彷彿成為投遞至未來的密語。從打破規則到體察生命，從情感的探索到知識的涉獵，寫作者的建議，蘊藏著對年少心靈的無限期待。青少年的散文不只有青澀的面孔，唯有提筆書寫，方能捕捉生命的紋理，時間的祕密。

致熱愛寫作的少年們

廖玉蕙：閱讀與寫作，都是為了讓生活更容易。所以，偶爾抬頭看看天，偶爾俯首想想人。文學就在抬頭俯首間。

徐國能：意義要自己去尋找。

張輝誠：持續寫作二十年必有小成。

鍾怡雯：用心生活，探索生命。跟手機和網路保持距離。努力寫吧！

宇文正：打開你的感官，視、聽、嗅、味、觸覺——他們會領路，帶你我到生活中的種種觸動。

陳義芝：身體不能跨越的邊界，心要跨越。

作家巡迴高中校園講座——第一場・台中惠文高中

文學如此美麗

李孟豪／紀錄整理

對談人：蔡逸君、鍾文音
時間：二〇一六年二月十九日
主辦單位：台積電文教基金會、聯合報副刊、惠文高中

二〇一六台積電文學獎巡迴講座首場來到台中市的惠文高中舉辦。邀請了兩位作家：蔡逸君及鍾文音，以「文學如此美麗」為主題與高中學子座談，並邀請惠文高中圖書館主任蔡淇華老師擔任主持人。蔡淇華主任簡單介紹兩位作家的經歷，與台積電文學獎的由來，並特別強調文學獎於今年增設散文的組別，勉勵學生踴躍投稿後，正式進入主題。

蔡逸君笑著說，一開始他也不曉得該如何去跟一群十六七歲的高中生談文學，因此接到這份邀約後，一直處於很彆扭的狀態。搬回彰化定居後，某晚拆開了一箱行李，發現了高中時期的筆記本，裡頭寫滿當時所創作的詩，讀過的書以及看過的電影。當初接觸文學大概也是十六七歲，文學影響他看待事情的角度，無論年紀多大，他總能以青春的態度去面對一切。他

無法跟大家保證讀了文學以後，人生會有多麼實際的幫助；然而，出社會後，如果某些時刻，你會因為天落雨，花垂萎而感到莫名的悸動，那就是文學的作用。

接著蔡逸君放了最近常聽的一首歌〈我想和你虛度時光〉，他認為歌中所吟詠的一切，是十六七歲的少年會有的，一種虛無縹緲，敏感細膩的心。接著他談到年輕時，書是難以企及的商品，小小的鄉下通常只有一間書局，裡頭專門販售文具用品，很少見到賣書。國中時期，一次，好不容易舉辦小型的書展，他用攢了好幾個月的零用錢，買了生平第一本書，是楊喚的詩集。在當時，楊喚的詩在教科書裡，是比較跳脫出僵化制式觀念的課文，沒有意識形態的綑綁，清新而迷人。也是藉著這次搬家之故，這本詩集得以出土。他重新再翻閱一次，發現整本集子裡，他獨獨只用筆眉批了一首詩，是楊喚〈失眠夜〉。經識了幾些年，回過頭來再讀這首詩，他發現那也許是一個預言，他寫了這麼多年，原來都是在追尋這樣的東西：「人生的問題與答案／美麗的童話和詩句。」這兩樣東西是輕重並陳，也是「我在寫作時所帶給我的快樂。」

原來原來，找到源頭，那些最早閱讀的開端，對自己影響是最深鉅的。

最後，他提到成人長大後，會漸漸發現世界上所發生的一切都大同小異。但為何有不同的文學產生？那是因為每個人的角度與方法不盡相同，才得以抒發出不同的情緒。因此，他認為在文學創作中，將自己把持住是極其重要的。以此勉勵有意創作的學生。

鍾文音接著引了一段她在暨南大學文學獎擔任評審時，所寫下的話：「每個人的生命都

台積電青年學生文學獎巡迴講座，學生與講師合影留念。記者黃士航／攝影

拖帶著一個世界，而那個世界正是作家想要描摹的。這個世界可能拖垮你，也有可能將你拉高。」文學的本質正是向生命叩問。她說自己從小叛逆，對於母親的嚴厲管教無法理解，也不像其他孩童大而化之看淡，太過敏感，因此生出拗氣，而寫作者就是因為這股拗氣，才會進行創作。第一本小說《女島紀行》寫的就是母親。背景是一年的除夕，剛畢業，成天做著文學的夢，沒賺到什麼錢，因此不敢南返過年面對母親，所以獨留在台北。一人無事，所以拿起紙筆瘋狂地寫，將自己與母親之間的絲絲縷縷延展成二三十年的記憶。她認為生命裡會勾引你去寫作的，都跟你的內在世界有關聯，逼著你真誠地面對自己。

她坦言，有很長一段時間因為想逃離母親，因此出國唸書，直到近些年才返台。她知道母親愛她，她亦是，卻難以說出口，只好藉著文學來抒發。很多人會問，作家的獨有經驗，為何要特別去讀？那是因為大家都有母親，所以架構在共通生命經驗上，因此產生共鳴；卻又因為作家獨到的眼光，產生出不一樣的味道。這些年為了與母親和解，才曉得自己有多麼叛逆。這個年關因為母親住院，所以很常回家幫她拿衣服。坐在母親不在的房子裡，從日升到日落，想了好多。年輕時活得像沒有身世的人，到現在才發現，原來有母親在的地方才是家。家族書寫，或許是某種無以抵擋的黑夜，作家只能夠拚命去掙破他，才有和解的可能。

愛情則是鍾文音創作的另一個核心。她認為年輕是由知識與愛情所構成的，由這兩者來餵養生命。一樁樁看起來支離破碎的戀情，都是一場無法橫渡的黑夜，如果創作者能夠耐著性子，等著這一列列的車廂緩緩駛入終點站，回過頭來看待這些離棄者背叛者，你反而會珍惜他們所饋贈給你的。前些年出了一本小說叫《慈悲情人》，寫的是從小時候體育課對一個男孩的記憶所延展開的故事。愛情裡頭很大的成分與記憶有關。

有人曾說作家的童年就夠他寫一輩子。如她鍾愛的法國作家莒哈絲，寫了一輩子的書都與其北方來的情人以及母親有關。喜愛她的原因是因為莒哈絲的背景與自己相似：單親、獨女，但她絕對不要像莒哈絲一般，終生都未曾與母親和解。莒哈絲的一本小說《抵擋太平洋的堤壩》寫的是她母親與酷吏對抗的事，鍾文音說讀到這本書發現他們兩個人的母親很像，那種對於政府的無能，以至於一生無成。閱讀會帶給讀者很多同理心，所以寫作是從閱讀開始。創作者會去尋找質素與自己相似的作家，進而模擬，開始寫作。時常有人請她推薦書單，開書目時，她都會請對方先認清自己是一個怎樣的人，才有可能尋找到契合的作品來閱讀。她再次強調，認識自己是關鍵。

她後悔自己以前沒有選擇中文系就讀，謙虛地說自己的中文其實是匱乏的。她認為會當作家絕對不是因為文字好，而是因為生命中有個頑固的底層，你想要將生命的黑盒子撞開，你的強韌度比他人都強，因此成為創作者，開始述說。

這次過年，因為母親患病，因此整個春節，她都在拜一個懺叫梁皇寶懺，為母親祈福。又好多人同她說可以供養東西。因此她每天都會剝一塊鳳梨酥放在窗櫺上，看螞蟻列隊扛食，看似微小，卻豢養了一整窩的螞蟻。那種堅持執著，就是她對於文學的初衷。

惠文高中的學生藉著問答時間向兩位作家詢問：「是否有創作理念不被理解的時候，又是如何面對？」鍾文音認為文學並不尋求理解，尤其通過文學的語言後，變得極其抽象。文學反而是尋求不理解，與人世間的相處一樣，是尋求一種信任，尋求被看見，被體認。蔡逸君則表示，一個作品完成時，他就脫離了你，因此誤解也好，理解也罷，創作者所尋求的是所有的理解所有的可能，那種開放性，是我們所追求的。

作家巡迴高中校園講座——第二場・台北建國高中

食與詩交織的時光

李秉樞／紀錄整理

對談人：許悔之、蔡珠兒
主持人：宇文正、徐孟芳
時間：二〇一六年三月四日
主辦單位：台積電文教基金會、聯合報副刊、建國中學

大年方過，季節交換之際，台積電青年學生文學獎即將徵稿，作家巡迴講座來到建國中學，輕輕推碰這個孕育創作者的文學搖籃。建中圖書館裡，書籍層層疊疊擺放，恍若一道道詩牆，正等候被有緣人觸摸、開啟。午後陽光，悄然抵達，暖意久違。而讀書以外，校園裡需要下午茶時光。笑稱自己是出版社編輯，同時也是「外燴廚師」的詩人許悔之，以及擔任文化記者多年，相繼出版飲食散文《紅燜廚娘》、《饕餮書》的蔡珠兒，在博學講堂設下一場文學與飲食的盛宴。我們常問候與被問候著：「吃飽沒？」「吃飯」作為日常的生活經驗，在作家們的咀嚼與品嘗之間，竟又生發了百般滋味的文學想像。

一首詩的完成

許悔之開場道：「我們的嘴巴是用來做三件事的——說話、接吻，以及吃飯。」食物包含對美的追求，隱喻對人生的態度，也展現對文學的興味，關於這些，我們可以在林文月的《飲膳札記》、韓良露的《良露家之味》、蔡珠兒的《紅燜廚娘》、王宣一的《國宴與家宴》、宇文正的《庖廚時光》等書中找到印證。他也認為，我們的身體是有意義的，它承載著美麗的靈魂，因此「吃飯是很重要的，若沒有好好享受過食物的滋味，就是對人生囫圇吞棗。」

許悔之說起，蔡珠兒的料理，往往給他美好的飲食經驗。秋天時節，他前往香港拜訪蔡珠兒，她燒了一桌佳餚作為招待。但使許悔之印象最深刻的，不是大閘蟹，而是一鍋平淡的「七米粥」。他認為吃飯不僅是果腹而已，最重要的，從來都是煮飯者的心意，分享的情誼，那樣抒情而療癒的時光，讓人得以喜悅而溫暖地享用食物。

童年成長於農村的許悔之，由於是「閒置人力」，而被大人命令炒菜做飯，漸漸地，他發現自己料理的天分。許悔之伸出左手，展示其上的疤痕，「這是戰士的勳章，也是身體的痕跡。」他說，那是他小學二年級時，想炸地瓜給妹妹吃，在削皮的過程中所受的傷。許悔之又提及，自己曾經強迫孩子去傳統市場採買，但他卻是滿臉無奈。回來以後，親自教導孩子烹調黃魚，他耐心學習的背影，感動了許悔之，於是拍了張照片，以紀念這個美麗的瞬間：「認真的男人好美。」

料理不僅隱含對食物的想像，吃飯亦是品味的養成。「人生是虛無的，總在朝向死亡之中。」但幸而我們擁有食物，與家人朋友相聚，吃一頓飯，這便是人生經歷中，相互愛與被愛的雙向撫慰，也是在平淡無味的人生裡，讓人牢牢記得的日常幸福。因此，烹飪與食膳，正就如同朝向美好的創作，共同參與一首詩的完成。

食物人類學

蔡珠兒表示，「吃飯」其實包涵著「食物人類學」的知識。歷來許多文人，都是小型美食家。而在文化發展的過程中，人類建構了許多關於食物的成語，諸如民以食為天、飲水思源、簞食瓢飲、粗茶淡飯等；英文諺語則如 Have a full plate、Salad days、Bread and butter、To acquire a taste 等，食物與生活文化之間的關係如此緊密，因而我們可以想見，飲食文學不僅可以表現人類的存在經驗、心靈印象，可以折射時代社會，也可以再現歷史想像。

法國美食家薩瓦蘭（Brillat Savarin）所撰寫的《味覺生理學》，是當代食物論述的重要經典，其中有一句很常被引用的話："Tell me what you eat, and I will tell you who you are." 這是個饒富趣味的說法：「你吃什麼，就像什麼。」捷克作家卡夫卡（Franz Kafka）也曾說道："So long as you have food in your mouth, you have solved all questions for the time being." 也就是說，吃的當下，能讓人忘憂。而英國作家伍爾芙（Virginia Woolf）認為："One cannot think well,

作家許悔之（左三）、蔡珠兒（左四）兩位講者與學生合影。記者楊萬雲／攝影

love well, sleep well, if one has not dined well.”亦即，如果沒有好好吃飯，便無法好好思考，愛別人，以及睡覺。這些話語反映著人們對於食物的感覺思維，食物確實與我們的精神世界、經驗內涵有重要連結。

「吃」不僅是生存本能，關於它的學問更是無窮無盡。下廚做菜的過程，每個工序與步驟，包藏著各種複雜的細節；一次次的實驗，都是對於食物的創造與轉化；而食材與季節、產地之間的關係，是一套知識網絡，也是我們賴以維生的文化體系。她認為，要將「食物鏈」應用在社會學之上，不能只在桌上吃，必須加以考究，追溯食物的源頭。她打趣地說：「不要邊吃邊做其他事情，這對不起食物，也是糟糕、惡劣的行為。不要辜負食物，要吃出真正的味道。」

她娓娓訴說自己的食物之路——如何變成「愛吃鬼」的過程。起初英國讀書時，在寒冷的十月，想做碗蛋炒飯果腹。由於不熟稔方法，竟悲慘地將炒飯弄成了像是滑蛋瘦肉粥的黏稠物體。為了經濟上的考量，她開始自己做飯，請託朋友寄來傳培梅的食譜，從中慢慢學習與演練。伍爾芙曾說，女人要有自己的房間，蔡珠兒進一步延伸道：「我有書房，也有廚房。」學期結束之後，她自言已是宿舍中最常請客的「小孟嘗君」，擁有大批「食客」。她又說起，在前往英國之前，自己只在十歲那年，幫母親包過一顆粽子。由於嘴饞、愛吃，便依憑當時的記憶，包出人生中第二顆粽子。「那樣強烈的、非如此不可的執念，是超越鄉愁的。」

生命的慎重

蔡珠兒笑說，「因為年紀的關係，我吃過的鹽比你們吃過的爆米花還多。」吃飯會由於年紀漸長的醞釀，而有不同感想。許悔之回應道：「對食物的想像，就是對年紀的想像」，在酸甜苦辣的滋味裡，「甜」是由舌尖感受，而「苦」則是由舌根感受。年輕時喜愛甜味，老年後卻懂得了苦澀的味道，這是因為體會到了生命中的內在情感。他提到自己以前時常吃新奇的食物，後來參加佛教禪修營時，在齋堂中明白：「食物最簡單的原味，是那麼的動人。」

同學提問：「如何以文學書寫吃飯當下的感動？」許悔之指出，食物僅是外觀，我們必須透視其內在所蘊含的美好——一種迴旋於過程與完成之間的美好。「凡是吃過的都會凝定在記憶之中，因此最重要的是自己的心」，運用之妙，存乎一心，書寫它們，便如同紀錄專屬自己的經驗，那是充滿感性與想像力的生命時刻。他笑說自己準備寫一本關於作家燒菜的「精神研究」，這應與「強迫症」有關。他認為，作家們燒菜最深刻的感覺，便是慎重地做一件事情。「若要寫下珠兒的『食物傳記』，我想篇幅應比普魯斯特的《追憶逝水年華》還長。」

許悔之說，他非常喜愛席慕蓉的詩作〈一棵開花的樹〉：「陽光下／慎重地開滿了花／朵朵都是我前世的盼望」，他體悟到：「吃飯是好好觀看自己心靈的開始，慎重地吃飯，就是慎重地過自己的人生。」一切由慎重開始，人生亦然，吃飯亦然，當下即是。吃飯也是一種人生觀，豐富繁盛，平淡簡易，都呈示了生命的智慧與況味，充滿詩意與佛法。若能凝視自我心靈，大千世界，人間煙火，皆可餐風飲露，則食記亦詩境，食憶亦詩興。

作家巡迴高中校園講座——第三場・高雄鳳新高中

寫作的第一分鐘——關於什麼時候創作才好

陳育萱／紀錄整理

對談人：李維菁、黃崇凱
時間：二〇一六年四月七日
主辦單位：台積電文教基金會、聯合報副刊、鳳新高中

四月之於南部，正是煞冷氛圍被微微漫漶開來的熱度暈融的時節，上一本《黃色小說》獲得二〇一四年開卷好書獎的小說家黃崇凱，與甫出版長篇力作《生活是甜蜜》的小說家李維菁坐在長桌中央，正巧，她是該年擔任開卷好書宣傳海報的主角，飾演一名偵探。

展開對談的現場似乎不能稱之真正的現場，因為他們不約而同地推前一分鐘，替台下即將滿座的學生們，宛如解謎般，一步步揭露寫作被實踐的神祕時刻。

壓抑的藝術傾向

經常擔任校園文學獎評審的黃崇凱率先分享：「現在擔任評審，開始無法辨識這些投稿者吸收的閱讀養分是什麼，只覺得這些作品很棒。如果當年早慧一些，就可以好好開始先寫作。」

不過，最開始也不是想成為作家，而是漫畫家。這個初願卻害怕花錢太鉅，自動捨棄「漫」，剩下畫家。幽默的背後，指向台灣父母對於藝術傾向的孩子多半懷著焦慮。而連續兩本書均暢銷的李維菁自剖寫作開始之路是遲了，因一切真相掩蓋在成績之下，優異的學業表現壓抑了對於文化藝術的傾向。

世界的危險是，表象順遂的路途，順利得讓人無法分心，那麼，又如何跟文學提早相遇？若能及早意識到文學、開始寫作，那便是提早看穿迷霧；表達這個世界時若是夠年輕，也就多了一點讓人羨慕的理由。尚未相遇或勘透前，生命浮沉的狀態，經常令人險將迷失。

黃崇凱的漫畫之路很快瓦解在歷史系繁瑣的研究中。為了逃避《史記會註考證》，他選擇的大一國文課，意外遇上「人生也可以買很多書」的時刻。不過，真實震撼要等課堂開始時，四座群起發表對白先勇〈遊園驚夢〉的看法。

他納悶為什麼其他人都這麼厲害？有了這顆種子，某日翻到駱以軍《降生十二星座》，開頭「讓我們從快打旋風的電動玩具開始吧」瞬間連結到自己熱愛電玩的童年時光，成了頂開壓抑的關鍵，他就此決定不再徘徊於歷史學者這條路。之後，對於「時空距離較近」，關乎台灣

人情物事的小說令他著迷，像是王禎和的《玫瑰玫瑰我愛你》、黃春明系列短篇小說，

李維菁則以大學畢業後的處境回應道：「大學畢業後，發現用聰明去考試，已經到了人生的關卡。」不想跟隨主流從商，峰迴路轉考進新聞研究所，想透過新的方式——「媒體」來接近群眾。只是，如願做了藝文相關工作，她形容自己當時「很不開心，亦不知為什麼不開心」，「直到很久之後，才意識到那是對創造的渴望引發的焦慮。」

藝術傾向與創造力起初如此安靜，除非非常小心，才感受得到藏在體內太多年的伏流。

只要能深刻地表達自己，遠一點又何妨？

「有沒有寫作的能力呢？」這應是剛鑽進文學創作的人，難免興起的自我質疑。包含，如何結構一篇文章？而那些能構成真正的創作嗎？李維菁半是嘆息地想起就讀師大附中的自己，本能地留下了一些文字，然而問過校刊社經常得獎的學長，卻被取笑一番。下一回，二十多歲想嘗試，卻再次於出版社碰壁。兩次錯失放下，使得第一分鐘被延遲了很多年。

不過，一位前輩好友，也是重量級藝術家吳天章突然來訪，名為喝茶，實則拋出一連串問話。她招架不住，卻因而醒悟：成長過程未曾好好想過自己想做什麼，並為它負責。

於是，喊了多年想寫的小說，就在二〇一〇年除夕夜發生。因著無聊，坐到桌子前，就開始寫了。對她來說，第一本《我是許涼涼》甫出版便受到好評，總有些五味雜陳，「如果可以

台積電文學講座請來青年作家黃崇凱、李維菁與鳳新高中學生對談，暢談創作的心路歷程，並與學生們合影。記者劉學聖／攝影

早點與自己相遇，就不必繞這麼多遠路了。」

對於寫作的人來說，繞路究竟是好還是壞？

台灣社會普遍認定的模範生可以輕易地表現傑出，不過這種好學生的樣板，似乎正遮蔽了真正的心願。黃崇凱回憶大港開唱活動中，沈文程現場演唱令人難忘，因為當下自己竟然每一首歌都能跟著唱；細想，才頓悟小時候媽媽工作收音機播放的沈文程歌曲〈漂丿的七逃人〉、〈心事誰人知〉，早已不知不覺連結到生命底蘊，所以才能瘋狂嘶吼，沉醉於現場的魅力，讓過往回憶紛陳湧現。

「文學也是一樣，文學是在生活中適時地補位，讓你重新想到自己。」當這件事成立，繞遠路或抄捷徑都無妨，「不管經歷什麼，都可以寫成小說。」

黃崇凱分享，大江健三郎作為作家出道才二十一歲，此後的人生，都是一個小說家的人生，所有的經歷，都成為寫作的養分；張愛玲也成名極早。早早獲得作家入場券的他們，創作的第一分鐘很快就出現。中年出道的村上春樹又是截然不同，某個四月下午，突發奇想決定去看棒球賽。坐在外野，聽到一名洋將擊出二壘安打的剎那，做了傳奇般的決定——不如我也來寫小說吧！可是，寫小說的第一步也並不容易。村上春樹左思右想，直到拿出英文打字機，開始利用有限的英文字彙寫作，再將它翻譯回日文，才慢慢抓到寫作的感受。

「因此，再怎麼拙劣的語言都可以寫，只要你有想寫的東西」，黃崇凱強調。英國兩位重量級作家，一位是寫出《憂傷藍花》、《書店》的蓓納蘿・費滋吉羅（Penelope Fitzgerald），另一位是英國推理女伯爵詹姆絲（P. D. James），前者五十多歲才開始寫作，後者四十二歲完成首部長篇推理《掩上她的臉》。她們出道晚，但創作活力維持到八、九十歲，這或許才是創作者更該重視的——重點是你想做「什麼」，而不是「何時」開始。關於作文與創作，李維菁強調兩者截然不同。作文是老師給題目。創作是主動性，用你想要的方式，把你對世界的觀察寫出來。嚴格說，即便有文學獎，也不能訂出完整的標準。文學獎有其優點，不過，就如許多歌唱選秀節目結論出來的名次，並不具有絕對的預測力。

可是，李維菁仍鼓勵同學投文學獎，得獎並非目的，反倒是藉由「寫」這件事去收集資料、觀察生活。「以不同角度去看世界是帶有一定的反抗精神與態度。創造力與想像力適用於各行各業，這是不分科系、工作，都必須帶在身上，身而為人應該具備的基本能力。」

讓心開放，乃至於培養獨處能力，所以你可以既是工程師，又不只是一位工程師，人人還有許多創造性的可能。

兩位作家不約而同地結論，如果已經太過熱愛，就會自然忽略他人質疑。帕慕克獲得諾貝爾文學獎後接受訪問，他僅表示，因為熱愛，就自然會努力去做。

時時與前一刻的自己抗爭，不害怕痛苦與沮喪，不論得獎與否，都得回到「是不是夠敏銳、夠熱情去觀察？」

寫作的第一分鐘，正發生在不放棄與自己討論的某個靈光乍現中。

作家巡迴高中校園講座——第四場・花蓮慈大附中

小說的巫術

詹佳鑫／紀錄整理

主講人：駱以軍
主持人：宇文正
時間：二〇一六年四月八日
主辦單位：台積電文教基金會、聯合報副刊、慈大附中

接過麥克風，像掌握了記憶的權柄，今年台積電青年學生文學獎作家巡迴校園講座，由駱以軍在慈大附中擔任巫師一角。當他舉起右手，開啟雙唇：「這是一個和文學無關的故事……」就是此刻，小說家施展了記憶的巫術，講堂變靈堂，悲戚成幽默，一陣旋風，幽靈紛紛被召喚現前，在四周監視我們：只能笑，不能哭。

集體的情感催眠

駱以軍父親是一九四九年隨國民黨來台的外省人，眷戀中國文化，在永和有一幢老舊的日

式小房子。退休後患有老年癡呆，有次參加「蘇東坡美食旅行團」，跟著導遊走過文豪一生遷徙路線，啖東坡肉，飲東坡酒，最後卻小腦意外大出血，在醫院躺了近四年。父親臥病期間，家境拮据，庭院荒蕪，屋角漫開黑色的霉。直到二〇一四年，駱以軍在電話另一頭，得知父親全身器官衰竭，只剩殘弱鼻息。獨自匆忙趕回老家，和母親、兄姊推著擔架床，穿過永和狹長窄巷，把父親移至客廳中央停靈床時，只剩最後一口氣了。護士在旁準備拔管，母親請來一批身穿黑色長袍的師姊，列隊排開，個個面色凝重，其中一位唐老師湊近父親耳際，喃喃低語，隨後將爬滿紅墨水咒語的金色往生帕蓋上父親的臉。當時駱以軍早已忍不住眼淚，一旁阿婆冷靜提醒：「莫哭！」隨後眾人在唐老師帶領下禱念經文，唱誦佛號，小房子迴繞著黑色的悲鬱音聲，規律且低沉，一次又一次直到舌燥腿痠，所有的音節頓點都成了空洞的低啞共鳴，嗡嗡嗡，嗡嗡嗡，無止無盡。

是那樣封閉的集體空間，讓駱以軍事後想起小說家鍾阿城所說，商代的祭祀像一種集體催眠，透過大麻等致幻劑的作用，再由巫師唱念引導，每個人開始搖晃起舞，直至忘我騰躍，感官敏銳而被無限放大，光影迷離，鼓聲與心跳聲合而為一。鍾阿城認為，商代青銅器上的波浪紋就如樂鼓的節奏，迴圈螺旋則是高音裊繞的示象。駱以軍說，這是前現代社會的狀態，透過巫師和神祕儀式，在不同生命階段，把單一個人推向巨大群體之中，陪伴你、監視你，讓你安然地過渡。

過渡生死儀式

念經直到隔天中午，唐老師掀開金色頭帕：「現瑞相了。」彷彿給眾人的一聲安慰。駱以軍回憶，因父親離開得突然，在為父親最後一次換衣時，找不到合適的壽衣壽鞋。當時駱以軍母親從閣樓夾層中發現一件寶藍色長袍，胸口處還有菸蒂燒破的小洞，在場兒女都疑惑父親生前到底有沒有穿過。因身體水腫，眾人尋無合身長褲，也是母親爬上閣樓，拿了一條西裝褲（褲管下緣有蟲蛀痕跡）為父親穿上。而換鞋一事更是困難重重，駱以軍說，父親患病末期，組織液從血管滲出，雙腳腫大蒼白，踝關節鎖死，生前鞋子根本穿不下。焦急之際，駱以軍突發奇想：自己腳下這雙由妻的妹婿贈送的 Clarks 仿冒名牌鞋，或許可派上用場？這雙鞋某次被駱以軍的老闆看見，指著鞋面上的金屬釦皮帶說：「我懂鞋的，你這雙至少要一萬塊。」正偽消泯，真假難分，彷彿某種生命隱喻。當下駱以軍內心五味雜陳，一陣手忙腳亂後，父親終於換好一身詼諧衣裝，東湊西補，像一齣荒謬的喜劇。

這原本應是嚴肅的送行儀式，駱以軍講來卻處處爆笑。話題一轉，他想起自己孩子的抓周過程，大兒子爬爬爬，抓了印章，岳父岳母連聲讚嘆：「唷！拿印，做官喔！」駱以軍在旁自言自語：「是黑貓宅配。」又一次小兒子抓周，爬爬爬，抓了攝影機，眾人鼓掌恭喜：「唷！未來大導演李安侯孝賢！」駱以軍又在旁低頭窸窣：「是當狗仔隊……」台下同學笑岔了氣，駱以軍又回到先前主題，「抓周」其實也類似前現代社會狀態，用幾項物件即定義、投射了一

駱以軍在慈大附中談「小說的巫術」。圖／林惠瑩老師提供

個人的身分與職業，在爬行的過程中，有眾人的掌聲與護佑，卻也少不了監視和禁忌。只是我們早已進入後現代社會，咚、咚咚，蹦、蹦、咻——的神靈節奏已不復存，祝禱之辭如今看來都顯得虛渺空泛。駱以軍大膽問在場同學，你們第一次想死是什麼時候？第一次感覺被背叛、喜歡一個人是什麼時候？相信大家的答案都不同。「我們生命裡有太多寂靜孤獨的自己，在那些無人知曉的時刻，已經沒有人能形影不離地與你相伴，幫助你完整地過渡了。」

記憶的抬棺人

父親已死，故事未完，當時駱以軍被分派「抬棺」任務，還必須再找齊六名男丁，協助出殯。每談到這六位抬棺人，駱以軍總是誇張搞笑，聲東擊西，拉扯出一大幅青春歷史。第一位抬棺人是大學摯友L，有次到他家作客，豪邁的L母親準備一桌澎湃素菜，駱以軍呼嚕嚕狂掃而空，接著又大啖一臉盆冰荔枝、牛飲家庭號蘋果西打，最後狂奔廁所，因蹲在坐式馬桶上，施力不均，剎那間馬桶應聲爆裂，湯湯水水狀甚悽慘。第二位抬棺人是高中麻吉W，兩人曾在高三一起變成文藝青年，也一起落榜。落榜後W抽到三年兵，退伍時，駱以軍已是文化大學大三生，也得到一些文學獎肯定。因為W，駱以軍聊到喜歡W且聒噪的女孩G，從G又連到自己和W共同暗戀的正妹H，G和H因各自經歷分手而組成單身姊妹團，誓言姊妹同心，男人再見。隨後是某次四人出遊，半夜在宜蘭頭城小旅館鬧出的愛恨情仇，棉被裡G和H從窸窣低語到高聲咆嘯，房間燈亮，W和H閃電宣布在一起，H不顧情面斷然對G宣示主權，一陣叫吵後G流淚離開，呆愣一旁的駱以軍趕緊追去安慰……一連串分岔離題的情感牽扯，在爆笑聲中，最後全被駱以軍收進文學的隱喻裡——

「當我想把父親的死，以及那具棺材，搬到這個舞台前表演時，你們還是會發現，我沒有能力展開父親那一代的故事。但我可以設計分支與架橋，派出一些抬棺人來扛我的父親……」

駱以軍以他的樂觀與釋懷，召喚一場記憶與技藝的降靈會。小說家自有一套棋譜，捻沙成索，鑄風為形，伸手一撈便捏出角色，揉出故事與景深。

駱以軍總結，在這多重語言紛亂並存的時代，或雅或俗，或哭或笑，我們總能依靠文學互通有無，並且帶著這套龐大複雜的語言，穿越悲歡與生死。小說如巫術，那並非權威或迷信，而是迴繞在生活四周的嗡嗡共鳴，或許莊嚴，或許滑稽，在這茫茫人間，帶領我們逆光抵達那同情共感的神幻境地。

二〇一六第十三屆台積電青年學生文學獎徵文辦法

宗旨：提供青年學生專屬的文學創作舞台，發掘文壇的明日之星，點燃台灣文學代代薪傳之火。

主辦單位：

台積電文教基金會、聯合報

●獎項及獎額：

1.短篇小說獎（限 5000 字以內）

首獎一名，獎學金三十萬元

二獎一名，獎學金十五萬元

三獎一名，獎學金六萬元

優勝獎五名，獎學金各一萬元

2.散文獎（2000~3000 字）

首獎一名，獎學金十五萬元

二獎一名，獎學金十萬元

三獎一名，獎學金五萬元

優勝獎五名，獎學金各八千元

3.新詩獎（限40行、600字以內）

首獎一名，獎學金十萬元

二獎一名，獎學金五萬元

三獎一名，獎學金二萬元

優勝獎五名，獎學金各六千元

以上得獎者除獎金外，另致贈獎座或獎牌。

●應徵條件：

1.全國16歲至20歲之高中職（含五專前三年）學生均可參加，唯須以中文寫作。

2.應徵作品必須未在任何一地報刊、雜誌、網站發表，已輯印成書者亦不得再參賽。

●注意事項：

1.每人每項以參賽一篇為限。但可同時應徵不同獎項。

2.作品須打字列印（A4大小），一式五份，文末請註明字數（新詩請另註明行數）；字數或行數不合規定者，不列入評選。

3.來稿請在信封上註明應徵獎項，以掛號郵寄（221）新北市汐止區大同路一段369號四樓聯合報副刊轉「台積電青年學生文學獎評委會」收；由私人轉交者不列入評選。

4.原稿上請勿填寫個人資料，稿末請以另紙（A4大小）打字書明投稿篇名、真實姓名（發表可用筆名）、出生年月日、就讀學校及年級、聯絡電話、e-mail信箱、戶籍地址並附學生證影本，資料不足者不予受理。得獎者另須提供較詳細之個人資料、照片及得獎感言。

5.應徵作品、資料請自留底稿，一律不退。

●評選規定：

1.初複選作業由聯合報聘請作家擔任；決選由聯合報聘請之決選委員組成評選會全權負責。

2.作品如未達水準，得由評選會決議某一獎項從缺，或變更獎項名稱及獎額。

3.所有入選作品，主辦單位擁有公開發表權以及不限方式、地區、時間之自由利用權。前三獎作品將在聯合報副刊（包括UDN聯合新聞網及聯合知識庫）及聯合報系北美世界日報副刊發表，優勝獎作品刊於台積電文教基金會網站及聯副部落格。日後集結成冊發行及其他利用均不另致酬。

4. 徵文揭曉後如發現抄襲、代筆或應徵條件不符者，由參賽者負法律責任，並由主辦單位追回獎金及獎座。

5. 徵文辦法若有修訂，得另行公告。

●收件、截止、揭曉日期及贈獎：

收件：二〇一六年四月一日開始收件，至二〇一六年五月二十三日止。（以郵戳為憑、逾期不受理）

揭曉：預計二〇一六年七月中旬得獎名單公布於聯合報副刊。

贈獎：俟各類得獎人名單公布後，另行通知贈獎日期及地點。

詳情請上：台積電文教基金會網站

http://www.tsmc-foundation.org

聯副文學遊藝場部落格

http://blog.udn.com/lianfuplay

台積電青年學生文學獎臉書粉絲團

www.facebook.com/teenagerwrite

洽詢：chin.hu@udngroup.com
02-8692-5588 轉 2135（下午）

高中文學社團照過來：花中青年社

多元觀點進校園，我們是——有大腦的高中生

廖宏霖（聯合報文學獎新詩組評審獎得主）

刊物歷史

• 《花青》的前世今生源自《海鷗》的DNA

《花中青年》前身為《花中》，民國六十八年創刊，受到當時的時代氛圍影響，內容多為官方立場的政令宣導或教師的教學心得與論文。一直到了民國七十一年正式轉型為《花中青年》，由校刊社主編，內容才逐步開放，朝向以反映校園生活為主的編輯方向。

不過歷史悠久的花蓮高中曾培育出許多重要的作家，《花中青年》自有其源遠流長的「文藝脈絡」。從日治時期昭和十四年的《濤聲》算起，歷經文學大家楊牧於民國四〇年代與友人共同創辦的《海鷗詩刊》、民國五〇年代由國文老師自主創立的《花中文粹》以及以介紹中外文學作品為特色的《海燕文摘》，到民國七〇年代的《海紘詩刊》，在在都成為《花中青年》不可或缺的文學基因。因此，翻閱近幾期《花中青年》，從封面設計到內容取材，都還能感受得到那份濃濃的文藝氣息。

社團特色

- 創造對話的平台 敏感議題不回避

「現在的高中生都不太思考，我想要藉由製作校刊，與大家一起思考一些重要的事。」這是主編劉邦智當初進入校刊社的初衷。他同時也談到目前校刊社的困境，其實與許多學校類似，那就是無法帶領同學進行更有意義的討論。在他的想像裡，校刊社應該更主動地連結學生與世界，創造議題與對話的平台，讓思考發生。

像這學期的新社員謝秉霖帶來了新的議題與刺激。針對性別教育、花蓮在地政治等主題，謝秉霖陸續在《風傳媒》發表過幾篇擲地有聲的文章，他來到校刊社，就是希望能透過規劃專題與編輯刊物，讓更多元的觀點進入校園，然而他也知道政治始終是敏感的議題，「我會盡可能將正、反兩面的看法並陳。」。由此可知，花中學生的思考不是只有熱血與激進，還保有一種能對話的空間與彈性。

當期主題

- 制服學號廢不廢 大家一起來辯論

延續了花中校刊社當下的「思考」特色，同學們規劃的主題都極具「辯證性」。他們打算在校刊中舉辦紙上辯論賽，從校園生活中最貼近他們的議題開始，當天討論的主題包括了「制

花中校刊社想藉校刊跟大家一起思考一些重要的事。記者陳日陽／攝影

服學號存廢」、「是否取消第八節」、「是否延後上課時間」，從身體自主談到時間自主，這群會思考的高中生，充分展現了以學生為主體的思考取向。

除了辯論，他們也沒有忘懷文學，「山海文藝營」的專題報導與「青春詩路」的徵文，均是本期校刊的要角。此外，這所擁有悠久在地歷史的高中也沒忘記「在地連結」，他們打算與校內「走讀社」合作，將花蓮港的人文歷史與地理風景，用自己的文字說出來。

未來藍圖

・數位行銷有夠潮 提高校刊能見度

「在校刊社最感到挫折的事情就是，出刊沒幾天，看到自己的成果出現在回收場裡。」曾也是花中校刊社一員，目前就讀東華大學的簡子涵打趣地說道。這是許多高中校刊社面臨的困境，會思考的花中學生已開始尋找可能的解決辦法。

直視問題是解決問題的第一步。他們認為，目前的半強制性購買制度是校刊無法真正被學生接受的原因之一，應釜底抽薪，轉為自由購，校刊不被「強迫購買」的汙名困住，才有真正「自由」的一天。然而，轉型後可預期的結果就是經費不足，同學們於是想到了「行銷」。

「行銷校刊」聽起來是很潮的概念，他們預計結合校報電子化、與花女合作建立長期的活動部落格並經營FB粉絲專頁，透過各種數位行銷的管道，在校刊原有的保存性質之外，生產更多更具即時性的文字，跟上數位潮流，並強化與讀者的互動與連結。然而，思考與實踐其實是同一座高山，就看花中校刊社如何帶著會思考的頭腦，克服困境，完成冒險與嘗試。

校刊社小檔案

現任指導老師：簡子涵
現任社長：謝易軒
社員人數：十二位
社課時間：星期三下午
近期活動：花中花女合辦文學營、第卅七屆校刊出刊
社團之最：一〇一學年度全國校園刊物競賽佳作

高中文學社團照過來：台南一中青年社

竹園幫彩蛋　編輯室的專屬密碼

胡靖（中興湖文學獎散文組二獎得主）

創社故事

・日據時稱新聞社 早期屬官方平台

日光和煦的課室裡，青年社社員從堆積如山的校刊中小心翼翼捧出光復時期的校刊，幾張邊角破裂的鵝黃紙張，說明了該社悠久的歷史傳承。

青年社日據時名為新聞社，光復後改名校刊社，近十數年才正式定為如今的名字，並以早期學校古地名「竹園岡」重新替校刊命名。舊式校刊一年四期，以校園常規宣導及校務資料發布為主，屬於學校的官方平台，後濃縮為一年一期，死板的制式內容逐漸減少，轉變成學生的發聲管道，對社會以及校園頻頻提出叩問。

翻閱《竹園岡》，不難發現每輯當中都有一「竹園幫」，或大或小的藏在校刊各處。談起此專欄，社員難掩興奮地表示這是編輯群特別安排的專屬彩蛋，裡頭的句子或圖畫只有校刊社社員瞭解，多是編輯校刊的辛酸史或校園裡的佚事趣聞。此設計不但讓校刊帶有一絲個人情感，也成功引起更多好奇與話題。

校刊創新

- 重校園也重時事　府城專題尋根去

青年社期盼學生不只關注校內事件，因此在男女分併校、營養午餐等校園議題外，也加入了其他的報導。榮獲金質獎的第一六八期校刊，出刊時恰逢行政區重劃，台南縣市合併為台南市，因此青年社推出「舊府城新台南」專題，以台南市地圖為封面，探討家鄉中變遷的歷史舊地，例如四草港口如何轉型為觀光勝地，成為景點後，又產生了如何的優缺點。他們一一走訪，重新觀看、認識自己生長的土地，企求更多人藉由此篇專題瞭解台南的歷史。

在專題寫作的過程中，也讓社員有了讓校刊轉型的想法，他們期盼未來的內容能以網路新媒體的方式呈現，將最即時的資訊傳遞出去，不受紙本局限。如此一來，校刊不但能突破時效限制，更能及時得到回饋與反應，建立學生與社會的溝通橋梁。

年度大事

- 主辦全國編輯會　全台校刊大會師

除了編校刊，青年社亦參與籌辦南三校（一中、二中、南女）的築墨文藝獎，以及主辦「全國編輯會」。

全國編輯會是青年社的年度大事，會議廣邀台灣南北各地的高中校刊社，互相交流編採、

台南南一中校刊社目前有三十多位社員，對於現在電腦化的世代，學生們對於文字還擁有熱情。記者劉學聖／攝影

美術設計等課程經驗，上課之餘，也一同為編輯校刊遇見的困境尋求解決方法。校刊發行後，社團間互相寄贈校刊，呈現辛勞一年的成果，同時檢視自身的不足。

近年的校刊發行，除了遇到學生是否自費購買的經費問題，更面臨資訊龐雜的考驗。不斷湧入的新資訊，在在考驗著編輯群如何採集、求證，在有限的字數內提出完整面向的思考。「希望未來能建立完善的資料庫，讓資訊、經驗有系統繼續傳承下去。」

招募新血

• 貼近生活的號召 吸引新生留下來

在校刊逐漸式微、充滿挑戰的年代，南一中青年社一反常態，在招生活動中成功吸引新生的目光，晉身為聲勢浩大的社團。談起如何招募社團新血，社長陳冠宇表示，校刊並不是難以接近的書寫殿堂，而有

「貼近生活」的特性，「只要有想在臉書發文的心情，就可以加入青年社。」

進入社團的新生，在參與企畫後，大多願意接手幹部職位，引領學弟構思發想新一期的專題。問起其中原因，副社長杜亦杰笑言，出刊日捧著熱騰騰的校刊時，才發現自己的高中生活有如此的厚度、重量，「一張獎狀或照片，都沒有一整本書來得這麼強烈、澎湃。」校刊自此成為了代表青春的物件，不僅構思校園的未來，也留住了青春時光。

青年社小檔案

指導老師：林佩苓
社員：三十二位
社課：一學期六次　周三13：30—15：30
近期活動：
築墨文藝獎：四月十六日舉辦決審會議
校刊：六月出刊
社團之最：一六八期校刊金質獎
傑出社友：伊格言（作家）

高中文學社團照過來：雄中青年社

不只是寫作　「欲求完美　須不斷求變」

方子齊（第十二屆台積電青年學生文學獎新詩優勝）

社團歷史

• 至今發行百餘期 戒嚴時期訴心聲

「這世界變化太快，若是墨守成規，就是落後的開始。」翻開一一九期《雄中青年》的第一頁，第一行字傲氣的寫著。陽光灑進雄中青年社的新社辦，這裡尚未被歷屆校刊填滿，空氣新鮮，偶爾聽得見鐵道的聲響，潮水一般洶湧。

至今發行一百餘期的《雄中青年》歷經時代變遷，文字成為真實見證。戒嚴時期學生活動不多，在學的青年多半透過文字創作抒發己見，校刊上也以同學的來稿為主。解嚴以後，刊物內容愈趨多元，談文學，談電影，更談社會時事。

多元社課

• 練書寫也重美感 各路奇才顯身手

在採訪現場另一端，社團課的教室裡，社員們拿著相機，不時移動鏡頭前的擺設——原來，今天社團課的主題是「商品攝影」。雄青社的社課由幹部規劃，除了作筆記、逐字稿、情境式寫作等書寫能力，也重視美感養成。「比較特別的課程是訓練社員替品牌重新設計主視覺，並上台講解設計理念，發表作品。」社長劉旭東說，未來計畫邀請講師教授報導文學，「雄青的社課滿多元的，學長遺留下來的傳統吧，就是我們社課不會一直在寫作。」

問及加入雄青社的原因，男孩們雙頰泛紅，故作鎮定說起初衷。不少人都表露對創作的熱忱，然而，不僅止於文字創作，社員孔浚洋目前就在《好讀周報》連載漫畫專欄「土豆 der 繪畫部落」。美編陳任佑國中就讀美術班，更以第一名成績畢業，「我應該是文筆最差的，但我就想做美編，我覺得編校刊很有趣！」目前擔任「馭委」的崔家瑋則說，加入雄青社是因為在一箱舊書中，讀見「馭墨三城文學獎」得獎作品集。

新星搖籃

• 馭墨三城文學獎 好文激發創作欲

今年十八歲的馭墨三城聯合文學獎，孕育了林達陽、言叔夏、黃信恩等文壇新星。「三城」代表新詩、散文、小說三種文類，由各校校刊社「馭委」合力籌備，歷屆以來，高雄中學與高雄女中是固定班底，合辦學校幾經更迭，今年則有新血鳳新高中加入。每年十一月徵稿，四月

高雄中學校刊社擁有悠久歷史，出版的刊物「雄中青年」是許多雄中人必讀。記者劉學聖／攝影

邀請作家擔任評審舉行決審大會，並在六月發行得獎作品集，今年決審將邀請吳晟、孫梓評、郭漢辰等作家，一齊評選優秀作品。

「我覺得文學獎不只有寫，看的人也很重要。」走過十八年，馭墨三城已成為南台灣重要的高中跨校聯合文學獎，副社長蔡均佑說，每年的作品集有一定的詢問度與影響力，很多人在進入高中前就已接觸。「優秀的作品會激發創作欲，歷年來的前輩把這些優秀的稿件留給學弟妹，對文學影響很大。」

刊物走向

・打破框架大革新 評時事還說金融

撫觸著幾本歷屆校刊，社長劉旭東從紙質談起一一九期《雄中青年》，「以前是銅版紙，反光影響閱讀，這期我們改成道林紙，版面也有更多留白。」最新發行的校刊，封面是一張海潮的相片，內頁版面乾淨舒適。孔浚洋說：「大家都覺得『欸？這期不一樣了！』變漂亮了，文青風，比較好看，讀者也會比較願意往下翻。」

新瓶裝新酒，這期校刊打破以往主題式的發想，給予各專欄更大自由，讓多元議題並陳，自在交響。除了採訪高雄在地藝文空間「三餘書店」，更新增「國際時事評論」分析歐洲難民潮、日本安保法，甚至開闢金融特別專欄，討論美元的國際現況。公關丁冠中認為，在升學至上的高中校園，校刊能使同學關心平時難以觸及的議題。

問及這樣無主題的模式，是否將成為未來走向，社長劉旭東坦率的說，這是學弟的自由。指尖翩過這本無題的校刊，就像拂過封面相片裡，不停拍打的潮水。「欲求完美，則須不斷求變。」邱吉爾的箴言藏在封底，少年不安於現狀，每次拍擊，都激出最閃耀的浪花。

社團小檔案

指導老師：李念潔、林思玗

現任社長：劉旭東

社員人數：三十二人

近期活動：四月二十三日、二十四日，馭墨三城文學獎決審於高雄女中藝能大樓舉行

歷屆社友：凌性傑、林達陽、黃信恩等作家

高中文學社團照過來：陽明高中校刊社

文學薪傳

前屆得主　本屆評審　文學播種　承先啟後

詹佳鑫（第八屆台積電青年學生文學獎新詩三獎）

校刊歷史

- 最初為校慶製作 後仿線裝書設計

上課鐘響，同學們紛紛湧入教室，指導老師黃志良手抱一大疊歷屆校刊，微笑步上講台，以二十多年的編刊經驗，帶領青春學子走入陽明校刊社的時光隧道……

陽明高中創校於民國八十一年，最初校刊乃配合校慶節目製作，模仿《人間副刊》與《聯合報．副刊》，採用四版的報紙版型。民國八十三年，以書刊裝訂形式的《陽明人》誕生，深藍色封面仿製「線裝書」設計，頗具古風。第三年校舍落成，師生共同製作一份紀念刊物，黃志良老師回憶，當時校內文學風氣旺盛，能進入校刊社是種榮譽，《陽明人》還借用《聯合文學》的目錄排版，奠定了以文學作為基底的刊物特色。

校刊特色

・早年「快報」聞名 講求時效正確性

事實上，《陽明人》有報紙和雜誌兩種不同的出刊路線，早年陽明校刊社以「快報」聞名，肩負資訊傳遞使命，講求時效與正確性，頗受推崇。一屆又一屆，國文老師們接棒指導校刊編製，《陽明人》每年於六月出刊一次。此外，另有兩個月一期的《陽明春曉》，此為「家長校刊」，刊載學校各處室活動新聞。

陽明校刊社社員近四十位，在執行上分為行政與編輯兩系統，同學們各依所長分工合作。與校長對話是校刊社的傳統之一，近期更訪問歷屆校友，如分享澳洲打工旅遊經驗、記者職場甘苦談、大學各科系學習點滴等。黃志良老師驕傲地說，舉凡聯合報、自由時報、東森新聞、今周刊，都有陽明校刊社出身的優秀人才。

校刊內容

・多元化緊扣時事「幽冥錄」受好評

《陽明人》內容五花八門且緊扣時事，去年年中討論了塗鴉文化、伊波拉病毒、ISIS、食安問題、同性戀人權等，其中還有親切的「校園民調」，如調查同學們睡眠時間、使用手機的狀況、對學校午餐的滿意度等，也因這份民調反映了學生心聲，去年年底，陽明高中開設了美

創刊逾二十年的《陽明人》，從早期的講求時效與正確性，到現今內容多元、百花齊放。記者鄭超文／攝影

食街，其影響力不容小覷。今年第二十一期《陽明人》將以巴黎氣候高峰會、生態議題與台灣罕見的落雪情形為主題。

此外，「陽明評論專欄」則討論爭議性高的校園議題，如早年曾爭議繫腰帶與否，黃志良老師笑說，對照今日的「短褲革命」，當時有位同學以三點申論發起「腰帶革命」：台灣地處亞熱帶，繫腰帶不符衛生原則、肥胖資本家才需要腰帶圈住小腹、腰帶是威權統治束縛的象徵。而在嚴肅的議題之外，去年更增闢了「幽冥錄」，讓同學們自由投稿鬼故事，頗受好評。

社團大事

- 年度鎖瀾文學獎 校友回鍋當評審

「鎖瀾文學獎」是《陽明人》的一大主題，此獎首創於民國八十四年，由當時校刊社指導老師李文禮帶領社員共同策畫，模仿聯合報與時報文學獎初、複、決審三階段的評選模式，奠定初步規模。而文學獎的命名緣由，乃因杭州有座橋，當地人為求平安，名之「鎖瀾」，為鎮鎖波瀾之意。橋的意義在於溝通兩地交流，透過書寫，讓心中翻湧的波瀾落於文字，亦是一種心靈交流。鎖瀾文學獎於寒假徵件，三月初截稿，共有新詩、散文、小說三類，得獎名單公布後，還會再評選一名「年度作家」，可謂最高榮譽。二〇一三年聯合報文學獎新詩首獎游書珣，以及第九屆林榮三文學獎新詩三獎陳亮文皆為校友，兩人也先後被邀請回母校擔任評審工作。如此薪火相傳的承先啟後，呈現了鎖瀾文學獎文學播種、百年樹人的雋永意義。

《陽明人》目前因經費問題而傷腦筋，未來考慮校刊電子化。上一屆總編輯胡澤揚寫道：「有時搭錯車，反而到了目的地……」不曾想過旅途中會遇見哪些同伴，在校刊上共同留下文字微光，證明自己在陽明走了一遭，充實無憾。青春走筆，鎖瀾風華，陽明人用文字畫出航線，匯聚夢想能量，一波又一波，在文學的波瀾之上，不斷向前滔滔奔去。

陽明高中校刊社小檔案

現任指導老師：黃志良
現任社長：林仲薇
社員人數：四十人
社課時間：依學校安排時段

近期活動：第二十一期《陽明人》趕工、評審鎖瀾文學獎

社團之最：曾歷經社團停辦、停繳校刊費用爭議，堪稱校內最顛簸社團

文學專刊

只要誠實就好了

鍾旻瑞

創作這件事擺在熟識的人面前，畢竟總是感覺到赤裸裸的，對方總是難以避免地將作品和真實人生拿來對照，即便我無比堅持地捍衛著作品的虛構性，還是會聽見這樣的問句：「你在寫你自己對不對？」最令人困擾的是，連我也自己也無法真正說服我自己，那些情節與我的個人經驗毫無關係。

正因為這件事如此地令人害羞，在接到邀請要寫下這篇文章之前，我似乎從來沒有向誰認真地談論過自己的寫作。小說是我寫起來最自在的文類，大概是平常躲在故事後面習慣了，這也是我第一次發現，要好好地談論自己竟然是這麼地困難，真正打進電腦裡的加上在心中所構想的，我可能為這篇文章寫了十幾個開頭。我始終無法找到合適的語氣去說這件事，並為此感到焦慮不已。

拉扯許久，約定要交稿的日期漸漸來臨，最終的策略就是沒有策略，老老實實地把心裡面所想的說出來。只要誠實就好了。

和許多不同時空的文藝青年一樣，我始終認為我真正的創作開始於青春期慘痛的初戀，當然那都已經是過去的事了，很多事情現在想起來都不再重要，我依然深深記得，那些失眠的夜晚，是如何自己在房間裡，一點一點拿眼淚和文字把自己的心修補起來的。「初戀順利的話，人生會失敗。」過了很久以後，在日劇裡看見三島由紀夫曾經說過這樣的話，感到激動不已，不知道這句話能夠給予多少失戀的少男少女安慰。我雖然也不真的覺得人生會失敗，但如果當初沒有傷心過，或許我就不會開始寫作了。

國中時雖然已經在老師的鼓勵下參加過了文學獎，但從來沒有得獎，甚至在初選就被刷掉了，直到失戀以後，才漸漸開始得獎。雖然身處其中的我並沒有明確地感受到變化的過程，但那真的像是我人生的分水嶺，或許心中突然出現了空洞，為了填補那樣的空缺，生命自行將其他事物放了進去，像是故事，或者創作慾。那時候我總有這樣的感覺——什麼東西在暗中作祟著，而為了讓他們開始作祟，還是得先走進黑暗裡。

在即將升高三的夏天，我得到台積電學生文學獎，半年以後收到通知，那篇作品被收錄在當年度的小說選裡。這對一個高中生而言是具有非凡意義的事，到現在我所書寫的主題都依然和青少年的成長和失落有關，當時以為那是和我一樣正值青春期尾巴的人才會關注的事，沒想到突然之間，我的名字竟然和一些真正的作家並排在一起。直到那一刻，我才認真地開始想，我是否正在朝「成為一個作家」這樣的目標努力著，身邊的人也漸漸出現類似的聲音。但當時我正值高三，書都唸不完了，根本沒有時間分心，因此還來不及想出答案，這件事就立刻被擱置在一旁。

終於成為大學生時，我已經有很長一段時間連日記都沒有好好寫過了，雖然眼前突然出現了大把的時間給我創作，我所念的科系也給予非常好的環境，但我卻一直不敢提起筆開始寫，一直很害怕如果我真的認真地開始寫，卻發現自己之前所得到的肯定都只是新手的運氣，這輩子只能寫出平庸的作品。

非常久的時間，我都在這樣的恐懼下，寫出一個又一個斷尾的作品，那些作品不能被完成，在完成以前，它們永遠都有成為佳作的可能，我將它們留在那裡，也是為自己留著一點可能性，一點擁有才華的可能性。

然而許多人卻還記得我，他們偶爾會充滿期待地關心我，問我什麼時候才要發表新作品；偶爾會直接開玩笑地叫我作家，然而我卻知道我不是作家，每當聽見這樣的稱號，我總覺得自己在冒著誰的名在詐欺。

我整個大學幾乎都陷在這樣的認同困境裡，直到接近大四，覺得再不勇敢面對書桌，往後大概再也沒有這麼充裕的時間可以寫作了，於是終於鼓起勇氣，不顧成敗地將記憶中那些未完成的故事好好寫下來。有些投出去的稿件毫無回音，或是進入決審卻沒得名，我總是抱著「雖然投稿不一定會得名，但不投稿就什麼都不會有」，如此不知道是積極還是消極的心態在參加文學獎。直到我寫出了〈泳池〉，得到了林榮三文學獎的小說首獎。

對於這件事情我到現在還是沒有什麼真實感，也覺得有許多還沒有安頓好的心情，所以在這裡就不多談。但最近我在整理電腦裡的文件，發現大概有四、五個檔案被命名為「泳池」，打開來看卻是截然不同的故事，我才想起原來這是個我嘗試過，卻中斷過數次的故事。但我最後沒有放棄它，而我為此感到慶幸。

在得獎以後，終於得到了正式的書約，但心裡面還是感到不太踏實。有一次，被介紹給新認識的人，朋友這麼說：他是個作家，我依舊下意識地反駁。但朋友轉過身對我說：「以後大家可能都會這樣叫你，你要漸漸習慣它。」或許是因為我還太年輕，需要一個名字來找到我在這個世界上的定位，因此才會這麼糾結於這件事，但既然努力了這麼久，終於不用再為所謂的稱呼所困擾，我想我會慢慢試著習慣。夢寐以求和不太舒坦的事，都會努力習慣。

前一陣子和某人起爭執，我試圖向他解釋我所做的事情，但他把我打斷，他對我說，你是作家，你可以用語言把自己做的事完美合理化。當時我因為這句話大受打擊，發現我所努力許久的事情，在他人眼裡看起來竟然是這樣。努力想要反駁，卻一時之間無法釐清自己的想法，找不到合適的句子。

但現在我想清楚了，第一，任何人都會努力將自己的行為合理化。第二，創作真的是我所做過最誠實的事情了，沒有其他。即便創作的本質是虛構，但我知道這件事不僅僅是走到眾人面前說話這麼簡單而已，更像是把自己的心掏出來供眾人檢視，有時候甚至會毫無預料地召喚出自己心中的暗處。

在生活中我可能會為了逃避各種事情而撒撒小謊、找藉口，但對於創作這件事，我總覺得，只要誠實就好了。

簡歷

一九九三年生，台北人，師大附中畢業，目前就讀政治大學廣電系。曾獲台北文學獎、台積電學生青年文學獎、林榮三文學獎等。作品曾選入《九歌一〇〇年小說選》、《九歌一〇四年小說選》。

近況

拍攝畢業作品，準備去法國交換。

寫作習慣／癖好

總是要放一本喜歡的書在手邊。

擂台旁邊

林育德

辦妥離校，送件前又到學院中庭側門轉轉，在三年半來花上不少時間呆坐的位置坐下，遠望沒有什麼改變的天空，還有身後即將完工落成的新大樓，曾經一同在這裡談天的前輩與同學，大多都先行一步離開了。一直以為會以另外的文類換取畢業資格，卻最終能書寫自己熱情的所在，超出多年前入學時的想像。

回顧研究所入學時，剛結束未來將會一再自嘲「大學考察之旅」的曲折大學生涯：繞了半個台灣，待過中壢雙連坡上的松林大學；台北臥龍街旁的百年教育大學；最終回到高中時因離家過近，而未曾考慮過的花蓮壽豐超大校地大學。歷經三校，花了六年，加上父母無奈的包容、朋友情義力挺而不譏諷的溫暖，才終於能在填答問卷調查時，勾選大學生以外的選項。

而這樣疏懶且無大志的人，居然還賴著最後一所給予大學文憑的學校，讀研究所去了。雖然自高中所謂「有心」書寫開始，寫最多的是詩，但早已體認到自己並不具備心中理想寫詩者的特質，更遑論詩作的品質與才情了。或許是寫作同儕（如果這個詞成立的話）及前輩的不直接棄嫌，還是能有一些邀約、發表的機會，其實十分愧疚，沒有交出真正的好作品——至少以我自己的標準。如果說除了愧疚，還算是有些收穫的話，那絕對是認識到更多充滿新意又動人的詩作，以及這些美好作品的作者，真正能以詩人稱之的寫作者。我成為其中許多人的讀者，純粹讀詩的美好體驗，稍稍撫平了自身濫竽充數的罪惡感。

既然進入以創作作為畢業論文的研究所，隨即浮現的問題，就是這樣的我究竟要寫什麼？心中偷偷劃掉了關於寫詩的可能，但只是劃掉而不是撕掉，我想寫小說，但仍盤算著留給自己的後路，若到了畢業年限未能完成想定的畢業創作，到時還是把這些年零碎寫就的詩作胡亂湊合，斗膽請老師讓我用一部不堪的詩集畢業吧。

於是，我成為吳明益老師指導的學生，是幸，也是不幸。對老師來說顯然相當不幸，眼界狹隘又缺少小說書寫經驗的我，加上性格中致命的逃避、怠惰等缺點，理應不是以自律甚嚴作為身教的老師，所期待的理想學生吧。我也確實有過辛苦的適應期，看著一同接受指導的學長姐、同學（甚至是隨後入學的學弟妹），都具備我羨慕不已的書寫能力，或是堅定地朝著極有潛力的題材向前邁進，濫竽充數的感覺又湧上心頭。

終於來到決定題目的時間，「我想要寫關於摔角的小說」。這幾個字看來堅定，但當時說出的語氣與心理準備，全是空心、虛弱。雖然自中學開始，就已經是一個普通的摔角觀眾，但直到遊蕩於幾所大學數年間，摔角節目才成為魯蛇生活裡，一幕幕脫離現實的慰藉。那是某種慢性的上癮加劇，常態的電視節目已經無法滿足，美、日摔角大團來台巡演時，從來不購票參與演出活動的我，竟然也出現在觀眾席上。

職業摔角在台灣，是受眾極為有限的活動，因此當我發現台灣有一群人，成立不只一個團體，才驚覺自己的癮頭尚屬初期，他們是重度的摔角患者，對觀看比賽已經產生了抗藥性，須要以肉身在擂台上相搏，須要捨棄本名另取擂台名號，須要戴上面具、轉換個性、承擔受傷的風險，須要成為摔角手，才能緩解無可遏止的魔癮。就這樣，我似乎也受到傳染，產生一定要書寫摔角的症狀。

我到現在都還記得老師疑惑的神色，如果記憶無誤，老師要我回去想想，下次 meeting 時，提出幾個可以支持自己寫下去的理由。直到兩週後約定時間的數小時前，我仍在苦思尋找至少能夠說服自己的理由，然後，又是一次心虛的開口。就我貧乏的閱讀經驗（這絕對是事實），在華文寫作中，沒有看到以一本書的規模來處理摔角主題的作品，我想試試看。如今我已忘記老師的回應和表情了，但總算是安全過關了吧。

於是「摔角田調之旅」便如此開始，我開始在能力範圍內蒐羅任何關於摔角的資料，特別是要與台灣有關，沒想到很快就結束第一階段的工作了。因為資料實在非常貧乏，還好在茫茫資訊之海中，找到了一篇開啟小說創作的重要論文，雖然只有一篇，卻非常足夠：「《擂台即舞台：職業摔角表演初探》，國立台北藝術大學戲劇學系碩士班，邱昱翔／撰」。謝謝這篇論文，更幸運的是，藉由網路，結識了撰寫此論文的邱昱翔先生，他不吝協助我看似荒謬的寫作計畫，帶我認識更多台灣的摔角重度成癮者，帶我一層層爬梳「摔角在台灣／台灣摔角」的歷史，小說好像也開始看到可能了。

除此之外，鍾權導演所拍攝的《正面迎擊》台灣摔角紀錄片，與高中畢業那年偶然購入的李國弘先生所著《摔角王》一書，都豐富、拓展了我的小說田畝，幾位創作者都親切回應、鼓勵我的書寫。台灣的三個摔角團體：台灣衝擊摔角聯盟（IWL）、新台灣娛樂摔角聯盟（NTW）、台灣極限職業摔角（TEPW），所有摔角團體、眾摔角手、工作人員都歡迎我前往取材，提供必要的協助與訪談，甚至邀請我參觀位於台南的南區訓練場所。TEPW 更邀我參與形象影片計畫，擔任文字構成的工作。摔角夥伴對我的熱情接納，只能努力以小說作品作為回報。

我不知道摔角之神分配給我的幸運何時會耗盡，當畢業作品得以完成，通過口考後，傳來出版社有意合作的消息。等待兵役期間，徹夜反覆修訂上繳的作品途中，又發現了很多可以繼續挖掘的深井，也許還是摔角，或是其他的主題，我發現自己，好像跟以往只會寫一些不怎麼樣的鳥詩的我，有一些不同了。

為了第一本書、摔角小說將要出版的事，惶恐打擾了心中尊敬的寫作者與前輩，請他們指教小說。希望能得到各種批評、意見，彙整後好好修改手上的初稿，交給出版社更完整的定稿。數算資料夾內與腦海中已經收到的意見，我還在等待數則將抵達的批評指教，等待它們到齊，一邊等待、一邊打磨自己的作品。除此之外，我還是看著一場場的摔角比賽，閱讀著一則則摔角的新聞，以一個失去學生身分的摔角迷，繼續讓日子流逝。

我很喜歡的摔角手 Daniel Bryan 因多次腦震盪，不得不含淚在擂台上宣告退役的消息傳來；又有摔角界的前輩晚年淒涼，離世於長期租賃的汽車旅館，死前數小時才剛發布最後一則推特貼文；傳奇摔角手向外界公布了罹癌的訊息……不免想到我在小說裡寫下的死亡，有虛構的，也有非虛構的。摔角手即使離開擂台中可能發生的風險，奪去生命的可能仍在擂台外更大的人生擂台上，以我們看不見的機率開獎：沒中，恭喜。中了，抱歉。

就像是中獎一樣，偶然看到摔角新聞網站上出現的一張照片——一座父親為孩子架設於戶外、野地林中的擂台。它仍然是一座可能充滿風險，可能造成傷害的擂台；但於此同時，它也仍然是可能充滿想像，可能創造夢幻的擂台。我想，這就是吸引我，而我試著放進小說裡的東西了。

在擂台旁邊如此幸運的我，決定先稱呼這本小說為：《擂台旁邊》。

簡歷

摔角迷。一九九八年生，花蓮高中畢業，經三校六年才完成大學學業，東華華文所創作組畢業。寫作迄今以詩為主要創作文類，自認是缺少才情與不及格的寫詩者。詩作選入《更好的生活》、《生活的證據：國民新詩讀本》及參與《幼獅文藝》「Youth-Show」。著有小說《擂台旁邊》（麥田）。

近況

一月剛從國立東華大學華文所創作組畢業，受吳明益老師指導，畢業作品為關於職業摔角的小說，預計夏天由麥田出版社出版，書名暫定《擂台旁邊》。等待入伍服役，期待第一本書出版，每天都比昨天看更多摔角，如果能多寫一些與摔角有關的非虛構作品，會是更幸福的事。

寫作習慣／癖好

聽著摔角手入場曲作為背景音樂，曾經以為自己只能在電腦前寫作，但漸漸也習慣用手機記下忽然跳進腦中的想法。想偷懶或卡住的時候，就看一場喜歡的經典摔角賽事，唯一的困擾是，常常看了不只一場。

宋伯

莊子軒

去年初甫休學，不久收到徵召令，分發竹東服替代役。報到那天，踏進校門，只見一株株凋敝的花樹，猶張牙舞爪地伸展深黑枯枝，從車道兩旁延伸到行政大樓台階下，落葉被寒風掃進中廊，深幽幽地，不見光亮。

捏了捏凍僵的右耳，壓住帽沿。驀然聽見鎖孔轉動聲，眼角餘光染出一抹油綠，是校警室外的羅漢松，玉立挺拔，葉片水亮翠碧，迥異於周遭蒼涼的冬景。此刻有人推門而出，一頭濃密白髮，臉上掛著淺淺笑意同我打招呼，走近時，發現他睫毛好長，根根分明，竟也像結著霜似的，銀亮雪白，使得溫和的神情中帶有一絲凜然的莊嚴。

那天初識宋伯，全校最資深的警衛。

安置行李時，才曉得臥房即是校警室的小隔間，一台老舊除溼機轟隆隆運轉，有種令人思睡的低沈共鳴，彷佛野獸冬眠的鼾聲。宋伯輕輕踏一踏地磚，解釋道，腳下是排水系統匯流處，因此房裡溼氣終年不散，必須經常除溼才好。接著熟練地抽出水匣，捧出戶外倒入蓄水桶，說澆花、洗拖把時還能利用。日後，每天回寢室，除溼機水匣總是空的，服役的日子我一次也沒倒過。

到了夏天，若有興致，放學他會多待一會兒，從私人冰櫃取出兩罐海尼根，與我邊喝邊閒聊。宋伯原來該姓彭，屬於竹東客家莊大族，不知何故，自小讓宋家收養。他說年輕時本能通靈，只要食指在人掌心一點，就能窺見對方許多故事，直到某日與養父爭執，動起手來，一拳擊中父親太陽穴，異能便漸漸消失了。

宋伯吁口長氣，說他自幼和唐山拳師習武，手勁大，真怕出人命。

通靈之說太幽渺，但功夫倒頗令人神往。宋伯酒後談興更濃，回憶年少飛鷹走狗的生活，那時常和一票毛頭小子閒混、打群架。他師父不介意徒弟與人動手，但嚴格約束學生，不得傷人眼目、斷人筋骨。宋伯從不欺弱，也不畏戰，今天學的招式，勤練三天便熟習，出門遊蕩時，有機會就和痞試招。他心中的武德即是保命防身，絕不戀戰，常說一句諺語：再兇猛的獅子，也難敵猴群。

宋伯知道我讀武俠小說，從王度盧《鐵騎銀瓶》到九把刀《功夫》，都是寫作和勤務之餘的讀物。他對小說虛構的神妙功法十分不以為然，什麼鐵沙掌、劈空掌，都是騙人的玩意兒。他認真告訴我小時聽來的故事，從前河南某山村，有個瘦弱的小男孩，常給人欺負，每回挨揍卻從不討饒，悶不吭聲拖著蹣跚腳步回家，一路上，心裡憤懣難平，看見石牆便狠狠拍一掌，經過石磨也拍一掌，沿途樹幹、竹籬都拍了個遍，到家氣也消了。

光陰匆匆，孩子成人後，和朋友去市集賣菜，某天碰到流氓挑釁勒索，他終於忍無可忍，上前一掌摑去，竟將領頭的混混打落半嘴牙，暈厥在地。

這算什麼功夫呢？宋伯笑著問。他想告訴我，真正的功夫都是極為簡單的，功法創始人未必名震江湖，也許是飽受輕賤的可憐人，無名無姓，勞動中無意練成一手絕技，也就這麼一手，不能裂石斷碑，不能隔山打牛，結結實實拍上歹徒那臉橫肉，讓他吐一地血牙。

那場景一直在我腦海發酵。

宋伯應當沒料到，他包袱裡隨意抖出的故事，讓我如此回味；他更不知道，那滿地找牙的流氓，也被我寫進詩裡，化身一名瘋漢「牛二」，大剌剌坐在茶館門口：

牛二不斷吹噓的嘴巴
一闔一張
一扇門牙給掀了去
另一邊殘留餃子餡兒，深綠韭菜渣
好似青苔遮臉的石碑
哀悼身旁
黑漆漆的墓穴
牛二的牙怎麼沒了？第七段交代：

二十八里鋪子
沒剩幾戶人家，冷清鎮上
條條貓哭犬嚎的死巷，都通往
牛二嗜吃香肉的嘴巴
有天，一名老尼自他口中竄出
踢飛一枚門牙
不知奔向何方

那尼姑就是《笑傲江湖》中的定靜師太，小說中，為了營救被魔教劫持的徒弟，施展輕功，卯足勁狂奔。一名漢子看在眼裡，對追蹤而來的令狐沖說：那老尼跑得飛快，提一把寶劍，像唱大戲的一般！

這首〈門牙〉僅是開端，我粗糙地模擬《水滸》或某些京派小說的語境，揶揄一回金庸的經典之作。近半年時光，我琢磨著如何完成一系列戲擬武俠小說的詩，這構想多半源自宋伯的激發，他年少的閱歷若行諸筆墨，恐怕比廖添丁傳奇更精彩。那些武士刀與扁鑽的械鬥，工地、巷弄或舞廳，種種明槍暗箭的對決；老外省兵在火車上一舉擊倒五六名壯漢的秘術，扒手的禁忌及黑幫討債的行規，有所為有所不為，這些真假莫辨的掌故構成我心中的江湖圖式，充滿台灣草根氣息，有別武俠小說普遍的神州想像。

我期許，退伍那天能完成一部詩集，給自己一點交代。可惜，遭遇的困難遠比想像中棘手，敘事節奏拿捏不穩是最大障礙。我到底不是當說書人的料，不如宋伯，從容淡然地把故事說得歷歷如繪，又飽含機鋒；洞悉人情事理之餘，還有一份寬容厚道。也許，最迷人的詩與掌故，比較適合在酒酣耳熱之際、悠悠眾口之間流傳，不必成就於一人筆端。

時序入冬，退伍之日將近。我對宋伯說，這年一事無成哪，什麼也沒留下。他笑笑，當晚請我到熱炒店吃飯，權當餞行。宋伯學佛，茹素多年，卻從不忌酒，在他心裡，酒由米麥釀造，無關葷腥。我們當晚乾了一瓶伏特加兩瓶台啤，只點一盤素炒麵，一盤薑絲炒高麗菜下酒。戒酒學佛，飲酒學仙，素菜配烈酒，徘徊於釋家道流之間，卻不受仙佛的清規戒律約束，是超乎三界的大自由。

離營當日，我背著行李，自中廊走出，獨自面對校警室外的羅漢松，想起宋伯的口頭禪：有朝一日遭霜打，只見青松不見花！沮喪的心情瞬間釋懷不少，幾首遊戲之作，沒有發表的必要。一年光景短暫，無花無果又何妨？花果都是讓人採摘的俗物，只有枝葉，才是成長的證據吧！

簡歷

世新大學中國文學系畢業。就讀國立台北教育大學語文與創作學系碩士班。曾獲第四屆「全國台灣文學營創作獎」、二〇〇六第三屆「台積電青年學生文學獎」新詩首獎、二〇〇七第四屆「台積電青年學生文學獎」新詩優勝。

近況

二〇一五年五出版第一本詩集《霜禽》。預計今年完成研究所畢業作品集，希望能寫一本主題聚焦、語境統一的詩集。

寫作習慣／癖好

針對未來的詩集，我養成抄寫目錄的習慣。將現有作品依不同順序排列，不同序列用不同色筆抄一遍。這樣有效提醒自己時時注意每首詩的呼應關係，並加強寫作的紀律與自覺。

離心率

趙弘毅

去花蓮教書的第二週，我買了兩盒生餛飩，深夜回到台北住處後，立馬滾水煮起餛飩麵。坐在客廳，捧著熱碗的我告訴室友，下個星期買奶酥條回來，室友張大眼睛問我：「你什麼時候開始固定去花蓮教課了？」我說是因應考期接近開的新班，只有三個月。室友直嚷好遠好辛苦：「我以為你只是去代課。」我搖搖頭：「普悠瑪單趟兩小時，車票沒想像中難買。」

兩個小時，亦是如今台北、高雄的距離。幾年前，我剛開啟週末往返北高兩地教書的生活，親友們聞訊的反應，也都聚焦在交通費用及時間成本上。前者公事公辦，後者倒從來沒有成為我的困擾。我始終記得，第一次因公南下的冬日早晨，台北淒風苦雨，高鐵列車載著我切進台中盆地時，陽光穿透窗戶落在身上。光與熱讓我醒了過來，身與心忽然變得好輕好輕，彷彿溼悶黏窒甩不掉的一切阿雜事物都被鎖在台北租賃的公寓裡，而我正乘著高速遠離。此後，每次南下教課，我都懷著或大或小的期待。課後的週末夜晚，南方的大城市裡，自己摸索飲食娛樂。生活與人際的規律尚未建立，所有的探詢都不需要額外的理由，陌生使人安然。然後週一清早，循著原路回到北方山腳的學院裡，繼續埋頭研究所的課業。

若說近來我在自我整合上有什麼進展，大概便是開始接受自己實在是個需要分心的人。

大學以前，我被家裡照顧得很好，比起同齡友伴，起居相對自律乖巧。剛考上中文系時，以為稚嫩的文學夢將在溫羅汀豐沛的奶水滋養中，開出什麼燦爛奇葩。豈料脫離原生家庭的管束後，便是野放的馬。大學幾年，除了校友會和系學會活動，還陰錯陽差開始補教人生。課則修得任性，避不開的就得過且過，感興趣的文學課，有時尚不敵我更認真看待的生活。閱讀是本份，但我並未展現對經典或知識的強烈渴求，創作步調也慢了下來。許多午後、夜晚，我穿越新生南路，走在溫州街的巷子裡尋找咖啡館落腳做事，靜定的步伐間，我隱隱然覺察到那股不踏實。我辦文學營隊，與寫作的朋友聚會談論文學，並在現代文學課堂上憑著本能拿到不錯的成績，我曉得自己仍然喜歡文學，卻不曉得怎麼說明這一切。一切都太容易了，是吧？我不需要下定決心，自然而然便過起這樣的生活，只因為我是個文學院學生。但生活的殼子並不保證什麼，當某天我必須離開此處，我還能對文學多虔誠？

循著規劃考上碩士班，我開始在學術研究的邊緣打轉。課堂與各類研討是硬底子的直拳對決，散漫如我必然左支右絀。不能再摸魚了，我低頭檢視自己的日程手帳，練習把研讀工作劃分成能夠塞進表格的物理方塊，文本與論述交替，學術的重量訓練。這手續令人心情愉悅，看著整齊的時間規劃表格，感覺自己原來也能擁有規律而充實的人生。意志堅強，覺得實用。善於時間規劃的人一定都很樂觀。朋友說我太忙了，少接點工作吧，而我終究沒能屏除雜務，做一個只讀書的人。忙碌讓我鮮少參與文學活動，我也逐漸體會到自己與許多同輩的差異，有時望著那些閱讀與寫作訊息，不禁自問，會不會擔心離他們越來越遠？我曉得時間與精力是關鍵變項，卻不曉得該拿手上哪些當賭注。畢竟，我也真心熱愛教書。

如果寫作是一種言說，那麼教學勢必造成寫作者某種程度的能量折損；教學當然也可能是某種寫作，特別是教文學，每一次地講述既是對外，也是對內。但兩者功過相抵划算與否，算就非常主觀了。因為同時具備學生身份，站在講台面對學生的那些時光，經常成為我照見自身的魔術時刻。特別是職涯選擇，我從不認為自己有能耐輔導學生，我自己都活得如此執迷不悟了，豈能當誰生命裡的明燈。有次談到個人興趣、大學校系與職業選擇，我提到自己小學的夢想其實是當天文科學家，沒想到中學開始寫作，一路走偏至今：「我現在的生活裡，都是文學。」握著麥克風，我驚訝自己竟然說出這種話。

我開始清點自己當前的生活：每個月有幾篇必須寫的文章，讀幾本書，可能花更多時間看電影，偶爾看戲、旅行，靠教文學糊口，然後配合每個階段的新挑戰——可能是社會運動、學校社團，或者前陣子剛結束的教育實習。這是我骨子裡的劣根性，靜定一段時間，便有騷動焦躁。症狀在碩一下學期尤其明顯。彼時我一方面探到了自己學術資質的底，一方面發現研究工作終將日復一日，少少幾個人，同樣的樓層，固定幾間教室與圖書館。我找不到理由說服自己繼續這一切，無意義感大量分泌焦慮和自我厭棄。這絕非任何人的錯，是我意志不堅，三不五時朝窗外探頭探腦，想像遠處密林裡有股聲音在召喚。

至今我仍由衷感謝那些讓我分心的事情，而不視之為折損。人很多時候需要離開，去到異地，才能重新找到座標。那通從報社打來，交付我人物專訪工作的電話；那封從視窗角落跳出，替某國中徵求代課師資的訊息；那一則則被轉貼，將許許多多學生從全台各地號召至青島東路的臉書動態……我不曉得自己這一轉彎，究竟將跨進什麼領域。但在那些當下，我或許正需要偏離原本的航道，它們是適時出現的謎樣道路指標，我瞥見就順勢岔了出去。其實我明白，即將前往的並非多令人陌生的異地。我不斷在採訪時，體認到學術訓練對我提問與摘要的幫助，也曾在教室與街頭，驗證文學所告訴我的，關於人與現實的艱難。我以既有的基模化約這些新事物，並藉以釐清自己的輪廓。

電影《地心引力》（Gravity）裡，珊卓布拉克飾演的史東博士遭受人造衛星垃圾襲擊後，被甩向外太空，在失重狀態下快速翻轉，停不下來。整個太空歷險就是史東找回人生焦點的旅程，否則她將只能順著無來由的推力前進飛旋，航向宇宙的茫茫中。我進電影院看了這部片兩次，最後還買了DVD。第二次花大錢體驗4DX版本，電影院在結尾弄巧成拙的讓煙霧遮住螢幕，幸好我對史東實在有太多投射，還有辦法腦補她在太空艙裡的肢體與情緒。

人生從來不是「朝目標前進的旅途」這種譬喻能簡單概括的，有時你努力了好久，以為靠近理想，事實上反而是遠離。而每一次的偏航，都是對焦點的再認。有一天我忽然告訴自己：「你就是這樣子的人，沒什麼不好吧。」活到這個階段，會發現這世上壓根沒有能夠量度人生的標準，沒有誰可以指點你成為怎樣的人。我很慶幸現在做的盡是喜歡的事，並願意持續尋找新的刺激。反正也只能一直走下去了，或許冥冥之中，自有牽引。

簡歷

一九九八年生，桃園人。台大中文系畢業，現就讀於政大台文所碩士班。曾獲台積電青年學生文學獎小說首獎、台大文學獎。

近況

剛結束體制內教師實習、考完教師檢定，準備踏入蔓延全島的教甄修羅場。至於關乎學位的語言檢定與論文計畫，預計用替代役的日常來還。二十七歲的人還在經歷這些，份外感覺到時間的深邃。

寫作習慣／癖好

抱著筆電躺在床上。寫累了就睡覺，醒來覺得還行，就繼續寫。

客運乘車指南

柯宗廷

那邊的那位男人將今晚的月色睡得沉沉的，以一種安穩的姿態屈身在淡藍色的塑膠椅上，彷彿剛從遠方搭車前來的鯨魚，累了，將一整座城睡成他的水族箱，偶有成群結隊的魚游過，靜靜地，說好似的完全不揚起一點沙塵。

「快點！該起床了。」父親將我從夢中搖醒，彷彿有捕食者即將到來般，我一手拉起行李，一手抓起背包，像逃亡般告別這個深藍色的夢。離開家前再度確認先前買好的車票是不是已放進口袋，以及一些例行性的檢查。「確定東西都有帶齊全了嗎？」我的回答總是肯定的，也沒有再打開背包多做檢查了，畢竟會遺漏掉的，真的只是一些瑣碎並且不重要的雜物了。然後就是一陣引擎聲，「咻！——」快速地趕往轉運站了。

我像隻驚慌失措的小丑魚般，不停地在轉運站的班次螢幕前遊走，不斷確認班車資訊，笨重的行李使我不斷碰撞到礁石，不小心吵醒了一旁的鮟鱇魚，他用電影裏頭那雙發光且發怒的眼睛瞪著我，彷彿找到獵物般……，不行不行，這不是現在的重點，直到詢問過櫃台的神仙魚後（是的，她們總是如此的優雅有禮）才能夠放心地找個位置坐下來。盯著因為深夜而切成靜音的電視螢幕，此時的我，忽然有種處於深海之中的寂靜，想著隔壁那位女士在打呼聲中正悠閒的游到了哪個世界角落，是否已經錯過了班車。

深夜使這座水族箱放慢了步調，高樓建築不時如水草般反射著電子廣告的光芒，五光十色但空無一人，彷彿深海底層藏有寶藏般最華麗的廢墟，所有的魚群皆已在礁石中休息，整條街只剩下一些夜行性的魚種，長年居住在深海底層使得他們不太需要鮮豔的體色，歲月只在他們身上留下衰老與哀愁，還有些許的照明設備引誘獵物上鉤，這也成為這深藍之城唯一的光。此外，在這個時間點還有一群群準備在半夜之際搭車前往另一座水族城的魚群，我正是這其中之一。

客運對學生族群而言真的是最輕的負擔了，趕在同樣的時間前抵達，花上一整個深夜卻能夠省下一把鈔票，沒有比這更划得來的交易了。轉運站對我而言則有一個特別的意義，它並不是真正的起點，反而更像是節點，連接起每段旅程之中必要的存在。每次搭車前總是由父親將我載往這裡，印象中有次儘管前一天因為一些小事起了爭執，冷戰了幾個鐘頭，仍然是由父親親自接送，我在車上刻意裝睡，想避開一些尷尬的時刻，但大多的情況下他仍會先開口，可能是基於一種告別前的不捨吧，我只回了聲再見後，就只剩下我一人獨自在轉運站默默的流了幾滴眼淚。

很多事情都是長大後才知道，面對長大前往外地讀書的子女，生平以來終於有離家自由的機會了，父母親大多都是抱持著一種擔心卻又無奈的心態。對我而言，在轉運站的時間就是一段過渡期，我像隻鰭尚未長齊的小丑魚，多年來生活在安穩的海葵之中，長久以來對遠洋世界的渴望終於要實現了，在離開家前陷入了一場拔河。

在轉運站的這段時光說長不長，說短不短，但卻靜的有足夠的時間能讓我沉思。檢視自己的成長歷程，面對第一次獨自到外地求學，遠處的海況究竟如何，是不是會遇見白鯊旗魚之類險峻而驚悚般的人事物。離開前，我謹慎的檢查身上的貴重物品，小心翼翼的將因為緊張而被揉得皺爛的車票交給站務人員，他對我露出淺淺的微笑，完全看不出因為在深夜工作的疲累感，一群人排著隊摸黑踏上階梯，對照手中的號碼入座，彷彿正在進行某種神秘儀式似的，宣告這班車即將往更深的黑夜駛去。

「歡迎搭乘第九四六號車次，由高雄出發前往台北的班次。現在的時間凌晨二點，我們預計於清晨六點抵達台北總站。」放好行李之後，我陷入了一陣沉默，靜靜地望著窗外，豆漿店的白熾燈管亮得格外刺眼，在水族箱裡提供著必要的氧氣與照明，偶有幾台機車飛速奔馳而過，轟隆隆地劃破水面上平穩的波紋，除了這些，我找不到任何的生命跡象了。

一路上搖搖晃晃，直到上了國道。在我身後的那名男子早在剛上車時就已經呼呼大睡，鼾聲不時將前來找我的睡意趕走；前座的那位正和在超商大夜班的女友情話綿綿，精神正好，看來還得講上一段時間，而在我左邊看似和我相同年紀的少年早已戴著耳機進入夢鄉，不時有搖滾樂從他的耳邊偷渡出來，彷彿正在運送某種危險物品般，隨時都有爆炸的可能性，我該提醒他嗎，算了算了，還是管好自己就行了。

逐漸深沉的黑，逐漸冰冷的車廂，窗外的景色如同寒帶森林般，單一無聊，有時駛過幾輛和我們相同的遊覽車，他們又是前往哪兒呢？也是和我一樣獨自踏上求學的旅程嗎？想著想著，我滑開了手機螢幕，一頭栽進朋友的動態世界裡。A畢業後選擇留在高雄就讀大學，B則是到了台中，C在雲林過得還算不錯嘛！高中畢業之後，我們像煙火綻放，散落在台灣各地，重新展開新的生活、新的交友圈，平常要好的半年聚會一次，不熟的或許從此之後就再也沒有見面的機會了。

這些都是成長帶給我的，也是在成長的過程中必定要經歷的，開始學會一個人打理生活，一個人吃飯，做好自己分內應該做好的，並且為自己所做出的決定負責，還有好多好多，我還在學。想著想著，想著想著……像是召喚了某種美好般，我漸漸地陷入一種甜蜜的安穩，思緒開始放空，終於進入一整天下來最渴望的狀態。在那裡，我已經是一個足夠好的人了，開始能夠處理好身邊一切的事情，面對新的課業也逐漸上手，積極的參加社團，以及各式各樣的文學講座，一切離我的夢想是如此的近，彷彿伸手一抓就能掌握所有心中所渴望的。

日出從遠方緩緩透出，醒來時，車子已經下了交流道，開始駛近另一座水族布景，這裡灰色礁岩林立，廣告看板塞滿了整個視野，在這之中穿梭的是各式各樣的熱帶魚種，快速的且技巧性地穿越車潮，彷彿在這個講求效率的世界裡，一分一秒都不值得被浪費。

之後的我時常在這樣的模式之中來回轉換，搭上客運在兩個世界來回遊走。唯有在車上的這段時間是屬於自己的，而我也在這短暫的時間裡調適自我的角色，努力的不讓自己在時間的洪流裡被淹沒，我抓緊浮木般的座椅，在成長的過程中漂浮，而這輛神秘的班車即將把我載往什麼樣的自己，我每次都不知道。

簡歷

一九九五年生，高雄人。喜歡詩、散步和獨立音樂，現於台北就學。

近況

陰天時總會想起南方的陽光，與金光閃閃的文字幻術，有許多不切實際的夢想，正在一項一項慢慢完成。

寫作習慣／癖好

習慣在一個人的深夜創作，尤其是在最安靜的狀態下，才能夠醞釀出最精練的字句。寫作時仍然喜歡手稿的感覺，會不停的抄寫同樣的段落，並回頭看看自己的字跡，通常是完成之後才會謄上電腦。

我可以不寫嗎

江采玲

理由

日子沒有詩，日子是
一扇行走的窗

霧霾比影子清晰
烏雲去來，慢慢
在氣流裡懸浮一滴雨。
一滴雨落
下
落下來

足足三十秒，像
等待閃電的腳印那樣計算

給我一點時間，讓我
懂得分辨
雷聲的韻腳以前，來得及
記得這場雨聲

瑕疵

我的筆跡善於遺忘
而未能停止複寫，
疤痕
或者憂傷

語言太過冗贅
世界停駐於譬喻的複眼
在墜流的愛裡哽咽

鏡子裡

我的倒影還不夠接近自己

不得以詩歌體書寫
紅字圈點：
這裡、這裡，（四處都是）
建蔽率過高
詩意的提煉於是
不符建築法規

他們砍下一株森林，編輯
一紙齊整、方正
卻不喜歡風聲，稠密如
等待開化的文明

他們不知道我
我喜歡

口袋裡藏一行樹葉的詩
帶它離開未更新的，城市的咀嚼

善意的蝕痛

先是已知用火，人類
開始練習
用繩結馴服古老的時間

我會忘記你嗎，當我
注視你，彷若排練一部
信史的編纂

可以不寫嗎，如果
日子沒有聲音，日子不流淚
如果，記憶能被繫牢——
我的筆也許知道，

卻不想
寫得明白

簡歷

一九九八年生，台北人。現仍為緩慢適應生活中的高三生。

近況

練習愛人與被愛，練習把混沌的語言離心成清楚的思緒。喜歡羽球，卻尚未完全學會殺球之外的路數。還在學著耐住性子寫字。繼續寫字。

寫作習慣／癖好

與小 mac 為伍，漸漸習慣文字自指尖流向屏幕的速度。詩句的想像似乎特別喜愛在特定課堂造訪，於是，老師在台前教導我們與國際接軌的方法，我則試圖尋找一個地址，通往詩的斜角巷。

黯然是能燒灼紙張的光亮

羅苡珊

如果人的生命是大海，總會有幾個海面上湧起的浪頭。它們沒有預兆地起落，有時候——或者說，總是——生命還沒做好準備，浪就產生了。某些浪頭很像山稜，蓄勢了漫長的時間，當我意識到的時候，它已經打了下來，海面翻湧，一條小船翻覆，被捲入海中，又浮出了海面。海面復歸平靜時，有船的碎片漂浮在海上。船板依舊承受著日曬，認得陽光在木紋上跳舞的姿勢。原先船上有沒有人呢？

今年寒假剛開始沒幾天，我寫了一封信給遠在東部的一位詩人。收到回信的時候，是個難得沒下雨的午後，我買了一個麵包，坐在學生活動中心內的用餐區，拿出筆電與剛列印好的資料，打算在這裏久待。這期間我睡著了，醒來之後才發現，對面的人換了一批，正用奇異的眼神看著我。然後，我再次看了詩人的回信，甚至抄進了日記本裡頭，撫摸著紙張隨著筆跡而凹凸不平的表面，我望進了浪頭的質地。

蔡明亮的第五部長片《你那邊幾點》裡，存在著許多不同的時間。有實際而具體的：台灣的時間、法國的時間；也有抽象而模糊的：葬禮的時間、體感的時間、過去的時間、人的時間。

就像李康生飾演的小康，爬上高樓的頂端，以長竿調撥著高樓建築上巨大的圓形時鐘，隨後在頂樓上喝起酒來，用的是西方的酒杯，在那時，時間是專屬於他的。我有時也會無視於那些能夠精細切割的幾點幾分幾秒，而進入我的時間之中。那是我的過去，並不非常遙遠，如今它們顯現出來，卻有著因為疏離與距離，而產生的觀察入微：

我坐在播放著日本搖滾樂的咖啡廳中，即使來過無數次，卻只點過兩樣飲品——熱拿鐵、熱黑糖拿鐵。原因簡單明瞭，這是裡頭最便宜、次便宜的品項，櫃檯的服務生甚至衝著我說過，今天我猜是熱黑糖拿鐵對吧。幾乎每天深夜，我在這裡，用想像的手在空中抓取著詞彙，努力拼湊出文章來。但詞語漸漸在這時失去了意義，成了空洞的外殼；文章被修辭覆沒，細膩的泥沙沈入了深海裡頭，而我忘記了，深海沒有陽光能夠透進來。「要拒絕廉價的承擔、要明白沉默如何在內部運轉自身的聲響、要懂得負罪的逃亡同時也能是救贖的旅程、要不求死滅的見證、要熱愛生命以至於不容自己有些微的虛偽、要持續渴求冷漠的寂靜與圓滿、要讓破口瀕臨癒合同時又不會痊癒、要能夠指認界線、要為自己書寫歌唱、要明白完整與分裂並不互斥、要或多或少是位人格分裂者、要脆弱的驕傲。如此故事才能繼續下去。」我寫下斷裂的字句，但這些信念，著實離我太遙遠了。

中國歌手宋冬野有一首歌，裡頭有句歌詞是這樣的：「可是你不要像我一樣，把浮躁的生活當做成長。」這或許能成為一個在談論創作之前的絮語。

對於創作，我有一點堅持是至今仍不曾變動過的，那是對自己誠實（fidelity）。這樣的誠實並不只是不說謊而已，而是要屏棄一切加諸於自我的謊言，並清晰地意識到時常降臨在身上的自欺。誠實需要的是勇氣與距離，並容許自己有沈默的時刻、不寫的時刻。要承受著這些時刻，對於以寫作作為拯救或赦免的人來說，需要極深沉的耐性與偏執。我有過這樣的經驗：在細述樹葉間的縫隙、橫生的葉脈、樹葉的質地時，感受到一種美好自足的困難，一如面對那些指紋的圖樣、樹輪的圈繞、人臉壓摺的皺紋……。我發現我漸漸能享受那些不需開口寫字的時刻，而遠離了意欲為所有事物命名的焦慮，但在享受的同時——所謂「美好自足的困難」——我也感到一道內疚的溪河，溪水沖刷岩石的聲音，久久不散。我問：我到底寫還是不寫呢？在什麼時候寫呢？

卡夫卡曾說：「此病的本質是這樣，您忘了事物的真正名稱，現在又急於在它們身上傾倒偶得之名。只求快，只求快！您才剛從它們身邊跑開，便忘了它們的名字。」而美國作家保羅奧斯特也曾寫：「倘使一個人想要真正存在於周遭的事物當中，他必須不去思考自己，而取思考他所看見的事物。他必須遺忘自己，才能在那裡。而在那種遺忘中，記憶的力量出現了。這是一種過自己的生活，好讓自己一無所失的方式。」土耳其作家奧罕帕慕克，也在他的隨筆中提到相似的字句：「要想寫得好，首先必須厭倦外界干擾；要厭倦外界干擾，就必須進入生活。」

這不正是宋冬野那句宛若呢喃的歌唱？

我愈來愈不動心於會立即帶來快樂的活動，也不再羨慕一些擁有我所沒有的專長的人，自從我漸漸捨離了浮躁的生活，我發現原先失去嗅覺的鼻子，能稍稍聞到一點氣味了，於是我嘗試著分辨，這是食物的味道，這是油的味道……。這件事沒有帶給我多龐大的喜悅，而是以淡淡的、漣漪慢慢往外擴散，隨即消逝在湖面那樣的方式，迴盪在我身體裡。淡然、長久、深邃。我想我是成長了也不一定。我能扎根在沈默裡了，這樣的沈默是一種承擔，因為你並不是拋棄了事物細緻的紋路，而是將它們旋轉進身體裡，以耐性等待著有一天，能將它們再現出深刻的意涵來。

我也不再害怕世故與老，甚至能夠以黯然的喜悅承接它們。我在讀沈從文的文句時，析出了一個描述：「世故的溫柔」，陸續又從無數文學與電影中，晃眼見到這些朦朧的火光。我想，有一種世故是這樣的：明白世界運轉的邏輯，並用溫柔的形式包裹世界的裂縫。有許多我所喜愛的創作者，他們經歷迂迴漫長的掙扎與黑夜，如同我們都曾經歷的那樣，但他們能夠再度拾起堅韌而謙卑的信念。他們說著積極、希望的語彙，並不代表他們不懂絕望的黑夜、墨色的深淵。他們走過那一遭，而且可能隨時會再掉進裡頭，即便如此，他們仍然以耐性與固執的屏息，以沈默與等待的眼睛，固守自己心中的信念。

那並不是這首歌的最後一句歌詞，民謠歌手在海上抽著煙，如是唱了下去：「到最後才看到珍貴的人，流著眼淚，帶著微笑。」

收到回信那天的一個月後，我寫下這些片段的字句：「我相信我要的，沒人可以給我，除了我自己。我相信書寫無法教授。我不相信誇大而吸引人的詞彙。我相信書寫是要對自己忠實。我不相信快速的接口及隱喻，而相信裂縫與破口，不需要強制將他們黏合。我不相信直接的快樂，而相信憂傷的睡臉。相信溼潤與乾涸間的季節。相信熱脹冷縮的反覆，而形成的龜裂。相信求生與求死之間，黑暗與明亮之間，界線的粗礪與，霧中的風景。我相信時間。我相信距離。我相信耐性與固執。」

「然後，我會快樂。」

不妨，以一個記事作為結束吧：

那一天，幾乎所有的人都錯估了天氣，包括在廊道上作畫的中年男子。中午是陽光斑爛的時刻了，我記得我遠離了一叢叢的人群，朝樹的方向走去。其實校園中哪裡都有樹，我停下腳步的地方，就種植了一排的白千層，人群嘈雜的我的來處，甚至有更加往外編織樹冠的樹種。但並不是哪裡都能接近樹。

我在一些時刻裡遺忘了自己：透過樹葉間的縫隙，仰望一小片天空；靜靜凝視著白千層的樹幹、欖仁的樹枝末梢；經過廊道時，那株我總會瞥見的山櫻花，襯著綠色的遮雨棚，於是，有風也似無風……。那一天，我在一棵轉角處的欖仁樹枝上，看見了兩片相隔不遠的紅葉，它們是這顆樹上唯二的樹葉。欖仁的不遠處，有成排的小葉欖仁，它們細密的樹枝上，卻都已經有了新生的葉子。那一天，我也看見一個中年男子，在廊道中作畫。這是一直發生的事，男子已經畫了許久，卻在之後，用相對來說短得多的時間，現身在我的記憶裡。他顯然是像拼拼圖那樣，完成他的畫作。一幅操作著拼湊技法的畫作。我寫道。

我習慣低著頭走路，瀏海於是就蓋住了眼睛。我從髮間的縫隙，承受陽光嘹亮的歌唱，並看見了自己的髮色，那形狀像樹葉的影子。眼前一位掃著落葉的工友，朝我揮手，示意我快速通過他們堆起的落葉丘。於是我為了要加速穿越她，幾乎是用一瞬間的一瞥，將視線溜過她的臉龐。是我的母親，我認得她的面孔。我經過了她，隨後聽見了另一位工友的吆喝聲，那聲音與我記憶中的父親一模一樣。

那一天是怎麼結束的？好像是瞬間的事情，但我知道並非如此，一定有什麼深邃的事物，在經過我的時候留了下來。中年男子的畫作中間還是空白的一片，他離開了板凳，拿著手機四處為一棵棵樹攝去靈魂。想必他的手機裡儲存了為數不少的樹的影像，但我不是很認得那幅畫中，有哪些已經被命名的樹種。

或許這些樹種有著這些名字：世故、沈默、耐性、遺忘、記憶。介紹著樹種的木製立牌，上頭有著關於樹種的簡短說明。只要我站得夠久，就能看見不同樹木的顏色、他們往外伸展的曲度與姿勢，以及往內旋轉的密實與固執。然後，我聽見草木的聲音。

第一個立牌：世故，我想，皺紋能使我的淚水在臉上留久一些吧。

第二個立牌：沈默，一種向內旋轉的承擔。別名：耐性。

第三個立牌：寫還是不寫？關於遺忘的記憶。

那一天之後，我寫下：「許久之後我才明白，不急著將經歷的事物寫下，要真正潛入生活裡，它們會自己，在虛構的故事中，浮出它們的真實來。於是，想寫遠如天邊，勝過寫近在眼前。黯然，是能燒灼紙張的光亮。」

我記得那天——那是天氣意外溫暖的一天——我就活在卡爾維諾的一座城市裡。

簡歷

一九九九年生，台中豐原人，現就讀台灣大學歷史學系一年級。沒什麼經歷，一次次地遺忘昨日，因為事物原先就在記憶裡，我相信它們有一天會從記憶中走來。

近況

捨棄浮躁的生活，試圖種植生活的樹林，比起年輕更喜愛觀看老。視文學與電影為空氣，但偶爾也得潛入水底，在窒息時刻獲得醒覺。

寫作習慣／癖好

珍視片段破碎的靈光、口吃般模糊的字詞。比起寫得快，寧願寫得慢。比起寫暈眩的近，願寫宛若重逢的遠。

特別收錄：文學遊藝場

「校園」徵文辦法

台積電文教基金會、聯合副刊　主辦

校園生活對你而言，代表了什麼？收取一段青春時光的藏寶盒？連接成熟世界的橋梁？搖盪在迷霧裡的扁舟？抑或一種啟蒙，一聲呼喚？

邀您以三百字（含標點符號）以內的篇幅書寫「校園」，請在徵稿辦法之下，以「回應」（留言）的方式貼文投稿，貼文主旨即為標題（標題自訂），文末務必附上 e-mail 信箱。每人不限投稿篇數。

徵稿期間：即日起三月一日至二〇一六年四月一日 24:00 止，此後貼出的稿件不列入評選。預計五月下旬公布優勝名單，作品將刊於聯副。

駐站作家：蔡逸君、楊富閔

投稿作品切勿抄襲，優勝名單揭曉前不得於其他媒體（含聯副部落格以外之網路平台）發表。聯副部落格有權刪除回應文章。作品一旦貼出，不得要求主辦單位撤除貼文。投稿者請留意信箱，主辦單位將電郵發出優勝通知，如通知不到作者，仍將公布金榜。本辦法如有未竟事宜得隨時修訂公布。

校園──駐站觀察

人生若只如初見

蔡逸君

三百字要寫校園頗有難度，說故事太短，談感覺又太長，沒那麼好下筆。每個人所經歷的學校時空且大且遠，及至找到標的寫就，往往發覺其所摹寫，套在任何場景情景都可以，缺乏獨特處。所以此次徵稿優文很多，但個性較少。

校園生活大抵是「人生若只如初見」的階段，到學校上學，與許多新鮮的和各種第一次的相遇，發生在小學到大學校園中，千百學堂各式各樣的啟蒙在教室內外，學校內外進行著。只停留在初見，正是多數人回憶校園生活大都充滿美好印象的因素，那時的我們還在學習，對萬事萬物滿懷好奇熱情和善意。或許應該說在此成長階段，我們還沒習得那麼多惡，對於校園內純真美好的情感是真誠的，並不是捏造的，特別是事後在此刻遙遠的回想當時年少時，我們再一次讓自己的心接近原始本然，拋開不必要的包袱枷鎖，純然地回憶著校園的美。而感受過這種美的人，即在醜惡之地仍有冀望，他知道人心曾經純潔閃亮，一如在校園裡和同學友伴經歷的成長，學習，情誼，合作，那個停在只如初見的好感善意，永遠定格在我們腦海不朽，越是年紀小的校園越是充滿懷念。人需要保留這種初見的憧憬和愉悅，甚至在夢的一隅保存它，因為在現實中我們多麼荒枯與匱乏——就別假裝忙碌是充實了，我們多麼希望回到未被社會化玷汙的校園生活，至少在那裡我們可以盡情歡笑和痛哭，而不會被嘲笑地認為是幼稚的表現。

以下就來說說入選的十篇文章。

〈無題〉：充滿詩意的表現手法，寫出課堂上百無聊賴的枯燥，既然考試這樣無趣，何不讓想像飛翔到外太空去。我小時候也曾幻想，有隻大恐龍來把教室踩平，老師就說恐龍已經絕跡，我怎麼也不信，癡癡地等待。

〈關於操場〉：好純真清爽的氣質，乾乾淨淨的回想描寫著淡淡的情誼，那些最簡單別無所求的交流，最是雋永悠長。在操場上我們與友伴追逐，你奔我跑，直到影子拉長，我們一起跑進夕陽，躲在時間深核裡。

〈課堂中〉：坐在教室內的我們，誰的眼睛和心思不常常向著窗外窺探呢？除了粉筆摩擦黑板的聲音，窗外樹上鳥叫蟬鳴，甚至花開的動靜，都是校園生活不可抹去的記憶。那隻陪我們上課的雀鳥或松鼠也會在畢業後繼續住在我們心上吧。

〈藝文走廊〉：不管製作教室後牆的布告，或班際海報比賽，小學時我們曾經是五育並重的，高興的畫圖，作文，勞作，成績特好的與得獎的便會張貼在校園內象徵榮耀的藝文走廊。

也不知從哪時起，方向漸偏，一一放棄在升學上不具優勢的美術，音樂，跳舞等等文藝，大人們說這些無關未來的前途出路。啊，我們曾那麼驕傲可以在藝文道上發呆著美麗夢想。

〈自在〉：青春的任性是無理卻迷人的，就是要這樣，就是要那樣啦。日後我們才領悟這樣與那樣往往不是那樣與這樣。順從反叛，自大自卑同時存在，少男少女心情起伏如波浪，說自在也不完全，但我就想穿改過的褲子裙子不要管我啦，我的青春只有一次，你還得起嗎？我又沒惹到誰。

〈蟄伏〉：孩子對學校，教室，上課的恐懼是難免的，若一開始心中烙上不好陰影，那疙瘩往往卡著不舒服很久很久。小學低年級時，我每天早晨哭著寫作業，只因前晚玩得很快樂。喔原來快樂是要付出代價的，若你沒按規定來，還要受處罰呢。一個規範能適合全部的人嗎？我想我們都曾經有某種原因，落寞地獨自一人藏身校園中，感到無比孤單，全世界離我而去。

〈逃〉：逃經常被視為軟弱，可從另一面來說它具備無比勇氣。做一件違背大家的事，不跟眾人站在同一陣線，不管事情的好壞，都不容易。我知道你們是為我好，但我就是不想要。被稱作膽小鬼小老鼠也沒關係，那個針頭火燒過，打下去起水泡很痛的，而且留下疤很醜，笨蛋才不逃。不打就是不打，讓我生病死了算了。

〈校園特攻隊〉：我的年代是諸葛四郎，經常戴的面具是史豔文和星星王子。一樣成群結黨，但不為霸凌或躲霸凌，而是為了正義。同儕同學力量特大，斬妖除魔，面對虛空與未來，誓言除掉世上的壞蛋——怎知道日後自己似乎也成了當時認為的壞蛋一枚。說說英勇事蹟吧，嗯，就是被老師發現亂砍樹木花草，被罰站在教室後面寫悔過書，嗯，但英雄是不死的啦。

〈躲避球〉：算數不靈光，幸好作文還會寫，書法像鬼畫符，但勞作風箏誰都沒有我飛得高，畫老虎畫成狗，沒關係我唱歌唱得很大聲。教室內的不行，教室外別想跟我拚，我跑得快，我跳很高很遠，單槓可以撐一整個下課時間。打躲避球喔，我是打不死的，就算我方只剩我一人，我還是要撐下去反敗為勝，痛與汗水是我在校園內唯一的驕傲。

〈煮開水的老王〉：這個已經在校園消失的人物，終小學六年時光是我最好奇印象深刻的風景。老校工脾氣暴躁，嗓門大，看起來像隨時要打人出氣，要是誰敢靠近他工作的爐房，他瞪眼就能嚇死你。他孤單，孑身一人，所有人都放學了，包括老師也走光了，只剩他守著學校。我後來想想，他的工作環境那麼悶那麼熱甚至是危險的，所以他必須把所有的孩子都嚇得遠遠的，遠離災難和傷害，他是校園內真正的麥田捕手。

我會挑出這批作品不是要來評述它們好壞與否，而是想與之對話，跟作者交流，讓我們對校園共通美麗的回憶和懷抱繼續延伸。當然，這世界變化快，今日校園早已被網路電腦手機侵入，還抱持浪漫於校園中漫步，未免太過愜意，一不小心就可能被拖進廁所霸凌，管你是學生還是老師。現代校園更加開放，未來我們的回憶將更精彩更殘酷，但那是另一角度的觀察結果了。

校園——示範作

示眾

陳柏言

投入小局長選舉那年，我十一歲。

導師執意派我上場，只因時任班長的我，常被她笑罵「太過悶騷」。我半推半就，幕後團隊卻卯足心力。學藝股長巧虎，連夜以「非常ㄏㄠˇ色」設計海報；媽媽的好友阿腰，為我披上「陳柏言鞠躬」的大紅布條。除了掃班拜票，努力握過每一雙手；最令我焦慮的，還是朝會時，必須站上司令台，對著全校師生演說政見。容易緊張失措如我，求助相聲老師，惡補一個下午的說學逗唱；也請託哥兒們，當我詞窮，務必高喊「凍蒜」填補空白。

失眠整夜，輕飄飄被同學們簇擁上台。眼前陽光霸道，人頭黑壓壓一片。

我接過麥克風，深吸一口氣。然後啟動此生所有決心，說話。

那是我的第一次示眾。

第一次袒露自己的心，無有保留。

賽跑

蔡逸君

運動會對升學班而言是個好日子，可以整天不用考試不用早晚自習，有的同學還得去補數學英文呢。我的體育算不錯，國小百米跑13秒4，國中12秒9，平均水準以上。上了高中成績掉到14秒5，大學時則是慘不忍睹的15秒3，似乎書讀得越高，發展難免失去平衡。國中時那場一千五百公尺的徑賽，是升學班的弱點，短衝刺還可以，要比耐力我們不如許多。班上沒人想報名參加，我是班長，只好填上自己的名字。當我的國小玩伴槍響後迅速地衝到我前面，然後又從後面追過我，我除了感到丟臉，有一時間也覺得天寬地闊。應該會被笑很久，但已經落後一圈，就慢慢跑吧，我的放牛班同學，他們的毅力與堅忍是我比不上的，雖然在校園裡，他們經常是被忽視的一群。

校園

楊富閔

一直算不準小學到底幾道出口，只記得下午四點半大操場的降旗典禮，全校孩童集合的畫面。我記得整隊方式並非依照年級班別，而是根據到校方式加以分類；也就不像升旗時間，老師全不在場，校舍窗格封住，只剩司令台的導護先生。

我常想起這個暫時形成的鏡頭，那也是我記憶校園日子的徑路：徒步的、單車的、客運的、家長接送的各種隊形。我們以丘陵地當背景，自場中央向東南西北疏開。

我是徒步的，徒步的是最後一支離開校園的隊伍，我們被指示往東邊側門走去，那裡有座緊鄰學區形成的舊聚落，其中一排頂樓加蓋的樓厝住著我。

而我也是徒步隊伍的最後一個，總能趕上聽到最後一記鐘聲打在無人的校地，為此慌得不知所措。這是上課鐘？還是下課鐘呢？

荒島少年

翁禎翊

還是小學一二年級吧，讀了《十五少年漂流記》，那時只覺故事裡是一場精采、但遙不可及的冒險，殊不知，那也將是十年後，我在男校生活的全部隱喻。

十年後的我離開了有人逼迫念書、考試的義務教育，漂流到了荒島。島上只有我和一群年齡相仿的男孩，夏天，我們穿著吊嘎、踩著夾腳拖躲避叢林猛獸的追捕；冬日，我們窩在簡陋的避難所，掩緊門扉，用盡辦法取火煮起簡單的火鍋。我們慢慢有了自己的結社、自己的歲時祭儀，偶爾也會翻越柵欄，出海，靠著自己去認識世界。而理當是認識世界「正確」的方式：島上日日放送的生存講習，則不一定有人在乎……

最後，是時間鑄成一艘大船，把我們接走。我不確定在荒島上學到什麼，但錯過的不要比較多，那就足夠了。

校園固著

黃信恩

大概很少人像我一樣，從國小、國中、高中到大學，近廿年的求學，都鎖在同一座城市，同個行政區：高雄市三民區。

校園把我的某段人生做了地理上的固著，卻看見他人的遷徙與出外。高中班上有群屏東幫，從屏東潮州東港而來；大學更多元，北中南東離島馬來西亞美國，校園無國界。

當校園的一切指向自由、無拘，對我來說，某方面卻指向窄縮。由於自小越區就讀，大學反而是離家最近的校園。不塞車，十二分鐘車程。

或許因此，校園醞釀了我外飛的想望。畢業後離開這城，八年一晃就過了。如今，我經常周間跨縣市工作，從濁水溪到曾文溪再到高屏溪，變換流域，不固著，卻日久生厭。

有時我會想念校園給過我的那種固著，即使鎖在一座城，卻有種穩固與安定。

動物園

方子齊

說是動物園通常是因為很髒，男校啊，洗手台卡著飯粒，走廊上垃圾桶零亂擺放，一旁散落考卷和飲料杯瓶。體育課後回到教室，冷氣就是要嗡嗡嗡的開起來讓體味爆發，讓歷史老師崩潰。

但還真是一座動物園呢。窗玻璃灑入充足陽光，舒適的課桌椅上，我們吃食著飽足的知識，賴以維生。在那些痛苦的考試之中，我想長成體態肥美的動物。當有人拿起吉他彈唱，或只是凝視午休安靜的教室，我便成了遊客，為我而建的動物園裡，我靜靜觀察一切，感覺連接了永恆的時空，愉悅而不知如何自處。

久了也知道如何逃離，就曠課爬上樓頂，俯瞰操場。高樓隨距離淡去，鐵道上偶有列車。高空中我總憂患的想著：籓籬之外，未來未知的真實世界裡，我該怎樣生存？

廁間習字

詹佳鑫

小二的某個早晨，到校準備交作業，當大夥把國語生字本打開疊好，才發現自己漏抄了聯絡簿——三頁的國字練習一片空白。

我的國字作業幾乎都拿「甲上」，在粉紅虛線方框裡，一撇一捺沿著筆順，工整臨摹楷書。只是當下腦袋冷涼空白，趁班導還沒來，我把生字簿偷偷用褲頭鬆緊帶夾著，假裝鎮定，溜到男廁把門鎖上。

陰暗潮溼、尿騷味撲鼻的密閉廁間，生字簿攤在冰冷瓷磚牆，食指顫抖，膀胱痠癢，我知道，只剩五分鐘，就要被發現。

快，快，廁所外的世界高速旋轉，打開門後的許多日子，我寫下更多字，面臨更多條死線。已不在國小廁所裡的我，仍記得有個早晨，跟自己過不去的小男孩，驚慌慚愧，像永遠躲在那裡，振筆疾書告訴我：現在還不是認輸的時候。

梔子花

彭樹君

那時候，我喜歡坐在教室窗邊的位子，只為了窗外那株梔子花。美麗的純白的梔子花，在夏天裡散發著甜香，勾引我浮動的心，讓我沉浸在某種遐想裡，思緒不知飄飛在哪個雲端。因此我從來不是個專心的學生，也許我的注意力是被花香分散了，也許我是在期待某個身影從我的窗前走過。

然後開花的季節過了，梔子花落了，夏天和青春一樣短暫；然而今年的夏天過了，明年會再回來，青春卻一去不返。

畢業後再回到校園去，看見種花的地方蓋起了校舍，心中有很深的悵然。梔子花到哪兒去了呢？

如今每當回想起那段校園時光，記憶的背景裡總會浮現著一株純白的梔子花，而我知道，我懷念的不只是花的甜香，還有不會再回來的青春時光。

校園——優勝作品

無題

甯康齊

時鐘與按壓原子筆的聲音一樣惱人。「……求出 E 的平面方程式。」隔壁的同學默念題目的聲音也傳了過來，希望他等等會唸出答案。

陽光通過 $3x+2y+9z=18$ 的平面，灑在我桌上，只是我現在忙著算它和窗戶的夾角，沒空理會它會讓一大氣壓的空氣膨脹多少公升。至少現在還不會，那是下節課的事情。

如果是文組的學生，現在應該忙著描述春天的景色，只是自此新竹打了第一聲春雷，台北的溼度一直達到飽和，所以他們也不怎麼在乎柳絮飛不飛。

我左邊的窗倒是真的緊掩，北風關上的，烏雲停在教室的一隅。

其實，我們都知道太陽跟電燈沒走，只是我們，活在不同的維度。

關於操場

莫彥

有那麼一個地方。

一起流汗一起奔跑一起談天一起獲得榮譽的地方。有紅土有黃衫有笑聲。

那個時候你走在我身邊，我勾著你的手，十分鐘，卻足以讓我回味至今。

我們繞了一圈又一圈，那裡的草皮是我見過最綠的，遠方管樂器的演奏聲傳來，在腦海裡一遍又一遍地迴盪著，輕輕哼著旋律的你，也是我看過最美好的。

在豔陽下度過的歲月，沒有煩惱沒有計較沒有不甘。就像掠過的雲那般，留下長長的影子。

三、二、一，哨聲響起，十幾歲的時候貌似都在上演你追我跑的遊戲。我跑了，你緊追在後，他亦窮追不捨。誰超越了誰，誰又停下來等誰？遊戲裡誰又只在乎樂趣而不看輸贏？

下起雨了，泥巴沾滿了鞋，這世界在公轉，而我們還繼續繞著、追逐著……

課堂中

櫻雪恩

在國中，每一堂課都是一個完全不相同的經歷。你可以注視著台上的老師口沫橫飛的講課，而有在認真聽的人又有幾個呢？抑或是暗中看著自己暗戀的女生。在課桌下偷偷的傳著紙條，問等下放學要去那裡？

我總是坐在靠近大馬路的窗戶旁，在那裡可以看到外面的天空和路上的行人，在夏天聽到蟬聲時更可以尋找躲藏在樹上的蟬。在上課時候我偶爾會看在馬路對面的市集，看小販和客人交易，我總會觀察那些小販今天又帶了什麼或新帶來了什麼物品。

對我來說課堂中總是存在著許多有趣的事物，不論是歡笑的，傷心的，靜的，動的。只是我們沒有去發掘而已，課堂並非只是要一直的讀書，有時多留意周遭，或許會有奇妙的事被發現。

藝文走廊

JAK

「抓，換你當鬼！」孩童時代玩耍的快樂氛圍，到現在尚縈繞在心頭，朋友間的天真笑靨仍在胸口盪漾，那是童真時代，回憶中最美最無慮的時光。

藝文走廊是我們國小二樓展示大家畫作的地方，對大部分的人來說，只是通往左右二棟的長廊罷了，但對我而言不是，國小資優班的學生，會被分配到各普通班，而我們普通班被分配到三個資優生包含我在內，每每去資優班上課時必經之路就是藝文走廊，我們在那捉迷藏，在那畫圖，在那談心，聊著你我的夢想，談著未來的志願，現在想去那些天馬行空的幻想，嘴角不禁露出一彎微笑，我想念曾經的單純，我懷念回憶中的燦笑，而藝文走廊就是連接這些回憶的橋樑，通往屬於我的童年。

不論它現在改建了抑或是關閉了，它永遠留在我心中，不曾改變過。

自在

楊晴

那是人生一段徘徊在稚嫩和成熟間的尷尬時光，對邊鞦韆、吊單槓等孩子事，仍搶破頭，偶而學大人皺眉思考，又想不出所以然。

走廊盡頭常簇擁著一群六年級最受歡迎的女生，談論著我永遠無法涉及的八卦，而我則在另一頭，望著天空作白日夢。「誰和誰又在一起了嗎？」「哪個老師好機車啊？」有時，還真想知道。

看看鏡子中的自己，大紅色的髮夾是一座分水嶺，將平整的瀏海一分為二，一條低低的馬尾拖在腦後，活像個路人甲阿嬤。

「天啊！怎麼長得那麼蠢？」此時阿呆端詳著我，是這麼想的吧？！兩秒鐘的沉默後，阿呆首先「噗」地一聲笑出來，繼而兩人相視大笑，打從心底認為能和阿呆一起玩，就心滿意足了。

至今仍想念那從不錯失方向的自己，那是一段不那麼在乎別人眼光、最勇敢做自己的自在日子。

我怎麼不會按別人說的去改變呢？還真想知道。

蟄伏

朱彥蓉

午休的鐘聲響起，教室在頃刻間沒入黑暗。偶爾的輕聲碰撞和人影晃動，都極盡可能地低調，深怕在凝滯的空氣裡，驚動了一個個在校園裡巡邏的士兵。她們身披黃色鎧甲，醒目的肩章上亮著「糾察」兩字，按照排班時間在各棟建築物間巡視，筆尖不時沙沙作響，喚醒我們的恐懼神經，害怕在那密密麻麻的登記板上留名。

那個午休，我蜷縮著身軀蟄伏於一間廁所內。門外的腳步聲忽遠忽近，我握筆的那隻手微微發顫。努力集中思緒在尚未完成的作業本上，填上一個個自己也不確定的答案。

「啪。」廁所的燈滅了。我沒有勇氣走出隔間，重啟開關，潛藏在那個黑暗的角落，直至午休結束。

一次為期三十分鐘的蟄伏，我躲過了逡巡的糾察，卻躲不過校規的陰影。

逃

路人甲

小學打預防針那天，所有低年級的學生隔離在教室裡，像群豢養待宰的牲畜，無知地等待噩耗的來臨。

鐘聲響起，所有人遵循老師指示，排列在保健室外。僅隔著一道門，門內盡是淒厲的哀號，等候的人只能惶恐地謹守校規，任陣陣慘叫與哭聲殘忍地剝蝕自己尚未接種的肌膚。

要輪到我了，離門口愈近，同儕撕心裂肺的哭聲愈顯淒絕而尖銳，每一道頻率都像錐子，狠狠自耳膜刺進腦膜再從胸口鑽出般令人畏懼。

終究輪到我了，護士阿姨冷靜索著名單喊起我的名字，那刻我異常冷靜，像驚覺獵豹目光的一匹蹬羚，豎起耳，瞬間便抽動每根肌肉神經。

我轉身，跨步奔出校門，下意識精算逃離保健室的最短距離。

成功逃離，往家的方向跑了幾十公尺，跑出一段開校未有的歷史

校園特攻隊

陽綿

「想加入我們就得先取個綽號！」四眼蝙蝠俠拍拍我的肩膀說道，黑夜吸血鬼在旁插著雙手不說話。我抬起頭，挑了一下眉毛，默不吭聲，緩步走回座位。

下節鐘聲一打，我起身走向他們，沒帶太多的表情，「閃電骷髏！」我輕輕了喉嚨，「以後叫我閃電骷髏！」

剛轉學的我於是有了朋友，國小畢業前的那兩年，我們探索了校園裡各個角落，帶著十一歲的幻想，我們推測校園裡的大象溜滑梯早上會跑操場，樹木晚上會唱歌，大門的蔣公銅像眼睛會動，後門旁的草地泥土裡埋的是恐龍的骨頭。

二十年後的現在，生活只剩滿滿的報表與代辦事項。蝙蝠俠和吸血鬼，你們還記得我們說好要搭飛碟一起到銀河的中心嗎？

躲避球

鄒惠蓉

對這個當時風靡小學校園的運動我是又愛又恨；愛的是：讓功課不是頂尖的我有出人頭地的機會，不但為班上爭取榮譽，還能風光上升旗台接受校長頒獎，聽到全校師生歡聲雷動的鼓掌，有時代表學校和他校比賽獲得名次，更是風光一時。

恨的是：光腳的我常被踩不能叫，因為是主將免得影響軍心，這還是小問題，身為球隊紅人，敵方以殺死我為樂，我得練出百接百中能力，不管多麼強勁的力道，我都拼命躬身接住，尤其剩下幾位好手時，攻擊範圍縮小，全神貫注眼明腳快，才是致勝關鍵，結束後雙手腹部都紅腫疼痛，為了面子，不敢吭氣。

不知這圍在大方格子裡，被拿到球人打到就出局的遊戲，是否還受到歡迎？時過境遷，閃躲的恐懼，打人的快意，都成模糊追憶。

煮開水的老王

賽夏客

民國四十八年我念小學，校舍後面蓋了一間簡陋的屋子，那就是提開水和蒸飯之處，負責人是跟著軍隊來台的老王，又老又體弱多病，總是一直咳，咳了就隨地吐痰，謠傳得了肺結核。

他孤單一人看守廚房，脾氣很暴躁，操著一口道地的外省腔，沒人聽得懂，我們想要到廚房再取水喝，若給他碰到，先大聲斥責，不從，便拿著長竹竿趕人，天天上演「官兵捉強盜」的戲碼。

廚房有一口燒柴的大黑灶，每個學生定期從家裡攜帶十斤的木材來燒火，通常各班老師會帶學生到廚房前去磅秤，通過交給老王堆疊，重量不足的還要補足，我爸爸以燒炭為業，總是選擇平整實心的木材讓我帶去，且重量超出很多。

老王對我另眼相待，我被指派去提開水或蒸飯，都無人能擋。

聯副文叢64

書寫青春13：第十三屆台積電青年學生文學獎得獎作品合集

2016年10月初版　　定價：新臺幣320元

編　　者　聯經編輯部
總編輯　胡金倫
總經理　羅國俊
發行人　林載爵

叢書編輯　陳逸華
校　　對　朱瑞翔
整體設計　兒日

出版者　聯經出版事業股份有限公司
地　　址　台北市基隆路一段180號4樓
編輯部地址　台北市基隆路一段180號4樓
叢書主編電話　(02)87876242轉224
台北聯經書房　台北市新生南路三段94號
電　　話　(02)23620308
台中分公司　台中市北區崇德路一段198號
暨門市電話　(04)22312023
台中電子信箱　e-mail：linking2@ms42.hinet.net
郵政劃撥帳戶第0100559-3號
郵撥電話　(02)23620308
印刷者　世和印製企業有限公司
總經銷　聯合發行股份有限公司
發行所　新北市新店區寶橋路235巷6弄6號2樓
電　　話　(02)29178022

行政院新聞局出版事業登記證局版臺業字第0130號

本書如有缺頁，破損，倒裝請寄回台北聯經書房更換。　ISBN 978-957-08-4811-3 (平裝)
聯經網址：www.linkingbooks.com.tw
電子信箱：linking@udngroup.com

國家圖書館出版品預行編目資料

書寫青春13：第十三屆台積電青年學生文學獎得獎作品合集/聯經編輯部編．初版．臺北市．聯經．2016年10月（民105年）．368面．14.8×21公分
（聯副文叢：64）

ISBN 978-957-08-4811-3（平裝）

830.86　　105017757